西北大学学术著作出版基金资助

我的诗生活：紫洪山人诗学文选

张孝评 著

西北大学出版社

图书在版编目(CIP)数据

我的诗生活:紫荆山八诗季文集 / 张春发主编. — 西安:
西北大学出版社,2017.10
ISBN 978-7-5604-4121-4

Ⅰ.①我… Ⅱ.①张… Ⅲ.①诗集—中国—当代
Ⅳ.①I207.22

中国版本图书馆 CIP 数据核字(2017)第 323268 号

我的诗生活:紫荆山八诗季文集

编 著:	张春发
出版发行:	西北大学出版社
地 址:	西安市太白北路 229 号
邮 编:	710069
电 话:	029-88303042
经 销:	全国新华书店
印 装:	陕西博文印务有限责任公司
开 本:	889mm×1194mm 1/32
印 张:	11.625
字 数:	300 千字
版 次:	2017 年 12 月第 1 版 2017 年 12 月第 1 次印刷
书 号:	ISBN 978-7-5604-4121-4
定 价:	55.00 元

版权所有,侵权必究。如发现印装质量问题,请直接与出版社联系。

精准有力　亲切诚恳

何锡章

当我收到孝评师的书稿时,非常激动。老师一生倾心于诗学的研究,现成果即将付梓,感到由衷的高兴并油然而生敬意。然而,我又感忐忑不安:老师瞩我写点文字,为书稿。我知道,这是老师对学生的厚爱和抬爱;但我更知道自己实在没有资格和能力在诗的领域发声。我始终认为,诗是艺术的王冠,无论是诗的创作还是诗的研究,是需要特殊的天赋与才能的。诗心诗识,诗性智慧,诗性思维,诗所具有的超越现象界的神性,对我而言,虽心向往之,却永不能至。于是我既不能诗,也不敢问津诗的研究。面对老师的毕生心血,除了敬佩与高兴,还能有资格和能力说什么吗?但师命又难违,只好滥竽充数,班门弄斧,以个人对诗的经验性认知和极其现象式的理解,写点学习心得的文字,以表对老师的敬意。

学术乃天下之公器。学术研究的价值在于让同道以及对相关问题感兴趣者分享。孝评老师研究诗学的目的正在于此。"万千秋色藏不住,分付路人共遣怀",这两句吟咏银杏树的诗,便道出了他写作这部书稿的宗旨:把自己数十年关于诗歌阅读欣赏乃至教学、创作、批评、研究的心得秘笈,与有缘经过并有心停留的读者分享。这是一部姿态谦逊而质地厚重的文集,它跨越时空的语言和视角,兼蓄中西的理论和逻辑,为当下已然处于新媒体时代的、异彩纷呈的现代汉语诗坛及其读者,提供了一种精准有力,同时又亲切诚恳的学术启示。

"精准有力"并不罕见,这可以说是自现代汉语诗歌诞生以来,在诗歌创作以及诗歌批评两个方向上一百年来孜孜不倦的求索:打破古代汉语诗歌语言、意象、意境、赏析上的"陈陈相因""语焉不详",创造全新的现代汉语诗歌语言结构、艺术规律、艺术经验,并建立起现代性、系统性的诗歌批评话语体系。具体到作者所处的现当代诗坛的学术研究,这个过程就一直是处在环环相扣的探索与突破之中。可以将这个过程大致分为三个时段:新中国成立以前的现代诗歌理论丰富而芜杂,同时也蕴涵了相当多的理论资源;新中国成立以后到1980年代更多的是跟政治意识形态的紧密结合因而相对单调,基本上属于诗歌的外部研究;而1980年代以后,则随着文学审美性诉求的高涨,逐渐进入诗歌的内部研究,呈现出更多关注诗歌形式美的倾向。在这三个时段内做出各种努力的诗人们、学者们数不胜数,但归根结底在于一条:去"精准有力"地追寻那一缕属于现代汉语诗歌的最细微、最灵巧的声音。

但作者的"精准有力"自有其特别之处,这种特别来自于两个方面:一是他对整个汉语诗歌史的贯通古今、跨越中西的宏观视野;二是他对于1980年代中期以来渐热的文化研究用于诗歌艺术的敏锐感悟。前者造就了作者研究视角的"精"与"深",后者促成了作者研究话语的"尖"与"准",而所有这一切,都熔铸成了他自成机杼、别具一格的将诗歌的"自律性"与"他律性"研究互化互补的"文化诗学""比较诗学"的研究核心理念。

之所以把1980年代中期这个时间点特别点出来,因为这是一个无论对时代、对诗歌还是对作者本身都具有特别意义的一个时间点。

首先从时代的角度来说,如果说20世纪还是一个以纸媒为主的阅读时代,那么,20世纪末(1985以后)21世纪初已是一个电子媒体成为阅读主流媒介的信息时代。以"计算机"为代表象征、以信息技术为主体的"信息时代",在中国一般认为是自1985年开始。正是"信息时代"这个大的背景,使得"文化研究"和"文学批评"紧密地联系在了一起。美国文学批评家希利斯·米勒指出信息时代人们的生活方式、思维模式很明显地受到电脑、电子邮件、互联网等新型通讯技术的冲击,全球化语境下的多元语言、多元文化使得文本形式和文化之间的关系变得更为复杂,因而传统的文学批评也应向文化批评敞开,探究语言文学与文化背景之间的更隐秘的联系。也正是从1980年代中期开始,国内的文化研究热也蓬勃兴起。

其次,在这一时期,诗歌这一最古老、但也最能犀利地映射时代特征的文体,也随之发生着一系列敏锐而复杂的变化,而诗歌这种文体所涉及的各种问题,在许多方面跟我们这个时代的种种文化特征是分不开的。也因为这种关联在信息时代显得格外突出却又在研究领域内没得到足够的重视与展开,这种从文化角度出发对诗歌的研究也成为了诗学研究创新点、难点之一。

第三,对作者自身而言,他的"文化诗学"理念正是在1980年代提出并逐渐成型的。从1981年第一篇诗歌评论《真挚·纯朴·隽永:读雷抒雁近年来的诗》开始,到1991年第一部诗学论著《文化诗学构想》,这几乎与国内文化研究热同步的关键十年,作者逐渐构建起了一套完整的文化诗学逻辑体系。这固然得益于时代文化、学术思潮的氤氲渲染,但更核心的原因,是作者基于自身学术视野的开阔、学术兴趣的倾注,以及对诗歌本身的独到理解。而反过来,面对这个无处不喧嚣——以淡漠传统文化、民族文化、历史文化,而以全球化、个体化、即时化、数字化为文化特征的——信息时代文化场域,作者能够在古今中西的诗歌时空之间自由穿越往返而拾得"一种基于中国本位的现代诗学"之自我重心,从容应对光怪陆离、瞬息万变的现代诗学难题,守根濯芽,累以时日;继而披枝散叶,灼灼其荣。正是时代特征、文化潮流与个体学养、兴趣三者之间的因缘际会,铸成了作者静水深流、暗含圭臬的延续数十年的"诗生活"。

也正因为如此,作者的这部文集又是"诚恳亲切"的。"坛外诗评"宕开盛筵丝竹而别取幽篁琴音,其用意在"天地悠悠"的大孤独中撷取"明月来相照"的一点诗心交汇;"另眼诗观"亦即"冷眼诗观",在纷纭杂出的诗歌外部研究、诗歌内部研究的种种理论学说激流中纠偏避短,而奋力打通古今、中西、内外之隔;"一得诗话"寓意"愚者千虑,必有一得",多为古今中外短诗之短评,但言短而意长,"得一"而可推之为"得二""得三"……;"野圃诗吟"为作者诗作小集,其中既有"朝花夕拾",也有"近作偶拾",但都是性情显露的心灵涟漪,在游戏精神中不无悲剧情怀。凡此四辑,亦暗合人生起承转合之四时四季:自"坛外"之兴趣而始,由"另眼"看宇寰大千,获"一得"而桴游于海,开"野圃"而归逸性情。

"诗歌是学者的艺术",华莱士·史蒂文斯所言确然。不管高雅文化和大众文化曾经存在的沟壑分明的界限如何被信息时代充斥每一条溪流、每一座山谷的电子讯号和石油气息所抹煞、填平(至少在表面上是如此),诗歌这门艺术,仍可让那些拾取到"一得"的执拗学者们,在窗外就是高架桥、摩天大楼、巨幅广告霓虹以及连绵的广场舞曲的都市后工业水泥丛林中,做着"野圃"中悠闲安适的甜梦。

张老师就是这样的诗学的寻梦人。从大学写诗到在大学从事诗歌教学与诗学研究,已五十多年。没有对诗的热爱对诗学研究的执着,是难以为继的。他是把自己的生命体验、生活态度、人生价值与诗的写作、诗的研究真正结合一体,力图建立属于自己也属于诗自身的诗学体系,为研究诗歌、鉴赏诗歌提供有意义的路径。作为学生,深为老师的努力与成就而自豪;自然更希望老师在诗学研究领域再创学术的辉煌。

作者为华中科技大学教授、博士生导师

桥门卅载仰先生

刘炜评

　　大约四年前的一个晚上,我们大学同班的几个同学请张孝评教授餐叙。轻松闲聊之间,自不免追忆"城南旧事"——我们的大学四年。谈起先生之于我们的恩德,王春泉同学说:"张老师是我们的文学教父!"我愣了一下,立刻被他的说法感动了:"这话真是精彩,却又实实在在!"贺群社同学也热烈呼应:"这是学生的心里话,也是最准确的结论!"先生连连摆手:"不敢!不敢!"先生的谦虚是真诚的,我们的感受更是由衷的。

　　我敢肯定地说,以"文学教父"美誉呈献先生,我们班39个同学,绝对没有持异议的。岂只我们班,历届从游于先生的弟子,都不会有异议。

　　1981年9月,我考入西北大学中文系。第二年初秋,先生为我们班开设必修课《文学概论》,授课整整一年。也是从这时开始,先生做了我们的业务班主任。因此本科学习阶段,我们向先生请益、求助以至说愁诉苦,是常有的事。我毕业留校以后至今,和先生共事一个院系,又同在一个小区居住,来往比较频繁。现在,也就是先生的《我的诗生活:紫洪山人诗学文选》一书即将付梓之际,我想从一个"亲学生"的角度,谈谈我眼里的"文学教父"。

　　先生籍贯浙江绍兴,幼年在紫洪山下度过,少年随母迁居西安。1962年考入西北大学中文系,毕业时正是"文革"大潮汹涌之时。幸运的是,先生的五年制大学教育接受,前四年基本正常。为先生所在班级授业的硕学名师,有傅庚生先生、刘持生先生、郝御风先生等资深学者。先生青少年即有才名,又一向勤学好思,因此打下了扎实的学业基础。大学毕业以后,先生在铜川蹉跎了近十年。改革开放之初的1978年,因为母校的爱才,先生得以回到西大中文系执教。先生珍惜"第二个春天"的到来,全身心治学、教书、育人。《文学概论》课堂上,先生热情洋溢授讲、同学们如饥似渴听讲的情景,我至今历历在目。但印象更深的是,先生没有拿着蔡仪先生主编的教材照本宣科,而用自己精心编写的讲义娓娓道来。后来,在讲义基础上扩容、完善而成的《文学概论新编》正式出版;再后来,《新编》又经先生多次修订,迄今已再版了十多次,累计发行数十万册。这样的奇迹,完全是"货比货"的结果。

我们自觉的文学领悟,正是从聆听先生授课开始的。先生"鱼""渔"兼授,为39个懵懂少年打开了一扇又一扇窗口,使我们的文学视域日益开阔,文学心脑逐渐开窍。在先生门下,我们既循序渐进地接受了比较扎实的理论思维训练,又十分有效地增强了对于具体文学作品的感受能力;既大致把握了中国古往今来文学创作的长与短,又初步了解了西方文学理论和实践的源与流。先生不仅启发我们勇于"解释世界"——察析文学的现象和本质,更鼓励我们积极"改变世界"——关注并助力正在发生着可喜变化的中国"新时期"文学。"接闻于夫子"数年之后,我们差不多都可以不胆怯地和各路人士谈文论艺了。

因此,2012年3月,也就是我们大学毕业27年后,阅读先生惠赠的最新版《文学概论新编》,我情不自禁写了一首绝句《呈业师张孝评教授》:"山阴才调发琅琴,沣镐草玄倾热忱。由嗟柴愚同仰颂:先生度我有金针。"第三句典出《论语·先进》:"柴也愚,参也鲁,师也辟,由也喭。"谓孔门四个学生各有不足。第四句反用元好问《论诗》句意:"晕碧裁红点缀匀,一回拈出一回新。鸳鸯绣了从教看,莫把金针度与人。"一般认为元氏的意思是,方家不要将自己掌握的道法秘窍授人。先生的做法恰恰相反,一次又一次给了我们"金针"。我可能就是张门的"辟"生——偏激者,因为先生的言传身教,毛病逐渐有所克服;我又来自比夹皮沟还要偏僻的地方,长于打柴而欠乏"绣才",能学得先生"针法"一二,也算是一种福分。

如果说,先生作为业师的义理精到、表述精彩的授课,是对我们成长的初步的、直接的影响,那么,先生作为学者近40年间风雨笔耕的诸多成果,便是给予我们的间接霑溉。

窃以为,先生治学和为文最为突出的自家路数,概而言之,约有三端:

一曰在宏观研究与微观研究的并重并进中建构自己的学术堂庑。先生论文和著作的发表和出版,大抵始于上世纪80年代。"出品"最多的时段,则是90年代到新世纪初的十余年。先生的学术研究,主要涉及两个领域,一是文学通论,具体包括文学本体论、文学功能论、文学创作论、文学接受论等;二是诗学专论,其中包括诗道论、诗艺论、诗人论和诗作评析等。具体而言,在文学通论研究方面,称得上名著的《文学概论新编》建构了先生文学认知的大体系,论文《文学作为语言艺术的宽泛性与深刻性》《论文学的情感性和形象性及其统一》《关于艺术创新的再思考》等则体现了先生在文学的一些关捩点上的新见。诗学专论方面的研究,表现出近似的格局:《诗的文化阐释》《中国当代诗学论》等专著,属于宏观研究;《诗的典型不是什么》《诗美变形律探微》《论诗的意象空白》等论文,属于微观研究。在宏微两个领域里,先生览涉古今中外主要文学理论与批评成果,阐发自己对于若干重要文学概念、范畴和命题的再思考,既"我注六经",又"六经注我",提出了许多有扬有弃、有承有变的见解。先生也不时表明自己对于变动中的当代文学创作的一些事相、个案的观察和剖析,批隙导窾,评骘剀切。多年以来,每每拜读先生的著作和论文时,我眼前就浮现着"紫洪山人"时而登高临远、时而低首沉思的身影。

二曰在护持个人研究兴趣与适应既定学术环境之间,努力求取最好"生态"。吴宓教授曾说过,人生不得不面对的主题有二:职业和志业。前者乃谋生糊口之事,未必是"吾之所愿为";后者乃兴趣理想之事,必出乎"一己坚决之志愿"。"职业与志业合,乃人生最幸之事"(《我之人生观》)我虽不曾斗胆问过先生早年志业何在,但内心一直以为,就像贾平凹"命定"合该以文学创作为终生乐事一样,我们的"文学教父",天赋哲性思维和诗性思维俱佳,又自幼耽好"游于艺",所以授传、研究文学尤其诗歌文学,正可谓"职业与志业合"。但在具体操作层面,每个"扶义倜傥,不令己失诸时"(《史记·太史公自叙》)的"社会人"的兴之所趋,也得考虑两个制约性因素——个人精力的有限和社会环境的所限。所谓"有为有所不为"的道理,正在于此。尽管以先生的才能,"遣吾有涯"的可能性是很多的,但先生没有在多个平台上作业,而将自己的学术走行收拢在一定的扇面之内,笔耕不辍,心无旁骛,实现了堪称良好的"投入产出比"。我还要说,先生不是冬烘自足型、人云亦云型的学者,而是"视通万里""我思故我在"的读书人,对于很多历史的、现实的谜团与迷雾,都有着深切、独到的察识。但在工作、生活和学术活动中,先生又是不狂不狷、不激不随、谨言谨论的"在场者"。时代语境允许的言说,先生差不多都言说了;先生的研究成果,无论自发性的还是被安排的,都充满了人文的正能量;情非所愿的应景文字,先生几乎不曾写过;即使承担的集体性科研任务,先生完成的部分,也力避敷衍时俗,而有着可圈可点的自出机杼之见。这令我想起了王瑶教授的话:"在学术研究中,既要有求真精神,绝不做违心之论,但也要注意掌握'什么时候、可说、不可说、说到什么程度'之类的分寸。"(钱理群《"鲁迅式"的知识分子》)

三曰搦管为文,必出以精研覃思,且文笔富于"语文美感"。先生的每一部专著和每一篇文章,甚或一则千字随笔,都决非率尔操觚之作,而成于深思熟虑之后。先生的文章既有严密逻辑的统领,又有恰到好处的修辞讲究。凌空蹈虚之说,故作高深之论,夹缠不清之语,在先生文章中是没有踪影的。先生崇仰朱光潜教授的文风,亦颇得朱先生为文的个中三昧。我虽写不出好文章,却也和先生一样心服朱先生作为学术大家、文章大家的襟怀和能耐。在先生家里,我们师徒曾一起讨论过当代学人文章表达的长短得失,一致的看法是,朱先生说得从容、通透、简要的文风,在同时代的学术巨擘中是最可称道的,因而也就最值得后辈人以揣以摩;无论知性文章写作还是感性文章创作,无论怎样响应"文变染乎世情",下笔总须有"语文自律意识"。在我看来,先生文章的总体语文质相,可以"清通熨帖"概言之——清通的是立论和证说,熨帖的是措句和御篇。实话实说,在我认识的长辈学者中,语文素养与先生可以颉颃者,并不很多。施蛰存教授多年前就曾感慨:"语文纯洁,本来是读者对作者,或作者对自己作品的最低要求。但近十年来,却已成为最高要求。"这的确是实际情况。所幸总还有时贤为后学做着"语文纯洁"的表率,我们的"文学教父"也是其中之一。

这部《诗学文选》主要收入了我们的"文学教父"多年研究诗学的近50篇论文、随笔和评论,同时收入书中的还有近50首白话诗和旧体诗。我通读电子版一过,私心称之为"紫洪山人"诗学研究的"散金碎玉集"。作者有关诗歌的文化视野、精神立场、审美尺度等,都鲜明而集中地呈现在长论短议中。

先生一向澹泊宁静,疏远灾梨祸枣的时风。而今愿意自选这些文章和作品出版,我想主要是因为它们最直接地联通着先生数十年的志趣、丹衷。正如先生自道:"我自小爱诗,与诗有一种特别的缘分。我不能算作诗人,但起码是一个始终如一地爱诗的人:从幼时的喜欢读诗,到此后一度狂热地写诗,再到高校执教以讲诗、论诗为自己的专业,可以说,我一辈子都在与诗打交道。"(本书后记)我最早拜读先生的论文,便是诗评《真挚·纯朴·隽永——读雷抒雁近年来的诗》。这篇深入腠理之作,受到了学界和读者的广泛好评,先生自己也认为它是"我诗学求索的起点"(《我的诗学求索之旅》)。由发轫到兹今,先生从未停止过孜孜探索诗歌堂奥的步履。丰实著述的与年面世,各界诗友的"悦读"受益,学界同仁的声气相通,授业弟子的膏泽仰承,都是对先生学术劬劳的回报。

  先生本来有着很好的写诗禀赋,只是因为倾力于学术研究,诗才被委屈了,未免有些遗憾。固然如先生所言:"我的'野圃诗吟',虽亦是有谓而作,而其间抒写的那点心灵涟漪,及通过文字表达出来的诗的游戏精神,与大时代的主流话语终究是隔膜的。我保存它们,并将其辑入本书,所具有的更多是顾影自怜的纪念意义。"(本书"后记")但读者依然可以从这些作品中窥见作者心中的诗灯闪烁和笔下的诗情涌动。

  先生退休十多年了,但"美学散步"还在继续,思致依然机敏活跃。衷心愿我们的"文学教父"生活有滋有味,学术之树常青!

  先生不嫌小子浅陋,一再吩咐"你比较了解我,为我写个序,想怎么说就怎么说"。我恭敬不如从命,很惶恐地写了上面这些感受。说得不妥之处,还望先生和读者见谅。

作者简介:刘炜评,本名刘卫平,陕西商洛人。现为《西北大学学报》哲学社会科学版主编、西北大学文学院教授、陕西省文艺评论家协会副主席

2017 年 9 月

526 我的诗学求索之旅
·代自序

1. 我自1978年回校执教,至2004年如期退休,其间26年,虽然也出版了十余部著作,刊发了近百篇论文,但归结起来,学术上主要做了一件事,即本文标题所谓的诗学求索。如今因学报之约,也为出书之需,回望此番孤寂而艰辛的历程,还须从头由我与诗的缘分说起。

不知是因为什么,我在高小或初中阶段便爱上了诗。那时,我在家乡绍兴的一个小山村里,课余除了读亡父留下的旧小说之外,兴趣更多集中在诗上面。我将当地能搜罗来的诗选如《唐诗三百首》《千家诗》一类置于床头,时不时地捧读一通。尽管尚未完全理解其意,但我觉得,读那些篇什,心像是突然间被什么风吹了起来,蒲公英般飘飘然升至半空,在星光闪耀下俯视大地,有一种温柔、朦胧、如同传说中羽化成仙的神秘之感。大约正是受此种对诗所持的虽不算狂热,却相当执着的爱的牵引,1962年高考,我这个自初中到高中一直以数理化拔尖而被师长看好的学生,莫名其妙地跨进了西北大学中文系的大门,气得我那位毕业于北大数学力学系的二哥,近一年时间不给我写信。一进大学,可能是青春期荷尔蒙的刺激所致,于读诗之余,竟一发而不可收地写起诗来了。那些诗,大多是模仿郭小川、贺敬之的"战歌"之类。恰恰在这个时段,我结识了两位对我此后的诗学求索至关紧要的朋友。一位叫金铮,中国以色列人的后裔,西大英语系教授之子,原本就读于北京电影学院表演系,因投书夏衍痛陈艺术院校教学弊端而被校方开除,当时闲居在家。他在中文系办的壁报《长风》上,读到我写的一首叫《马背进行曲》的长诗,便径直来宿舍找我。他一见我,就背诵起长诗的几个小节,尤其对虚拟的抒情主人公"马背上生马背上长"的浪漫构想以及诗中诸如"母亲用红旗的一角/为我,把塞外的风沙遮挡"等句子赞不绝口。这位气质不凡的来客,以其对诗近于癫狂的激情和无与伦比的才华,一下子吸引了我。我们一见如故,在老校区的乐队小楼,整夜整夜地读诗、写诗、谈诗。因为常常夜不归宿,而且是与被校方开除的学生交往,我成了九评学习中重点帮教的对象。然而,我们俩的诗缘却并未由此中断,一直热络地持续到1996年秋他在北京病故为止。另一位因诗结缘的朋友是雷抒雁:我大学同班同学,《小草在歌唱》的作者,已故著名诗人。其实,我们刚入学来往并不多,真正走到一起,是在文革之初的大串联中。我与他结伴赴京,随后又南下,跑遍大半个中国,最后扒车折返西安。一月光景,我们同吃同住,可以说无话不谈,其间聊得最多的,自然也还是诗的话题。毕业分配后,他在《解放军文艺》杂志做编辑,因《小草在歌唱》一诗而引起轰动。之后,立即出版了同名诗集。他邀我为其写一点评论。当我尚在犹豫之时,我们班主任董丁诚老师再三激励我试笔。于是,一篇题为《真挚·纯朴·隽永:读雷抒雁近年来的诗》的评论写成并发表了。这是全国范围内关于雷抒雁其人其诗的第一篇评论,也是我评诗论诗的第一次尝试。可以说,我的诗学求索之旅,就是由此起步的。

2. 我之所以将我为雷抒雁写的诗评看作我诗学求索的起点,不只是因为,该文于1981年第1期的《西北大学学报》(社科版)刊发后颇受好评,抒雁本人表示赞同,人大复印资料也立即全文转载,并在年底收获陕西省社会科学优秀成果二等奖,凡此种种的确坚定了我从事诗学研究的信心;而主要是因为,诗评里所论的内心抒写、画面构成及哲学意蕴三方面,涉及诗与社会心理、诗与绘画、诗与哲学等问题,就广义而言,似乎都可以归于诗与文化的关系之中,这跟我十年后提出的文化诗学构想,在大的思路上是暗合的。

随着文化热上世纪80—90年代之交在全国范围内的兴起，我对从诗与文化的关系出发去阐释诗的兴趣日见其浓厚起来。此中直接的缘起在于我给研究生开的一门文艺学方法论的选修课，以及当时人文社科领域有关方法论的讨论。针对自毛泽东的延安讲话以来，尤其是"文革"十年偏重由社会政治—道德维度看待文艺问题的他律性视角，因为强调文艺为政治与阶级斗争服务而走向极端的庸俗社会学倾向，学术界引入以形式主义、新批评和结构主义为代表，将目光凝定在文本自身的自律性视角，意在纠正他律性视角陷于极端化的偏差。然而，如果说，他律性视角在陷于极端之后，把诗当作意识形态的宣传工具，让其摇唇鼓舌地去"跟形势""写中心"，当此之际，诗只能充当别的什么，唯独不再是它自身；那么，自律性视角把诗封闭于独立自足的文本形式，割断其与社会、与作家、与读者等等的一切对象性关联，也同样存在走向另一个极端，亦即形式主义的危险性。当此之际，诗只是它自身，而不再是别的什么。有鉴于他律性视角和自律性视角各自的局限性，以及由其二律背反造成的诗学研究的困境，我当时考虑最多的是——能否广开思路，建构一种既可从他律和自律超脱出去，又可将他律和自律统摄进来，具有极大包容性与整合性的新的视角呢？其时全社会方兴未艾的文化热启示我，建构这样的一种广视角不仅是必要的，而且也是可能的。

我这样讲，主要是基于卡西尔在《人论》提出的人与文化一体性的论断。卡西尔认为，人是文化的动物，其用符号创造的语言、神话、宗教、艺术、科学、历史等，既是文化的有机构成，同时又是"人性圆周"涉及的"各个扇面"。由此来定位诗，这个包蕴在艺术扇面内的小扇面，自然也可以作为一种符号化的文化现象看待。因而，要讨论诗与文化的整体关系，必须对诗作为文化这一尽人皆知的命题作出新的阐释。

我以为，诗作为文化，有两层意思：其一是说，诗无往而不在文化之中。一个诗人，必然首先是文化人。他可以逃避现实，可以拒绝政治,可以沉溺声色,可以归隐山林或遁入空门,也可以钻入为艺术而艺术的"象牙之塔",然而,有如命中注定一般,他不能须臾脱离像空气与水那样沐浴和浸润其全身心的、作为其时空背景而存在的文化。在他的血管里流动的是文化,梦影里萦绕的也是文化。唯其如此,诗的本体,就不能不受来自文化的方方面面的规约,不能不在或浅或深的层次上,烙下文化性的印记。与此一结论互为因果,其二是说,文化无往而不在诗之中。这就意味着,文化不仅作为外在于诗的时空背景而存在,而且会化作灵感、情韵、画面,乃至于整个有意味的形式进入诗的字行,最终以符号构成文化的意义载体,即诗的文本。在古往今来的诗坛上,多有以自我表现相标榜者,有以纯私人性做招牌者,有以不食人间烟火为特色者。对于他们的诗,按通常的社会学方法去分析,难以破解其中的奥秘。然而,这些诗却无一例外,皆在其意蕴至深处,活灵活现地映现着诗人作为特定的人之特定的文化心态。因此,在某种意义上,它们都可以当做文化诗来解读。正因为凡诗皆有这样的文化性,它们一旦进入传播过程,必然会或是如细流渗透,或是如巨浪冲击文化的方方面面,从而使整个文化在诗的提携下得以升华,折射出文化的诗性光辉。

　　缘于诗与文化的上述关系,我觉得,在诗学研究中引入文化视角是完全可行的:一方面,从文化的维度观诗,把文化视为诗的时空背景,研究文化对诗的外在规约,这是一种他律性视角;反之,另一方面,对诗进行文化阐释,把诗视为文化的意义载体,研究诗对文化的内在表现,这又是一种自律性视角。作为二者的往返流动和自由转换,不妨说,诗的文化视角是一种由外及内,又由内及外,他律性与自律性互化互补的视角,亦即我寻觅已久的那种兼收并蓄、无所不包的广视角。

　　正是运用文化的广视角,我在1991年秋,撰写了《文化诗学构想》,并以此为导论,按泰勒给文化所下的著名定义,及卡西尔设定的"人性圆周",在诗的文化圈这一表示诗与文化诸方面关系的新的架构下,讨论他律与自律在其中互化互补的文化机制,分"诗与人的文化"(包括"诗与生命"和"诗与语言"2题)、"诗与精神文化"(包括"诗与历史""诗与哲学""诗与宗教"和"诗与神话"4题)、"诗与艺术文化"(包括"诗与音乐"和"诗与绘画"2题),共3辑8题,组织文艺学8名研究生,一人一题合作完成由我主编的《诗的文化阐释》一书的著述,并于1993年5月交陕西人民教育出版社正式出版。

梳理此书关于文化诗学的逻辑架构,可以作这样的概述:从诗与人的文化的关系看,诗的本体具有生命结构和符号功能,是一种原创性的生命符号;从诗与精神文化的关系看,诗的本体作为原创性的生命符号,集中呈示为情感模式,通过宗教式的感悟,其显形式样向外张扬为社会意识凝聚的历史理性,其隐形式样向内积淀为集体无意识蕴含的神话原型,二者在哲学之思的启迪下,总体上显现出与哲学相反相成,而又为诗所特有的智慧风貌;从诗与艺术文化的关系看,诗的生命符号及其情感模式,处在音乐与绘画的两面渗透之下,其意象—符号形式,随之显示出以表现为主,表现与再现相统一的特征。

3. 如上所论,我通过《诗的文化阐释》一书,意在逻辑地展示文化诗学的某种架构。然而,若换个角度,从前列3辑8题讨论诗与各类文化形态关系的目录看,该书又何尝不可以看作一个比较诗学的架构呢?可我以为,比较诗与各类文化形态的异同,固然也属于比较诗学的题中之义,但比较诗学之要点却并不在此,而在中西方诗学的平行比较。刘建军先生在为该书所写的序言中,对于这一点给予了特别的关注。他说,《诗的文化阐释》,"在文艺学的研究上,特别在诗歌美学的研究上,极力想把中西美学的范畴、方法沟通融合,打破各方的局限,建立一种二美兼得的新体。"事实上,我们在论及书中几乎每一个问题时,都确实是这样做的,力求将中西方诗学与此相关的观点,平行地展示出来,对其中的同中之异或异中之同加以探究,以便找到二者跨文化语境的内在契合点,亦即诗的规律所在。如在讨论诗与历史问题时,我们便聚焦在西方的"史诗"概念和中国的"诗史"概念的比较上,意在以前者为参照,更好解读后者的历史—文化蕴涵。其他如讨论诗与生命、诗与哲学、诗与绘画等章节,我们也都进行了中西方诗学比较的有意义探索。

  需要指出的是,在写作《诗的文化阐释》之时,我更多关心的是建构文化诗学,而对于中西方诗学比较,相对而言,则还处于不甚自觉的状态。1993年,是毛泽东诞生100周年,西安市委宣传部邀请我,写一本系统地阐发毛泽东文艺思想的书,以示对这位已故领袖的纪念。说实话,我对此类写作,并无多少兴趣,但因为当时《诗的文化阐释》刚刚出版,尚无新的科研计划提上日程,于是,我也就应承下来了。既然要写,我不想循旧例,把这个题目做成通常的宣传文章,经过一番阅读和思考后,决定在马克思主义诗学与中国古代儒家诗学的两相比较中,开拓一条新的思路,来完成此一任务。马克思主义乃毛泽东作为职业革命家的后天习得与红色名片,而古代儒学则是毛泽东作为中国读书人的先天遗传和文化家园。中西方两种截然不同的思想体系,偏偏在价值取向上,存有某些交叉点。前者的意识形态至上,与后者的义理为重,其各自使用的功利主义标尺是一脉相通的。所以,在此二者之间进行比较,既切合实际,又符合学理,能对毛泽东文艺思想及其精神特征作出较好的阐发。这一思路,按此后出版的《毛泽东文艺思想与中国传统文化》一书后记中的归纳,可概述如下:毛泽东文艺思想,作为马克思主义诗学与中国古代儒家诗学相结合的产物,一方面,代表着马克思主义诗学的中国化形态;另一方面,又代表着中国古代儒家诗学的革命化形态。从水平的中西文化轴看,毛泽东→斯大林→列宁→马恩,是尽人皆知的毛泽东通向马克思主义诗学之路;反过来,从垂直的古今文化轴看,毛泽东→杨昌济→曾国藩→王夫之→孔孟,则是被人忽视的毛泽东通向古代儒家诗学之路。正是在两条道路的纵横交错处,毛泽东运用其"中外古今法",完成了其文艺思想作为一种以革命功利主义为特色的比较诗学的体系建构①。

应该说,通过《毛泽东文艺思想与中国传统文化》一书的撰著,在中西方诗学的比较方面,我已经由先前的不甚自觉变得较为自觉了。但由于为论题所限,颇多顾忌,我运用比较诗学的方法,难免稍嫌拘谨。真正打开视野,对中西方诗学进行跨文化的平行比较的,是我刊发于1994年第7期《延河》杂志的一则短文《诗,变形的艺术》。

此文是就清代诗学家吴乔和晚于他几百年的法国后期象征派诗人瓦雷利关于诗文之别的两则比喻所作的比较。吴乔说:"意喻之米,饭与酒所同出。文喻之炊而为饭,诗喻之酿而为酒。"瓦雷利说:"正像走路和跳舞一样,他(指小孩)会学会区别两种不同的类型:散文与诗。"这就是所谓的"诗舞文步"之喻和"诗酒文饭"之喻。"诗舞文步"之喻,是瓦雷利作为一个来自浪漫之邦的法国人的思路;而"诗酒文饭"之喻,是吴乔作为一个"民以食为天"的中国人的思路。两种文化背景,两种生活及思想状态,两种表达方式,其反差之大,体现了二者看似相反的一面;然而,两个比喻,在区分诗文之间实用与非实用、认识与非认识、写实与非写实的诸多差别上,却达到了如出一辙的惊人地步,又体现了二者实质相成的一面。相反而又相成,或者说异中之同,作为中西方诗学潜在的契合点,恰正是研究比较诗学所寻觅的那种跨文化语境的普遍规律之所在。

4. 按流行的说法,比较诗学作为一个专业方向,归属于比较文学学科。但以我之见,这样的说法极易造成误解,似乎只有研究比较文学或比较诗学,才须用比较的方法;如超出这一学科或专业范围,就不必再做比较了。事实上,处在信息时代的地球村

---

① 毛泽东文艺思想与中国传统文化[M].西安:西安出版社,1995:351~352.

里,不论研究的是如何偏僻的学科或专业,也不论研究成果是否包含比较的内容,作为研究者,其心目中都得有比较的视野、比较的眼光、比较的方法。也就是说,他应该了解,此一学科或专业的外国同行,他们在想什么和说什么;之前他们已经想了什么和说了什么;之后他们还会再想什么和再说什么。唯其如此,他才不至于做闭门造车式的无用之功。正是基于此,我认为,比较诗学与其说是一门学科或专业,不如从本来意义上,称之为一种方法。以上由文化诗学说到比较诗学,究其实,都是在讨论诗学研究的方法问题。如果说,文化诗学讨论的是在诗的文化圈内,他律如何由外及内向自律转化,自律又如何由内及外向他律转化,亦即他律和自律交相转化的方法;比较诗学讨论的则是如何通过中国古代诗学与西方诗学之间跨文化的平行比较,寻觅诗的规律的方法。

既然是方法,顾名思义,它便只是手段,而非目的。那么,我研究文化诗学与比较诗学,目的究竟何在呢?上世纪90年代的头几年,我一直在反躬自问,为这个问题而纠结不已。直至1994年,在我开始撰写《中国当代诗学论》一书前,才算弄明白:我从文化诗学到比较诗学,在诗学之旅中苦苦求索10余载,其实都是在为建构一种基于中国本位的现代诗学做方法论的准备。

我所谓基于中国本位的现代诗学,意思是:这一诗学首先应该是民族的;其次还应该是现代的。我以民族性和现代性的统一为自己诗学求索的最终目标,有多方面的考量:其一,在对中西方诗学原典的反复阅读和再三思考中,我认识到,西方诗学的巅峰期在20世纪,即所谓现代诗学;而中国诗学的成熟期,自汉魏六朝以降,一直延续至清末民初,大体可称之为古代诗学。其二,中国古代诗学除刘勰的《文心雕龙》、叶燮的《原诗》之外,多是片言只语,散见于种种诗话、词话之中,而且又各有其说辞,难觅体系式的构架,但如若做整体观,在其片言只语后边,仍可勾画出一个充满中国智慧,堪称博大精深的潜在体系。其三,如何梳理古代诗学的潜在体系,并且进一步对其作出现代诠释,王国维、宗白华、朱光潜、钱锺书等学贯中西的诗学前辈,为我们提供了卓越的范例,那便是,先要找一个恰当的参照系,而这样的参照系,依他们的经验,应该而且必须到以现代性观念和历史与逻辑相结合的方法见长的西方现代诗学去寻觅。其四,所以,要建构一种基于中国本位的现代诗学,就该在他律与自律交相转化的诗的文化圈之内,经由中国古代诗学与西方现代诗学之间大跨度、远距离的平行比较,采用历史与逻辑相结合的方法,走古代诗学的现代诠释之路。

正是从上述考量出发,我在撰著《中国当代诗学论》一书的同时,构想了关于古代诗学的现代诠释的详细论纲。论纲中,我想通过历史的梳理与逻辑的辨析,将由王昌龄率先移入诗学,在历经千余年的争议后,由王国维总结式地论定的境界一词,设定为古代诗学的核心范畴,并按照境界在诗的创作到接受的流程里,先是在感兴或者说灵感状态下孕育,随之在意象组合产生的结构性空白,也就是接受理论所称的"召唤结构"内生成,最终其审美空间蕴含的"不尽之意"亦即诗的韵味,因被读者"具体化"(英加登语)地体悟而引发审美的延留效应这样一环接一环的逻辑链条中,筛选出包括感兴—意象—韵味在内的一系列配套概念,以及作为境界在语言诸层面(语义、语法、语用)衍生出来的一整套悖论式命题,如合规律的"无理之理"、合法则的"无法之法"与合目的的"无用之用",共同构架而成以境界为核心范畴的古代诗学,亦可名之为境界诗学的理论体系。

要对这样一个境界诗学体系加以现代诠释,无疑是一项浩繁的工程。我写的《中国当代诗学论》,大体完成了论纲的基本构想。特别是其中第二章"诗的意象"谈诗的意象空白那部分,我用伊瑟尔在阐发"召唤结构"时论及的空白与未定性,结合诗的文本,分析了作为境界本体而存在的意象,及其在组合过程中产生的四种形态的结构性空白:意象内空白、意象间空白、意象外空白和直白诗的空白。我认定,这些空白汇总在一处所构成的那个使人感动、令人回味、供人沉思的审美空间,便是诗的境界。其他如该书第一章谈"诗美作为主体性的逸美""诗美作为个体性的内美""诗美作为表现性的奇美",以及第三章谈"诗的话语的非认识性""诗的话语的不实用性"和"诗的话语的超逻辑性"等部分,也都从各自不同的角度论证了境界范畴所衍生的无理之理、无法之法与无用之用等二律背反命题。

但可惜的是,因为《中国当代诗学论》系陕西省出版基金资助项目,它有严格的时间限制,致使该书未能在规定时日前,按论纲完成古代诗学的现代诠释。该书于1995年初由西北大学出版社出版后,我为了弥补此中缺憾,又陆续地补写了论纲内未完成的部分,但由于主客观方面的种种原因,截止2004年底我退休之日,仍有个别章节尚付阙如。已补写的部分,关于诗的境界的论述,是我较为满意的。我于其间以历史与逻辑相统一的方法,围绕境界范畴本身,做了两方面的工作:一是历史的梳理,我把境界一词按其词义的历时性演变,理出了一个头绪:先是由表时间的范畴变为表空间的范畴;随之由表物理的空间范畴变为表伦理的空间范畴;此后由训诂学意义上表物理或伦理的空间范畴变为佛学意义上表感觉与无意识的空间范畴;最终由佛学的表宗教空间的范畴变为诗学的表审美空间的范畴。除了历史的梳理,我还就境界范畴进行了一番逻辑的辨析,意在用逻辑梳理历史的同时,又用历史验证逻辑,从而在方法论上真正达成历史与逻辑的统一。为此,我据王昌龄《诗格》"诗有三境(物境、情境和意境)"、及王国维《人间词话》"词以境界为最上"之所论,将境界范畴的意涵由表及里、从实到虚,区分为真情真景相交融、虚实相生、"有言外之味,弦外之响"等三个层面加以讨论。在我看来,此三层意涵,犹如三级跳远,真情真景相交融是踏板起跳,虚实相生是腾空而飞,"有言外之味,弦外之响"是落地,是跳至极远处的动作之完成。上述过程在司空图那里,被表述为实象到虚象再到

"象外之象"的过程。究其实,也恰恰是境界作为审美空间在意象组合中得以最大限度地拓展的过程。这部分内容,已辑入2007年出版的《文学概论新编(全新修订第4版)》第一章第五节"文学作品的体裁"内;其余补写的文字,则将辑入有待出版的《我的诗生活:紫洪山人诗学文选》一书之中。

5. 以上,我将20余年的诗学求索之旅,归结为文化诗学→比较诗学→境界诗学等几个阶段的转换与衔接。要说其间有什么心得可言,我可以问心无愧地说一句,我在研究方法的选择及使用上,确实是下了工夫的,这大概与我文艺学的专业背景不无关系。从文化诗学研究之他律与自律的交相转化,到比较诗学研究之中国古代诗学与西方现代诗学的平行比较,再到境界诗学研究之历史与逻辑的统一,方法问题,一直是我运思和着力的中心所在。当然,我也清楚方法不是目的,但在我眼里,其意义或重要性,也许并不亚于目的本身。我辈研究诗学,目的不就在探索诗学之道吗?而这个道,若是求其本义,便包含有道路以及方法之义。庄子讲庖丁解牛,虽然也说道"进乎技",但通篇强调的是,技作为方法在其运作的极致处,完全可以提升至形而上的高度,与道一例看待。

一路写来,有回忆,也有思索;有欣慰,也有遗憾。原本想写得轻松、流畅些,但个别处因纠缠于学理,而失之板滞,未能尽如所愿,望予体谅。

本文系约稿,刊发于《西北大学学报(社科版)》2016年第2期"大家学术漫谈"栏目

目 录

第一辑　坛外诗评

真挚·纯朴·隽永——读雷抒雁近年来的诗　/ 3
诗界的一位拼命三郎　/ 16
他是一座桥——简论雷抒雁其人其诗的历史定位　/ 20
爱的梦幻曲——谈艾涓的诗　/ 27
献给故乡的痴情　/ 29
诗集《拒绝自杀》序　/ 37
"女儿是水做的骨肉"——吴惠玲诗作印象　/ 40
一颗成长着的童心　/ 45
文化家园的守望者——《故园新韵》序　/ 50
家常事·书卷气·幽默感——《半通斋诗选》点滴谈　/ 56
西北汉子的生命之歌——代诗集《汩渡:胜利的诗》序　/ 67
谈李国文小说的诗情特征　/ 76

第二辑　另眼诗观

诗是一句话　/ 89
诗,变形的艺术——从两则比喻谈起　/ 95
诗美变形律探微　/ 99
论诗的逸美　/ 108
论诗的内美　/ 119
论诗的奇美　/ 130
文化诗学构想　/ 142
在现代文本与传统趣味的夹缝里——新诗危机简谈　/ 159

论诗的境界 / 163
论诗的意象空白 / 176
谈诗的意象创造的理想状态 / 185

第三辑 一得诗品

现代新诗部分
诗的幻觉、想象与情感 / 191
一次罕有其匹的灵魂拷问 / 194
《黄鹂》:一个悲剧性的自我预言 / 197
臧克家的土地情结 / 200
一只为土地而歌唱的痴情鸟 / 202
礁石:一个原创性的私立象征 / 204
借以"认识你自己"的镜子 / 206
大跨度隐喻中的乡愁冲动 / 209
对比与回环 / 211
一出诗的悲喜剧 / 213
谈舒婷诗的爱情观念——以《致橡树》和《神女峰》为例 / 215
充满孤独感的情绪暗示 / 220
一个诗的寓言文本 / 222

古代诗词部分
一首撼人心魄的直白诗 / 224
陶诗所呈示的生命本真——从《饮酒》之五和《挽歌诗》说起 / 226
在轻喜剧情境中的苦涩与悲凉 / 229
"情中景"和"景中情"——谈李白七绝的赠友之作 / 231
由错觉勾起的乡情 / 235
一首真正意义上的"诗史"之作 / 237
杜甫的"生平第一快诗" / 240
关于"落花时节"的意象分析 / 243
两首各自为对方画像的赠友之作 / 246

谈柳宗元《江雪》一诗的"有我之境"
　　——兼与李白《敬亭独座》相比较　/ 249
说说《江花》一诗的声音模式　/ 252
《夜雨寄北》的情感流结构　/ 255
《天净沙·秋思》的意境创造　/ 257

外国诗部分
如何使爱情由瞬间化为永恒　/ 260
诗的召唤结构中的叙事性空白　/ 263

第四辑　野圃诗吟

新诗 11 首

风的墓志铭　/ 267

墙　/ 269

乌云之歌　/ 271

两个我　/ 273

火　/ 274

无花的梦　/ 275

地图上的家园　/ 276

种子　/ 277

墓志铭——十四行诗为金铮而作　/ 278

迎春花　/ 279

读《论语》有感　/ 280

旧体诗 46 首

无题　/ 281

同窗大婚　/ 282

韩城印象　/ 283

读司马堂前碑石　/ 284

司马坡远眺　/ 285

贺友人七十大寿　/ 286

送老友西行　/ 287

为纪念抗战胜利70周年而赋七绝二首　/ 288

孙杨　/ 289

抗日神剧　/ 290

反腐种种　/ 291

佳人　/ 292

真爱　/ 293

穷怕　/ 294

贫困县　/ 295

夜读陆诗有感　/ 296

习马会　/ 297

拼酒　/ 298

为纪念老舍先生而作　/ 299

秋日遣怀二首　/ 300

忆亡友抒雁　/ 301

黄叶树二题　/ 302

梦回故园　/ 303

玉兰　/ 304

赠内　/ 305

亡母30周年祭　/ 306

516忆文革50周年　/ 307

观音禅堂行(二首)　/ 308

街头即景　/ 309

毒霾　/ 310

无题　/ 311

悼霍公松林　/ 312

春分　/ 313

地铁电缆案　/ 314

忠实周年祭　/ 315

花痴　／ 316

自嘲　／ 317

悼学仁师姐　／ 318

亡友金铮 20 周年祭　／ 319

电视剧版《白鹿原》人物论（组诗九首）　／ 320

终南　／ 323

牛背梁一览　／ 324

无题　／ 325

长安秋雨　／ 326

出门难　／ 327

痴人说梦　／ 328

附录

谈小说的可读性　／ 331

瞧，这伙人——代《八一集》序　／ 334

后记　／ 337

第一辑

坛外诗评

真挚·纯朴·隽永
——读雷抒雁近年来的诗

抒雁是诗界的一位新人。虽然他从事创作已近十年,但真正引起广泛的社会注意,却还是近年来的事情。写于1979年的《小草在歌唱》,以及此后陆续发表的《信仰》《种子啊,醒醒》等篇,代表着他诗歌创作一个新的高度。

抒雁近年来的诗,真实,纯朴,隽永,从中我们可以窥见他的发展着的抒情个性的一个雏形。下面,我想从内心抒写、画面构成、哲学意蕴等方面,谈谈抒雁近年来的诗在个性表现上的一些特点,与抒雁本人和广大读者共勉。

一

注重于内心抒写,注重于真情,这是抒雁近年来的诗的一个显著特点。

他具有一种心理学者的素质,很善于发掘和展示自己的灵魂。古人云:"写形不难,写心惟难。"[1]抒雁的诗,往往于难处见工,在白描式的内心抒写中,流动着鲜活的人情和人性,给人以一种内在的真实感。这种真实感,表现在:

第一,他无论对于什么,都有一个出自真心的、不掩饰的、鲜明的情感态度。

了解抒雁的人都知道,他为人坦率,有什么说什么,从不隐瞒自己的看法。诗如其人,以由衷之言,写由衷之情,不是吞吞吐吐,而是痛痛快快,不是话到嘴边留三分,而是开口全抛一片心地直抒着自己的胸臆,到了感情的"喷火口"上,更是恨不得把自己的心,连同埋藏得很深的隐私,统统掏出来奉献读者。抒雁的诗,是诚实的人写的诚实的诗。在他那里,灵魂无秘密可言。对于一切美的事物,他的赞美是无保留的;对于一切丑的事物,他的谴责也是无保留的;而当发现了自己内心的一丝暗影,进行灵魂的剖析时,他的痛悔更是无保留的。在《小草在歌唱》中,抒雁拿"我"与张志新烈士对比,与富于同情心的"小草"对比,这样袒露着襟怀诉说道:"我曾满足于/月初,把党费准时地交到小组长的手上/我曾满足于/党日,在小组会上滔滔不绝地汇报思想/我曾苦恼,我曾惆怅/专制下,吓破过胆子/风暴里,迷失过方向""我恨我自己/竟睡的这样死/像喝过魔鬼的迷魂汤/让辚辚囚车/碾过我僵死的心脏/我是军人/却不能挺身而出/象黄继光/用胸脯筑起一道铜墙/……我惭愧我自己/我是共产党员/却不如小草/让她的血流进脉管/日里夜里,不停歌唱……"这种推心置腹的倾谈,直言刚声的表白,看来似乎是缺少一点含蓄,但却是真正心灵的诗。因为它是从诗人灵魂的战栗中产生的,所以,也就必然能使读者的灵魂,情不自禁地处于战栗之中。

抒雁说过:"我不喜欢那些感情虚假的诗,没有感动诗人自己而想去感动读者,这是幻想。"[2]基于这样的认识,他很少写那种就重大问题表态的应景诗,也难得写那种纯粹为四时八节而用的所谓纪念诗一类。他倒不是认为这样的诗一定不好,而是怕自己在匆忙之中,把真情实感忽略了,最终写成为一拥而上的,赶浪头的东西。(前几年,他有过这方面的教训。)近年来,抒雁显得执着持重得多了。他的诗,一般地讲,是真有感而发,真有情而作。这种真感情,尽管在个别地方还表现的不够深沉,不够细腻,然而,由于它来自内心体验的深处,不是听命于某种需要的产物,所以,就显得自然而少做作。孤立地看,抒雁的每首诗,所写的只是"我"在一瞬间的情感态度,但因为来得自然真实,若把它们联系起来,在某种意义上,就可以被当作"我"的历史的一个片断来读。透过诗行,我们不仅能看到诗人的心在生活的各个瞬间的真实搏动,而且能看到他作为真理的探求者,如何在思想的阶梯上攀登的真实历程。

第二,他力求按内心世界的本来面貌,来抒写自己的内心世界,在一定程度上,再现了为一个活人所应有的思想感情的那种丰富性和复杂性。

不同于那种"神"化或"鬼"化了的内心抒写,抒雁在诗中,没有用神话的笔调,把自己置于超人地位;也没有用漫画的手法,向自己倾倒大量污水。他深知,一个活人的心,绝非某种善或者恶的抽象符号所能概括,它是交织着各种感情色彩,回响着各种内在呼声的复杂世界。为了把这样的一颗心活灵活现地抒写出来,抒雁往往不是只写一个侧面,只用一种调子,而是同时从好几个侧面加以塑造,用好几种调子进行变奏。这样,就使他的内心抒写,显得充实、丰满,具有了一种近于雕塑的立体感和类似和声的交响效果。

作为一个战士,抒雁是激情的,昂扬的,粗犷的,是充满着革命责任感的。他为新长征路上某些角落令人窒息的空气而感到万分焦急:"窒息的空气,对健康有害/快把窗户打开,快把门打开"(《空气》),他向科学与民主的"种子"大声呼喊:"好呵,种子/我欢呼你从沉睡中猛醒"(《种子呵,醒醒》)他对共产党员的良心发出呼吁:"每一个共产党员/请想一想/当你用激动得发抖的手/在入党志愿书上把自己姓名填上/为共产主义奋斗终生的信仰呵/可曾用血把它写在心上"(《信仰》)这是抒雁内心世界的一个侧面,一种调子。作为一个诗人,抒雁又是多情的,沉思的,纤柔的,又是洋溢着诗的浪漫气息的。他对着星空万里,发出的是梦也似的慨叹:"星空啊,我羡慕你/在你沉静的脑海里/有多少思想在闪光"(《星群·题记》)他看着雨后初晴,产生的是母爱和家庭生活的联想:"暂别归来,太阳欢笑着/把他的子女们抚摸"(《雨后》)他望着芦苇丛生,勾起的是对失去了的童心的感伤的追忆:"我多想摘一片苇叶/卷一支绿号,再吹吹童心/可是,绿号卷起了／却怎么也吹不出声音"(《绿号》)这是抒雁内心世界的又一个侧面,又一种调子。如果说,前一个侧面,前一种调子,如雷动风飞,充溢着慷慨激昂的阳刚之气;那么,后一个侧面,后一种调子,则又如曲径幽谷,包蕴着亲切低回的阴柔之气。除此而外,还可以举出别的侧面、别的调子来。例如,作为农民的儿子,抒雁的诗经常散发着泥土气息;作为受过完备教育的知识分子,他的诗则又往往显示出多方面的知识素养。所有这一切,彼此交错,互相渗透,构成了为他个人所特有的精神图像和感情节奏,造就了"这一个"有血有肉、可信可亲的抒情主人公的自我形象。

第三、他的内心抒写,有着鲜明的时代感和较深广的社会生活内容。这样,就使一己之情和大众之情,主观真实和客观真实,在某种程度上获得了统一。

抒雁在一首小诗中这样写道:"我强健的胸廓／是一道回音壁／时代的浪潮撞击着它／像海浪拍打着长堤／那一阵一阵喧腾的回声／便是我献给你的诗句"(《回声》)。作为一个历史新时期的歌手,他追求的目标就是这样:一方面,要表现自我,要有自己的诗的声音;另一方面,又要表现整个沸腾的时代,让自己的诗的声音,流动并激荡着时代的"回声"。

抒雁不是那种关在小房子里,闭门觅句,向壁虚构的"苦吟派",而是一个精力充沛的实践者,一个勤于观察,勇于思考,不倦地在开拓自己的内心世界的人。早在西北大学上学的时候,他就表现出一种很好的诗的感觉,一种机警、灵动而敏锐的天性。近年来,由于长期在政治生活的浪尖上颠簸,以及渐入中年所引起的心理变化,他又越来越多地沉湎于哲学思考之中。一个诗的感觉,一个哲学的思考,这两个方面的结合,使他往往比一般的人要多发现、早发现一点什么,能把人们尚处于混沌状态的感受和情绪一下抓住,并提前一步表达出来;使他与人民大众"心有灵犀一点通",能从他们平凡的外表下,琐屑的生活里,发掘出真正的人情美、人性美来。

还以《小草在歌唱》为例。抒雁高人一着的地方在于,他不仅看到了女英雄作为一个革命者的当行本色:"当风暴袭来的时候/却是她,冲在前边/挺起柔嫩的肩膀/掮起民族大厦的栋梁";而且看到了女英雄作为一个"大写的人"的优美情操:"她的琴呢/那把她奏出过欢乐/奏出过爱情的琴呢/莫非就此成了绝响/她的笔呢/那支写过檄文/写过诗歌的笔呢/战士,不能没有刀枪"不止于此,抒雁还进一步看到了女英雄作为一个女儿,作为一个母亲的天伦人情:"我敢说:她不想死!/她有母亲:风烛残年/受不了这多悲伤!/她有孩子:花蕾刚绽/怎能落上寒霜!"这里,抒雁既写了张志新烈士,也写了自己,他是通过女英雄寄托了自己对于合理的人情和人性的全部向往。而这种向往,又不仅为抒雁一人所有,它在很大程度上,是集中了劫后余生的整整一代人的愿望和要求。正因为如此,诗才具有了这样夺人心魄的力量。抒雁说:"我是在唤起人们的情绪,是唤起人性、党性的同情,也只有在这点上,……诗才站住了脚。"[3]在关于新诗的民意测验中,读者之所以不约而同,把《小草在歌唱》举为他们最喜爱的诗篇之一[4],原因大概就在这里。

文学是人学,而诗在一定程度上,则是人学中的心学。对于一首诗,最可宝贵的就是诗人那颗"赤子之心",这,也就是所谓"诗心"。抒雁通过真实的内心抒写,为我们展示的,就是这样的一颗诗心。这颗诗心,敢笑敢骂,能爱能憎,带着全部真情实感,跳跃并燃烧在字里行间。整个诗的意境,因为贯注了生命而活跃起来,在诗人内在的人情美、人性美的光照下,显得分外亲切温暖。

二

注重于画面构成,注重于美感,这是抒雁近年来的诗的又一个特点。

他在回答《诗刊》社的问题时说过："美术,我也不甚懂,但在学校时,由于种种原因结有一些缘分,至今还未淡漠。"[5]因为和美术的这种"缘分",抒雁的诗,在画面构成上一般都比较讲究,尤其是那些成功之作,更有造型朴素、构图单纯的好处。

首先,是造型朴素。这里有两层意思:一是选择的形象素材是朴素的;二是使用的表现手法是朴素的。抒雁在诗里,不习惯用浓墨重彩去描绘富丽堂皇的景致,而情愿以洗净铅华的淡墨,不显光泽的素色,去勾勒那些为人们熟视无睹的事物。我们看,他在《小草在歌唱》中,写的是小草;在《祝福》中,写的是蒲公英;在《泥土之歌》中,写的是泥土;而在《信仰》《种子啊,醒醒》中,写的则是种子。这类形象,虽然各具个性色彩,但作为共同点,它们却都有一个质朴而平凡的外观。不错,抒雁除此而外,还写过太阳(《太阳啊,太阳》),写过海燕(《海燕》),写过玫瑰(《紫玫瑰》),在歌唱中越边界自卫反击战的胜利时,甚至还写过生长于南国的红棉花(《英雄花开》)。然而,要说是写得最富于生命力的,要说是真正的'情之所钟",却似乎不是这些,而是小草、泥土和种子之类质朴到近于枯索、平凡到近于卑微的东西。

这种"顾此而失彼"的现象,不独抒雁为然,在艺术界有其普遍性。拿画家来说,德国的鲁斯以画羊著称;而中国的黄胄则以画驴闻名。拿诗人来说,古代的李白最喜欢咏月,而现代的艾青却特别热爱光和太阳。一个再伟大的艺术家,在摹写自然方面,也不会是全能。他的拿手好戏,只不过是那么几本。这里,有一个选材问题,即歌德所说的"才能的驾驭范围"[6]问题,而更深刻的,则是一个美学问题。鲁斯的羊也好,黄胄的驴也好,李白的月亮也好,艾青的太阳也好,都是作为美的对象,存在于他们各自的心目中,而又表现于他们各自的作品里的。同样,我们透过小草之类,不是也可以约略地看出抒雁在美学追求上的一个倾向来吗?

但是,困难不在于指出抒雁的这个美学倾向(对于这一点,每一个细心的读者都不难发现),困难在于如何从他的天性、阅历以及全部教养出发,去解释这个倾向所产生的内在根源。他自己在谈到为什么要选择小草作为美的对象时说过:"信手拈来,但并非不假思索。我想到过惠特曼的《草叶集》,想到过鲁迅的野草……"这里,多少透露了一点信息,但要全部说明问题,还必须追溯得更远。抒雁从小生活在泾河之畔。他在《江南,我的梦境》中这样自述道:"我是北方的儿子/在黄褐色的土屋里/诞生了我的生命/伴我度过童年的/是黄土高原上干燥的风"这里,既无名山大川以为观瞻,又无国色天香以为点缀,整个环境是质朴无华的。野草的清香,泥土的芬芳,构成了质朴无华的大自然;与野草、泥土一样平凡的关中农民,又构成了质朴无华的社会生活。正是这样的环境,装点着抒雁关于童年和故乡的全部回忆;也正是这样的环境,从根本上铸造了他的质朴无华的精神个性。以后,抒雁离开了故乡,但如他自己所说:"无论走到哪里/我都不能忘怀故乡/不能忘怀故乡野菜的清香/不能忘怀故乡蝈蝈热情的歌唱……"(《乡思》)这种对故乡热土由衷的依恋之情,使他在童年时代千百遍地体验过,以后又作为潜意识储存在记忆深处的小草之类的形象,不时地跳出来,跃入他的诗情画面,化作其中最有生气的一部分。这一点,在抒雁自己,也许是不自觉的,然而,它确实在以某种必然性起着作用。我这样说,并不是给他今后的创作划一个圈子,说他只能写小草一类。不,随着抒雁生活实践的扩大,他才能的驾御范围也将有所扩大,但可以预言,他追求造型朴素这个美学的总倾向,将会相对地稳定下来。

与造型朴素相联系,抒雁画面构成的另一个好处,是构图单纯。这种单纯,不是单调,而是一种"已克服了的复杂"[8],一种在参错之中取得的和谐,在多样之中显示的统一。

抒雁很注意集中地使用力量,他在一个画面的众多形象中,抓住不放的往往只是一两个形象;而在一个形象的众多特征中,抓住不放的也往往只是一两个特征。绝无旁枝杈节,很少闲笔散墨。有时,为了给读者留下深刻印象,他运用电影的特写镜头,把他所要强调的那一两个形象,一两个特征,推近放大,变换角度,反复闪现,极尽渲染之能事。例如,《小草在歌唱》写"小草"对烈士一往情深的怀念,《信仰》写"种子"被风暴吹落,"枯叶"在枝头喧嚷,就是按这种格局处理的。这样,就使整个构图,集中在一个明确的总体观念之下,显得干净利落。

为了实现构图的单纯化,抒雁在诗中,除了用特写加以强调之外,还多方地使用了对比手法(其实,对比本身也是强调。)。在《江南,我的梦境》中,他拿"绿溶溶"的江南与"黄褐色"的北国进行对比;在《小草在歌唱》中,他又拿富于人情美的"小草"与沉睡的"我"进行对比,其中包括造型、用色、着笔诸方面的对比。通过这样的对比,使同一画面的各种形象,由纷然杂沓而归于单纯统一。

然而,更重要的对比,还不在于此。抒雁所创造的形象,在朴素的外观下,大多有深刻的内涵。他像一个善做翻案文章的老手,总是独具只眼,别出心裁,赋予寻常的事物以某种不寻常的感情、不寻常的思想、不寻常的性格。我们说,泥土是卑贱的,可是在抒雁笔下,卑贱的泥土却成了高贵的"万物之母":"风里不灭/雨里长留/是泥土的建筑!//千秋不衰/万代繁衍/是泥土的种族!"(《泥土之歌》)我们说,种子是平凡的,可是在抒雁笔下,平凡的种子却成了为信仰所武装的伟大战士:"只有种子不死/泥土给了它温暖/它在地下孕育思想/满怀信心/期待春光!"(《信仰》)这方面的翻案文字,做得最彻底的,自然还数《小草在歌唱》。草木无情,是人们的普遍印象。然而,一经抒雁之手,小草却充满了人情味。在黎明"一声枪响"之后,谁还能想到烈士呢?"只有小草不会忘记"。在暗夜人们沉睡之中,谁还会提起烈士呢?"只有小草在歌唱"。"道是无晴(情)却有晴(情)",这不就是抒雁所写的小草吗?这种出奇制胜的笔墨,往往造成同一形象表与里的强烈对比。写的是眼前景,尽在人意料之中;留的是画外音,大出人意料之外。看来普通至极,读后回味无穷。虽然在文学史上,类似这样的形象很多,但我们却丝毫没有重复感,其中的奥妙就在于,抒雁通过这类形象自身不同属性的矛盾对比,在单纯化的构图中,给了它们以不得不使人另眼相看的全新的艺术生命。

美有两种:一种是繁丽的美,一种是纯朴的美。这后一种,是更高程度的美。王安石所谓:"看似寻常最奇崛,成如容易却艰辛。"讲的就是这个意思。抒雁从他质朴的天性出发,在艺术上倾心以求的,显然属于这后一种美。他的画面,不以繁丽取胜,而以纯朴见长,恰如写意的水墨画,在平淡无奇的背后,有一种耐人咀嚼的美。

三

注重于哲学意蕴,注重于思考,这是抒雁近年来的诗的第三个特点。

思考,是今天文学的共性,而抒雁作为有个性的诗人,他的思考,是不同于他人的独立思考。十年盲从,一场迷梦,睁开眼来,他首先喊出的是:"让脑袋回到人们自己的颈项!"(《信仰》)抒雁知道,要写诗,就必须独立地思考整个生活,不能靠咀嚼现成的政治结论,临摹现有的艺术范本过日子。不错,从他近年来的诗中,还能多少看到某些前辈诗人诸如艾青等的影子,但可贵的是,他学习,借鉴,却没有因此而放弃自己思考的独立性。

我们说,抒雁的思考是燃烧着信念的。他在一首小诗里这样写道:"党啊,既然祖国站起来/是你给了她脊梁/那么,要飞起来/也定然能给她翅膀!"(《信念》)这个调子,可以说是抒雁思考的主调。作为一个与共和国一起长大的青年,抒雁对党对社会主义,有一种由衷的信赖和热爱之情。正因为如此,他早年的诗

（包括学生时代的习作），几乎无一例外，都是以赞美新生活为主题的，洋溢着一片童稚的天真和欢乐。经过十年动乱，他从专制和迷信的反面学校里，学会了思考，诗的主题开始由单一的歌颂转向更广阔的方面，往往"忧愤之词多于欢乐之情"[9]。但是，即使这样，他也并未丝毫改变对党和社会主义的初衷，相反，通过思考，倒是使这种感情更加内向、更加深化了。这一点，可以从《沉思》一诗得到印证："黎明的沉思/是憧憬光明的日出/不是忏悔暗夜的羞耻"。抒雁的全部信念，就建立在这个基础之上。对于从来没有过信念的人，他是鄙弃的；对于一时失去了信念的人，他又是同情的。他懂得，"照明人类心灵的深处，乃是艺术家的使命。"[10]他希望以自己的思考，为徘徊于十字路口的人们，点燃起信念之火。请看《驼骆》这首寓言式的小诗"一片焦灼，一片干渴/一片荒凉的沙漠//只有你，骆驼！骆驼/唱着生命的歌//眼睛里有一片绿洲/就不会在风暴前退却"在遭受"史无前例"的破坏以后，我们的生活不是多少有点像"荒凉的沙漠"吗？在"焦灼"和"干渴"面前，有人迷惘，有人颓唐，有人落荒。而党和人民，却背着重负，望着"绿洲"，迎着风暴前进！这里，抒雁谱写的，是骆驼的生命之歌，也是自身的信念之歌。看着诗人火一般燃烧的信念，谁又能不从心底里感到光明呢？

　　我们说，抒雁的思考是面向着现实的。不错，他有信念，有理想，但这种信念和理想，是他认定完全可以做到的东西，而不是虚无缥缈的"仙山琼阁"。他的想象，很少做不着边际的高空遨游，经常是紧贴着地面的低空飞行。这对于抒雁，是一个短处，也是一个长处。说是短处，是因为这种想象还不够飞腾，不够辽阔，缺乏纵横万里的浪漫气派；说是长处，是因为它处于理性即思考的严格控制下，充满着节制感和现实主义精神。抒雁的诗，从不作非非之想，难得有夸夸之谈，总是深切地注视着现实生活，思考着为人民群众普遍关心的问题。他是从农民中走来的，他有一种农民的务实精神。且看他的《哲学》："有人对农民说/给你一粒良种/它能长出一片黄金//农民笑着回答:谢谢/能不能发芽/先请泥土去辨认。"这不是对真理标准讨论的一个充满着农民式的机智和幽默感的回答吗?别林斯基说:"每一族人民都拥有两种哲学:一种学术上的,书本上的,洋洋得意、兴高采烈的哲学,另一种则是每天碰见的、家常日用的哲学。"[11]抒雁出于务实的本性,更多地倾向于后一种哲学。这样,思考的哲学深度似乎是差了一点,但因为它的内容是从实际出发的,是"家常日用的",所以往往能在更广大的人群中引起共鸣。顺便提一下,抒雁的语言明白晓畅,没有故弄玄虚的笔墨,很少欧化句式,不怕以大白话入诗,虽然尚须进一步锤炼,但用以表现他所思考的家常哲学,却是完全贴切的,而且也为人民群众所乐于接受。

我们说,抒雁的思考是饱和着感情的。几年来,他一直在追求把诗与哲学融合起来这样一个目标。我不认为他已经做得很好,但这方面的努力是值得称许的。就其天性而言,在抒情和议论两端,抒雁似乎更偏重于抒情。他说:"我不喜欢那种很尖锐,但缺乏艺术感染力的诗。那种诗只有一个美好的意图,也最多只能起到一个大字报的作用。"[12]他主张"把冗繁的实录,留给散文;把枯燥的议论,留给评论。"而让诗真正成为"生活的印象,情绪的记录,思想的启示",成为"闪光的东西"[13]。正因为这样,他的思考,不以议论的尖锐性著称,一般是结合着抒情,是作为抒情的一个环节进行的。在抒雁的一些佳作里,我们可以看到,他的思考,完全消融在诗情之中,如同盐消融在水中一样。只有到了过饱和状态,这种思考才作为结晶沉淀下来,闪耀出睿智的哲学之光,成为一篇警策之所在。在《种子啊,醒醒》中,抒雁这样写"种子":"如此勇敢地顶起僵硬的板层/呵,那是压不死的生命/也只是因为有它们/地球才不会像月球/或别的星斗那样荒凉而冰冷"在《小草在歌唱》中,他这样写英雄:"死,消灭不了她/她是太阳/离开了地平线/却闪耀在天上"在《信仰》中,他又这样写信仰:"在敌人面前/它,是枪/在饥饿面前/它,是粮/在严寒面前/它,是火/在黑暗面前/它,是光"这样的语言,是诗,也是真正的格言。他不人为地制造格言,而格言却像熟透了的果子,自动地从枝头落下,给人以启迪和遐想。

抒雁近年来的思考,使他的整个创作,以打倒"四人帮"为界,前后划出了两个阶段。如果说,在这以前,因为哲学式的思考较少,诗的意境比较单纯,多少给人以一种清浅透明之感,那么,在这以后,由于思考和因思考而产生的忧愤之情,使本来清浅透明的意境,一变而为深沉隽永。这一点,在探讨抒雁的诗的发展时,是必须予以指出的。

抒雁是一个正在成长和成熟中的诗人。他的格调,他的美感,他的整个艺术个性,尚未完全定型。在这种情况下,要对其人其诗做全面评价,还为时尚早。我在这里,只着重谈了他的一些特点和长处。需要指出的是,抒雁有少数作品,如歌颂"四·五"斗士和对越反击战的英雄的作品,对歌颂对象本身所具有的那种心灵美、情操美、道德美,还发掘和表现得不够充分,在内心抒写、画面构成、哲学意蕴等方面,创新的东西较少,而落套的东西居多,或明或暗地留下了应制和趋时的痕迹。就是那些为人传诵的好诗,也还有一些需要锤炼的地方。我希望抒雁在今后的创作中,能发挥特长,集中诗情,更注意内容的开拓和形式的创新,以真正的"自己的诗的声音",为新诗的发展作出贡献。

注释

[1]陈郁.话腴//佩文斋书画谱.
[2]、[3]、[9]、[12]摘自雷抒雁写给笔者的信.
[4]鸭绿江.关于新诗的一次民意测验,1980(2).
[5]雷抒雁.诗歌答问五题.诗刊,1980(5).
[6]歌德谈话录.

[7] 雷抒雁."小草"里的诗情.鸭绿江,1979(10).

[8] 革拉特珂夫.论社会主义现实主义//苏联作家论社会主义现实主义.

[10] 舒曼论音乐与音乐家.

[11] 别林斯基.论《叶甫盖尼·奥涅金》.文艺理论研究,1980(1).

[13] 雷抒雁.黄金在你手里.海韵,1980创刊号.

本文刊发于《西北大学学报》(哲学社会科学版)1981年第1期

诗界的一位"拼命三郎"

抒雁走了,虽在意料之内,但仍感突然,以至于此刻坐到电脑前,想为他写点什么,可纵有万千思绪涌动于胸坎,一时间竟茫然失语,不知从何说起。

我与抒雁,1962年9月一起迈入西北大学中文系的门槛,从相识、相知到相交,至今已是50载有余。不管是大学念书及"文革"串联时并肩携手的共同成长,还是毕业后天各一方或是书信、或是电话的精神交流,半个世纪来,两颗心始终是贴得很近很近的。我们的学友之情,其所以能超越时空,全靠一样东西牵系,那就是诗。抒雁是诗人,而我虽则也曾涂鸦式地写过一些歪诗,但充其量只能算是读诗、爱诗的人。两个人之间,纯粹是一种诗的交情。回忆起来,我们上世纪80—90年代连篇累牍的书信往来,以及此后常常一说便是几十分钟甚至个把小时的电话交流,几乎极少涉及日常生活层面,大多是三言两语就直奔主题,围绕着诗或者与诗相关的话题展开。

抒雁跟我不止一次提及,他对诗的缘分,从孩提时代即已开始。他出生在关中农村,打小灌满其耳朵的,往往是家人以及邻居大声吼叫或低声哼唱的秦腔。正是那种带着泥土的浑厚与芳香的唱词,伴随着板胡的旋律与锣鼓的节奏,将一介乡村少年,引向了诗这一最终把自己的一生都无怨无悔地贴赔进去的生命之旅。

话是这般说,但抒雁在"文革"中看着满世界的乱象,也曾作出过类似黛玉焚稿的决绝表示。那是在大学毕业前夕,他当着一二知己的面,眼含热泪,一页页撕下并烧掉了多年积存的诗稿。然而,此举对于抒雁,毕竟只是莽撞小伙的一时冲动而已。当他步入社会(先是在宁夏的部队农场锻炼,接着又参军,随之便调到《解放军文艺》杂志社任诗歌编辑)之后,其与生俱来的诗缘不仅重新得以接续,反而一发而不可收。他把诗当作为之痴迷又为之癫狂的事业乃至生命的全部,真正地成了诗界的一位"拼命三郎"。

1986和1997两年,我曾因故两度赴京,与抒雁有过好几次长夜之谈。他在让我分享其写诗快乐的同时,也向我诉说了创作过程中备尝的艰辛与折磨。抒雁拿出他平日放在枕边或装在身上的几个小札记本叫我看。其中之所写,几乎都是互不关联的片言只语。抒雁说,这是他平时读书或旅行时所思所感的备忘录。有时在街头,他见到、想到什么,就会突然蹲下身来,尽快用铅笔捕捉一闪而过的瞬间思绪;有时午夜梦回,忆及梦中由无意识深处跳出的一些妙辞警句,他会突然从床上跃起,拧开灯,按其原样记录在册。此等文字,绝大多数只起了练笔的作用。但也确有小部分,日后被摘出发表,成为名声远播的佳作,如为艾青所激赏的组诗《夏天的小诗》,以及抒雁自己特别看重的《掌上的心》一诗,即属此例。翻检这些存留着抒雁日思夜想、牵肠挂肚印记的小本子,我不由得想起传说中李贺拴在小毛驴脖子上的那个锦囊来。李贺骑驴觅诗,被后人形容为"呕心沥血",其实,抒雁又何尝不是如此?世人但见其诗作流传后的光鲜亮丽,又有谁得知诗作诞生前及诞生中的心血耗费?抒雁的才情是毋庸置疑的,但正像李白除了"敏捷诗千首"的一面之外,也还有经常被人遗忘的"铁杵磨成针"的另一面一样,抒雁的出口成章、落笔生花,往往是他以牺牲时间、精力,乃至于健康的代价换来的。柳青有云,文学是愚人的事业。路遥累垮了,倒下了;如今抒雁也累垮了,倒下了。陕西籍的两位"拼命三郎",各以其小说与诗创作的苦斗生涯,对柳青的话做出了具体的诠释。

2003年岁末,抒雁因直肠癌住院。就在手术前夜,躺卧于病床的他,还居然有心思去构思,并且写下了名为《无影灯下》的诗。我是隔年在西安与抒雁相聚时,才知道他住院手术这件事和《无影灯下》这首诗的。当时,我只是半开玩笑地说了句:"手术前写诗,你真是不要命了!"是的,抒雁就是这样的人。常香玉称"戏比天大",而在抒雁那里,则是诗比命大。中国诗歌史上,身处垂危之时,尚能以诗自娱者,似乎仅只有在大归之前为自己预拟《挽歌诗》的陶渊明一人而已。抒雁的《无影灯下》,在认知诗比命大这一点上,足可与陶渊明的《挽歌诗》相媲美。其中所表现的对死亡畏惧感的消解,对死神可能降临的从容、淡定与幽默,非大彻大悟者,是断乎写不出此等呈示生命本真的好诗来的。如果说,当时的《小草在歌唱》,写的是风口浪尖上英雄的人化,那么,这一首《无影灯下》,写的则是在庸常生活中人的英雄化。人们一提抒雁,便习惯性地称之为"小草"诗人,这种称谓自然是有道理的,因为《小草》毕竟是他的成名作以及代表作。然而,却不能由此认定,抒雁的佳作,仅止于《小草》一诗。事实上,在《小草》之后,如《海的向往》《父母之河》等等,包括上面论及的《无影灯下》,皆堪称能充分彰显其"拼命三郎"诗魂的经典之作。

  说到此,抒雁与我最后一次见面的情景,顿时历历如绘般浮现于我的眼前。那是6—7个月之前,去年夏日的一个午后。抒雁在金花饭店,差党昊开车来接我。推门进去,他正和西安的一位女诗人在谈话。女诗人要出版一本诗集,求抒雁为其作序。抒雁已经用铅笔将序写好,二人正就序中的某些措辞交换意见。当时,抒雁一边说话,一边连连地咳嗽,以至于说不了几句,就得停下来,喘喘气,喝口止咳糖浆。而且,我看抒雁的面色,也是从未见过的极度疲惫与憔悴。我的潜意识中,已有某种不祥的预感。但因为怕引起他的精神压力,我只是劝其歇歇,不要再往下说了。可抒雁却不依不饶,非坚持下去,把要说的话在咳嗽声中说完不可。当初,我对他的固执不是太理解的。现在,当我将这一场景与其一贯的拼命三郎精神链接在一起之后,才明白过来。抒雁固执的背后,显然是他作为中国诗歌界的领军人物,作为中国诗歌学会会长,对中国当代诗歌发展的担当及责任心在起作用。

进入新世纪以来,抒雁说得最多的两个字是"坚守"。在诗已经极大地边缘化的当下,他对诗创作一如既往的全身心投入,对中青年诗人的提携和指导,无疑是一种坚守;他花费多年精力,还原并翻译《诗经》,也应该被看作是一种坚守。抒雁相信晚明公安派"真诗乃在民间"的判断,他希望通过《诗经》中十五国风的还原式翻译,寻找到民间真诗的最初源头,从而为中国当代诗歌的发展,从感情与思想的酝酿、提炼,到语言及技巧的表达使用,提供一个正确的借鉴。

抒雁为诗而生,为诗而死。他之于诗,无疑是一场一生一世的生死之恋。活着时,他为诗已经做了他能做的一切。如今,抒雁走了,无论是其亲人,还是其好友,都不必过于悲切。因为这对极度疲惫的他,未尝不是一种解脱。而且,大家可以想一想,抒雁为什么不迟不早,恰好赶在2月14日西方情人节的凌晨出走?往好处想,兴许是喜欢热闹的他,要赶赴西天,去参加一场诗的派对吧?

本文应约刊发于2013年2月18日《人民网》

他是一座桥
——简论雷抒雁其人其诗的历史定位

我在1981年,当抒雁以《小草在歌唱》一诗轰动全国之际,曾写过一篇《真挚·纯朴·隽永:谈雷抒雁近年来的诗》的文章,对这颗在诗坛冉冉升起的新星及其美学风格在第一时间做过评论和预测;而今,抒雁走了,望着他渐渐远去的身影,我又提笔在手,想为其在中国当代诗歌史以及文学史的历史定位再写点什么。

抒雁生在新中国成立前,长在红旗下,成名在新时期之初,属于诗坛的40后一代。无论从哪个角度看,他之于中国当代诗歌的历史长河,都是一位过渡型诗人。过渡,意味着断裂,更意味着衔接、沟通和承续。记得在上世纪80—90年代,我们围绕他的诗歌创作,曾有过一次会心的交谈。他说,他误了一班车;我说,你又赶上了一班车。作为这一断一续的意象化表征,我蓦然想到抒雁笔下几次写过的桥。1984年,他有一首以桥为题的诗:"既然,命定站在这断裂带/命定站在这水深流急之中","那么,就请从/我们的背上踏过去吧/不用问风浪多大/不用问沟壑多深"(《桥》);无独有偶,十余年后,大概是在世纪之交,他又有一首以桥为题的诗:"我们是桥/在两个世纪衔接处值班","我们的手/将挽起两段时间/挽起一个世纪落日的祝福/一个世纪日出的狂欢"(《跨世纪的桥》)。桥作为中心意象,在抒雁的诗中二度呈现,对于他而言,也许纯属无心插柳之举。我其所以这样说,是因为在他此后亲自编定的几个诗集内,上述两首诗都未入选。由此而言,不管是《桥》,还是《跨世纪的桥》,似乎都没有引起抒雁自己的足够重视。然而,我却以为,正像无心插柳柳成荫一般,此一桥的意象，在很大程度上乃是抒雁的夫子自道，恰恰构成了他和他所属的承先启后的那一代诗人的自我象征。

一般地讲，桥是指在河面或其他断裂带上连接和沟通此岸与彼岸的一种建筑物，亦即抒雁在诗里所谓"断裂带"上的"衔接处"。如同在两洋潮水的汇聚地常常会掀起台风一样，古与今、中与西、朝与野、雅与俗等各类文化的时空间隔，在其断裂而又接续处，发生相摩相荡似乎是不可避免的。但作为相摩相荡的结果，随之而来者，则往往是二者的互斥互补。也许正因此，在抒雁那里，既有传统的积淀，又有现代的元素；既有主流的价值，又有民意的诉求；既有精英的视角，又有草根的情怀……所有这一切，使抒雁在不同文化的互斥互补中，更多地呈示出对立面双方不是非此即彼，而是非此非彼或者说亦此亦彼，两者相依存乃至相交融的过渡型特征。作为整整一代人的文化代表，其有别艾青、李瑛等年长一辈，亦有别北岛、舒婷等略微年轻些的同辈的优长及局限之处，也许皆在于此。

下面，我拟以传统与现代的关系为主、兼及主流与民意的关系、精英与草根的关系，从三个不同的时空维度，谈谈抒雁作为桥在文化的间隔处所起的连接和沟通作用。

先从传统与现代的关系说起。呼吁诗的现代化，抒雁在业内即便不是最早的一位，也是较早的一位。1979年7月，党的11届3中全会刚刚落幕不久，抒雁的《让诗歌也来点"引进"》一文，即刊发于《新港》杂志。由于当时政治气候乍暖还寒，这一呼吁，顿时引发了文艺界一场不大不小的围观与争议。此后，随着其知名度的提升和影响力的扩散，抒雁在漂洋过海的经历中，欧风美雨的沐浴下，不断结合自身的创作实践，从西方现代派，尤其是意象派及象征派那里，"引进"诗的语言、结构及相关技巧，写出不少颇具现代意味与表现力的诗作，如为他本人所激赏的《掌上的心》便是一例。我不敢说，抒雁有关诗的现代化的尝试已臻完美，但起码可以证明，在此一过程中，他绝非冷眼旁观者，而是积极的参与者。

然而，这只是问题的一个方面。问题的另一个方面是，抒雁深知，诗的现代化，不能理解并归结为单向度的西化。作为中国传统诗学与西方现代诗学之间远距离、大跨度的对话，说到底，诗的现代化，应该如美籍华裔学者林毓生所言，是传统向着现代的"创造性转化"。基于这样的理解，抒雁在向往并追求诗的现代化的同时，又在苦苦地寻觅与探究诗的传统。一是前瞻，是走向现代；一是后顾，是回归传统。在他那里，二者是互为因果的：回归传统，是为了更具民族自信心地走向现代；而走向现代，又能使其在清晰的参照下回归传统。因此这两个方面，是相反的，又是相成的，甚至可以说，它们本身就是循环往复的同一个过程，即传统向现代的创造性转化的过程。

其实，以上所谓传统，单就诗的范围而论，由近及远，可分为三个层次：从延安时期沿袭到建国十七年以战歌与颂歌为主的革命传统→五四用"人的文学"相召唤的启蒙传统→古代由诗骚发端的人文传统。当中横亘着两大文化断裂带，在近处看，是延安革命传统与五四启蒙传统之间因"救亡压倒启蒙"（李泽厚语）造成的文化断裂带；往远处看，则是五四启蒙传统与古代人文传统之间因"全盘西化"造成的文化断裂带。抒雁的诗歌创作，毫无疑问是在延安革命传统的强光笼罩下起步的。成书于上世纪70年代的两部诗集《沙海军歌》（1975）和《漫长的边境线》（1978），作为抒雁军旅生活的记录，就明显地留有此种革命传统的胎记。这些军旅诗的不够成熟，除了因为诗作者初出茅庐，在技艺方面略显青涩之外，主要是因为这一传统过分强调作品的政治性、阶级性与革命性，极大地妨碍了诗对人与人性的深入开掘。《小草在歌唱》一诗于1979年6月的发表，对抒雁而言，具有里程碑的意义。它不仅作为其成名之作，被永久地镌刻在了新时期诗歌发展的史册上，而且，它以对象张志新作为英雄的人化和"我"作为主体在自我忏悔中的灵魂拷问这一双重性的人的主题，使抒雁在

"救亡压倒启蒙"的文化断裂带前,完成了跨越性的关键一跳,从延安革命传统一下回归到五四倡导"人的文学"的启蒙传统的原点上来。在《小草》之后,抒雁并未终止其寻觅与探究传统的脚步。他和小说界的寻根思潮相呼应又相区别,尽管都是在寻求古代人文传统的源头,他并未像某些小说家那样,把目光投向深山老林或者穷乡僻壤,而是投向了流经其关中故园的泾河、渭河(1981:《泾河,渭河》),最后双眸炯炯地凝聚在汇集了泾河、渭河,真正堪称中华民族的母亲河的黄河(1982:《父母之河》)之上:"我在繁华喧嚣的都市/突然思念黄河",这惠特曼和聂鲁达式的诗的开头,突兀而起,顿时间就把读者置于弥漫着文化乡愁的氛围之中。随之,诗写到"我"与黄河之间割不断的亲情,"我是从爷爷那布满皱褶的脸上/认识这条河的","当我还在母腹蠕动之时/黄河之水,就通过脐带/进入我的血管/进入我的生命"。诗在靠近结尾处,仿佛为了与开头相呼应,又一次奏响了思念的旋律:"黄河啊,我的黄河/在都市的繁华与喧腾中/……我突然感到/感到只有游子才有的/甩不掉的愧疚与眷恋"。作为抒雁文化寻根的代表作,在我看来,《父母之河》足可媲美于《小草》一诗。虽则论轰动效应,它不如后者;但论气势、论蕴蓄的文化 - 心理信息、论艺术成熟度,却多有超越后者之处。说到此,不能不提抒雁进入新世纪倾尽其全部心力所写的《还原诗经》(2008),即用白话体翻译十五国风。我以为,讨论这本书意义的关键在于,抒雁继当年通过《小草》完成了对延安革命传统与五四启蒙传统之间的文化断裂带的第一次跨越之后,又通过《还原诗经》完成了对五四启蒙传统与古代人文传统之间的文化断裂带的第二次跨越,从而在最为原初的源头上,寻觅到了诗的人文传统之根,并且以自己特有的方式,为如何实现传统向现代的创造性转化,提供了一条颇具启发性的思路。

  以上讲抒雁在处理传统与现代关系时像桥一样所起的连接和沟通作用,下面,我想简略地说说他是如何看待主流与民间的关系的。抒雁是中国共产党的党员,曾在解放军部队受过长时间的训练,转业后又与政治、经济及文化高层保持着密切的交往。基于此,他对官方推崇的主流价值观大体是认同的,其诗歌创作,基本属于体制内的写作。这一点,我们从不论其早年写张志新的《小草》,还是近年写南方雪灾的《战歌与颂歌》(2008)、写汶川地震的《毁灭与新生》(2008)等,都可以看得清楚。然而,抒雁的脚步,却从不停息地游走在民间,与社会三教九流的各界人士,尤其是与农村的父老乡亲,保持着心灵和血脉的贯通。正因此,他的诗作,在表达为其所认同的主流价值的框架内,总是力求以最大的量,尽可能多地容纳民间的意愿及诉求。无须讳言,抒雁也写过极少数只是传达主流价值的所谓应制之作,但他的抒情诗(包括政治抒情诗和社会抒情诗)的绝大部分,都是将民意诉求融入主流话语的产物。前两年,抒雁在山西、陕西等地,举办过多场诗歌朗诵会。会上不少粉丝称其为"人民诗人"。尽管抒雁对这样的称谓每每加以婉拒,但粉丝们的赞誉也还是从另一侧面,反映出他作为诗人在普通老百姓心目中的地位。对于这一点,抒雁是颇有自知之明的。在《小草》引起全民的感动之后,他在写给笔者的信中说过这样一段话:"我是在唤起人们的情绪,是唤起人性、党性的同情,也只有在这点上,……诗才站住了脚。"此外,像写南方雪灾、写汶川地震的诗,虽然在感人肺腑的程度上,多少有逊于《小草》一类,但由于抒雁在整体构思中,有意无意地将主流价值和民意诉求,用一种精神的桥梁加以连接和沟通,它们选取的往往是关乎民生的切入点,例如写雪灾发生前返乡的农民工"匆匆的脚步";写地震发生后"一个稚嫩的生命""在…废墟上"的"庄严诞生"等,这样写来,便使上述以灾难为题的社会抒情诗,没有简单化地成为施舍者高高在上表达怜悯或安慰的官样文章,而更多给人以家常里道般的温暖和亲切之感。

　　三是精英与草根的关系。这跟上面所讨论的主流与民间的关系,不无重合之处,但究其实,因为这两组关系,是由依据不同尺度对社会群体所作的不同划分形成的，应该说，它们代表的是两个不同的文化维度。抒雁是由泾河畔走出来的农民的儿子，他从生活到艺术，都带着一种挥之不去的草根情怀。恰恰是此种草根情怀，使其所写的《乡思》（1980）、《离乡人的故乡》（1981）、《泾河、渭河》等，成为改革开放新时期乡土诗的经典之作。但这仅只是构成其文化身份的一个侧影而已。除此而外的另一侧影，抒雁又是受过完备的高等教育，而且多年来一直生活与工作在文化高层的知识精英。他看人论事，写诗为文，所持的常常是精英的视角。如曾被山东选为高考作文题的六行小诗《星星》（1979）："仰望星空的人／总以为星星就是宝石／晶莹、透明，没有纤瑕／飞上星星的人知道／那儿有灰尘、石渣／和地球上一样复杂。"这首诗在精英视角下，借星星暗示人和人性的复杂性，就包含了某种耐人寻味的意蕴。在抒雁那里，一则是与生俱来的草根情怀，一则是后天获得的精英视角，两者的交叉与结合，使得其人其诗具备了为其他诗人诗作难得具备的，雅俗共赏的别一种审美品格。且看其早年所写的《哲学》（1980）一诗："有人对农民说：给你一粒良种，它能长出一片黄金//农民笑着回答：谢谢，能不能发芽，先请泥土去辨认。"诗中涉及在当时牵动整个知识界思绪的真理标准话题，采用的无疑是精英的视角；而洋溢在字里行间的老农式的机智和幽默感，体现的又俨然是草根的情怀。

  人作为其所处的各种社会关系的总和，都是一个多面体的存在。抒雁是诗人，可以说更其如此。传统积淀与现代元素的结合，主流话语与民间诉求的沟通，草根情怀与精英视角的交融，成就了"这一个"如桥一般的抒雁，也成就了他在改革开放新时期的诗歌发展史上难以混同、并且为他人所不可取代的特殊地位。

  需要说明的是，以上我在谈及抒雁其人其诗的历史定位时，屡屡将他比作一座带有过渡型特征的桥，绝无任何轻慢或贬损之意。因为如果从更加宏大因而也更加普遍的视野看，恰如艾略特在《传统与个人才能》一文之所论，大凡文学史、诗歌史的名家乃至大家,在时间维度上,几乎无一例外,都是一个过渡环节。鲁迅就此也做过类似的表述,他认为:"一切事物,在转变中,是总有多少中间物的。动植之间,无脊椎和脊椎动物之间,都有中间物;或者简直可以说,在进化的链子上,一切都是中间物。"(《写在〈坟〉后面》1926)由此而言,世界上不论哪个民族、哪个国家的文脉,都正是依赖这样一个又一个、一批又一批于断裂处接续的过渡者亦即所谓"中间物",才得以或快或慢地向前推进,并得以恒久的贯通和延续的。与众多杰出的前贤相比,抒雁作为过渡型诗人,其非同一般处在于,他置身中国改革开放的社会转型期,面对由经济、政治的大变革而引发的古与今、中与西、朝与野、雅与俗等等文化诸方面前所未有的大撕扯、大冲突和大撞击,他以自己特有的生存智慧及诗性灵敏,从容不迫地栖居并游走于其间,如他所写的桥那样,"命定"地站在文化的"断裂带",站在"水深流急"之中,发挥难能可贵的连接和沟通作用。对于抒雁其人其诗在此一方面的贡献,我相信,后世的学者在书写中国社会转型期的诗歌历史时,应该是不会忘记的。

本文刊发于《西北大学学报》(哲学社会科学版)2013年第4期

爱的梦幻曲
——谈艾涓的诗

摆在面前的这本诗集,在总共70多首诗中,十之五六言及爱情。因此,用爱的梦幻曲去总括其基本旋律,虽多少有偏,但也并非全然无据。

爱情天然地属于青年。《这边风景》的作者艾涓,正当20挂零,他在自己的第一部诗集中,把爱情作为主旋律,应当说是毫不足怪的。哪位诗人不希望在自己的青春年华,留一份爱情的记录呢?

与别人的爱情诗相比,艾涓所表现的爱情,很大程度上是一种不确定对象的,带有单恋或自恋意味的,因而如同梦幻般飘飘忽忽的爱的欲求。是的,它不是成熟的爱情,然而,却又并非儿戏式的爱情。诗中的"我"爱得执着,爱得虔诚,爱情本身构成了他的血肉之躯的一部分。所以,更确切地说,我们看到的是一种青春期的生命骚动。莫可名状的焦灼和期盼,难以言说的忧伤,似天光云影流布在字行之间,显示出艾涓爱情诗有别于其他爱情诗的内在特色。

也许是为了追求诗体风格方面的轻盈空灵吧,艾涓的爱情诗摒弃了所有世俗的、现实和历史的社会内涵。他不以爱情写人生,写哲理;也不以爱情写忧患,写使命。他在对社会理性的规避和自我感觉的沉湎中,取得了某种自由感。正因为如此,诗中"我"才能潇洒地对待爱情,不为得失所羁,也不为哀乐所动。在诗集中可以看到,"我"幻想着与恋人心灵沟通:"在祈盼的千百次机会/我总是嗫嚅着 有一天/心思长成一座桥/你从上面走过……"(《桥》)但是,假若"祈盼"落空,"我"也表现得十分豁达:

"该离去就离去吧/该留下就留下吧/去与留都是结束/去与留都是开始……"(《心思》)"我"一方面冷静地观照恋人们"在怨中拥抱","在恨中接吻"(《爱的遐想》);另一方面也在探索着爱情的完美形态:"爱应是一叶小舟/只要有你 有我/就会把生命的追求载过彼岸"(《爱的探索》)。在艾涓笔下,爱情挣脱了对社会伦理政治因素的思考,显得超常的自由和潇洒。如前所述,这种自由潇洒的爱情,以不确定对象为其特征,因而,在某个意义上可以说,诗人是在虚构一种超验的、形而上的爱情观。不管他自己在现实生活中的爱情经历以及体验如何,我们透过其爱情诗,至少可以获知:诗人对自由潇洒的爱的梦幻曲的追求,是认真的和不遗余力的。

然而,完全自由潇洒的爱情,说到底只是一种类似于真空的理想形态。对于正在成长中的年轻诗人艾涓来说,我们作为读者,完全有理由要求他,将爱情与历史、文化与社会现实恰当地结合起来,随着岁月的流逝,有更充实,也更深挚的爱情诗问世。

本文刊发于1993年4月28日《西北信息报》

献给故乡的痴情

　　在闻频的诗里,写得最多、而且最有特点的,是他的故乡。所以,要谈对闻频诗作的印象,就必须从他的故乡说起。

　　闻频的故乡,在河南省扶沟县,是历史上有名的黄泛区。1938年花园口决堤,一场大水把他的父母驱上了流浪之路。闻频本人就是在举家迁徙到陕西以后出生的。要是换成别一个人,也许会因此而迁怒于故乡。但闻频不是这样,洪水可以冲走他的家园,却不能冲淡他对故乡和故乡人的记忆。大凡什么东西,往往是在失去了以后,才能真正地感到它的可贵。闻频之于故乡,情况便是如此。他的乡情,是在背井离乡的痛切遭遇中萌生出来的,基于此,这种感情的热度和强度,也就大不同于一般的人。一般人的乡情,不过是泛泛的关注、淡淡的思念而已;而闻频的乡情,在很大程度上,表现为一种萦萦于怀、念念不忘的全身心的眷恋。我说它是痴情,就是这个意思。

　　正因为是痴情,所以,每当诗人提起笔来,常常不由自主,翘首于异乡的土地之上,神游于故园的阡陌之中,以至使人觉得,在他的诗里,除了故乡而外,很难再找到别的色彩,别的旋律,由于感情过分专注,而显得题材近于单一。但是,谁也不能否认,那里面确实有诗——痴情的人写的痴情的诗。这个痴,要说是闻频的短处,自然也无不可。反过来,从另一种意义上讲,它又是闻频的一大长处。有情而至于痴,无论写什么,他都不会作假,而总是推心置腹,袒露着真情;有情而至于痴,无论想什么,他都难得超脱,而总是脚踏实地,执着于现实。前者,即所谓抒情的真挚感;后者,即所谓立意的现实性。而这两条,恰恰是闻频诗作的鲜明特点。

首先，从抒情的角度来看，我们说，闻频的诗是真挚的诗。以儿女的情态对待故乡，讲真情，写实感，重白描，求自然，这是他表现乡情的一个特点。

在闻频笔下，故乡，母亲，是两个形象，又是一个形象，他常常自觉不自觉地用电影的蒙太奇手法，把它们叠印在一起："薄雾蒙蒙/细雨蒙蒙/故乡呀——/披着雨雾的斗篷//看不见村舍/也不见树影/故乡，我是专程来看你的呀/为什么，你却躲在雾中/是为那灾难的年月内疚吗/你曾迫使我背井离乡/但那不能怪你呀，故乡/为娘的，谁愿把儿抛进火坑//饥荒的路，终于爬过来了/心灵里还有黑沉沉的阴影/但我从不责备你呀，故乡/我知道，你为儿也曾哭肿了眼睛……//……雾，快散吧/雨，快些停/故乡呀，我的母亲/请让儿快看看，你那明丽的笑容"（《故乡，披着雨雾的斗篷》）多少人都曾经把故乡比作母亲，这个比喻在闻频手里，并没有因为老化而失去它的妙用。异地的客子重回故乡，不正如久别的儿郎见到亲娘吗？那深情的注视，亲切的呼唤，尽管看去很少装饰，却自有动人的魅力；听来多是家常，而别具悠长的韵味。要问这当中有什么奥妙，奥妙就在于，它不是挤出来的，而是流出来的，是诗人对于故乡的一片真情的自然流露。唯其真，才显得美。

俗话说：儿不嫌母丑，子不嫌母贫。正是出于这种对故乡的儿女真情，所以，只要是与那块贫瘠的土地相关的一切，大至一丘一壑，小至一草一木，即便是荒滩，或者涝池都一样，这些自然风物，无论在局外人眼里，是如何地不值一提，而在闻频看来，它们作为故乡和故乡人的一种表征，无不情趣盎然，意味深长。且看《扫帚苗》："初看好像野草/其实不是野草/它是乡亲们种植的/在我的家乡，随处可以见到//有人把它栽在房前屋后/有人把它撒在堰根地角/它是深知乡亲们心意的/一棵棵长得又密又高//初春，它把嫩叶给人充饥/做扫帚的，是那秋后的根条/不是乡亲们偏爱种它呀/因为，人世间有太多的灰尘需要打扫"在这里，诗人写了扫帚苗,而又不止于扫帚苗。我们透过物,看到了人——那些生活在故乡土地上的可亲可爱的人。他们里里外外,不就像扫帚苗一样吗？平凡到叫不上名字,质朴到留不下印象,尽可能少地有求于世,而又尽可能多地造福于人。

类似这样的咏物诗,还有《荒滩的秋草》《柿林抒情》《小院,有颗夹竹桃》等等。它们所写的,不外是故乡的野草、柿树、夹竹桃之类。这些自然风物,和扫帚苗一样,都属于平凡者的家族。然而,在闻频的诗里,由于真情的灌注,它们都被人化了,于是,也就无一例外,都可以被当作对于故乡人民的本质力量的象征来加以看待,我这样说,并非出于穿凿,完全可以从诗的本身得到印证。以《柿林抒情》为例:"这是一团团燃烧的火/也是一颗颗伟大的心/在这满树柿子红透的时候/我却想起了,无数可亲的人……"

看得出来,闻频爱故乡的土地,更爱故乡的人民。基于世世代代生活和劳作在同一个地域所产生的同一种心理结构,他在精神上、在气质上,与故园邻里的农民父老,多有息息相通之处。他们朴素的外貌,憨厚的心灵,古老的风俗,美好的人情,时时处处牵动着诗人的心。他的乡情,说到底,乃是对故乡农民的感情。

这一点,在闻频另外的一些诗里,可以看得更为清楚。如果说《月夜对话》,他通过给麦田浇水的父子俩的对话,意在为故乡农民留一个诗的剪影的话,那么《荒滩上这片桃林》,他通过老支书培育桃林的一生,则意在为故乡农民写一份诗的传记。诚然,由于抒情诗不善叙述这一点的限制,无论是剪影,还是传记,都显得过于平实了一些,但诗人对于故乡农民的真挚感情,我们从字行之中,还是可以感觉得到的。

这里,需要特别提一下《忆端阳》和《夏夜的草坪》。这是两首颇有情趣的诗。在《忆端阳》中,闻频用近于白描的手法,给我们描摹了故乡人在五月端阳这一天为避凶邪而插艾叶、涂雄黄的热烈场面。对这一古老的习俗,诗人最后不无流连地唱道:

家乡的小河呀，日夜流淌/岸边的苦艾呀，年年飘香/朋友，让我把艾叶别在你衣襟吧/我知道，今天虽不是五月端阳……

相形之下，我似乎更喜欢《夏夜的草坪》。在这首诗里，闻频怀着一片童心，回忆起自己在少儿时代因捕捉流萤易受到父母呵斥的情景：

　　童年，我曾经在这里戏耍/赤着脚，捕捉那飘曳的流萤/盏盏小灯，在手心闪亮/连同喜悦，一起装进了小瓶

　　善良被禁锢了，我在笑/小灯被磨灭了，我在笑/只为了童心向往光明呵，哪想到，天真却把罪孽酿成……

　　难怪母亲那厉声的呵斥/难怪父亲那铁青的面孔/但是，父母那颗朴实的心呵/却点亮了我心中纯真的灯

　　论题材，这些诗写的是最普遍的乡俗画面，但我们读后，却不觉其平淡。这里的关键在于，在它们所展示的乡俗画面的背后，像泉水一般，流动着诗人对善良而且朴实的故园父老的一腔热爱和向往之情。

　　我们说，闻频的诗具有抒情的真挚感，这只是谈了总体印象的一个侧面。与此相关的另一个侧面是，他的一些诗作，虽然写得也真，但不免又感到浅，只是停留在一般性的表述上，而未能深入一步，从感情流的漩涡和泡沫中，提炼出更多的思想的晶体来。这，不能不说是一个遗憾。

　　其次，从立意的角度来看，我们说，闻频的诗是现实的诗，求实际，重现实，不空谈，少幻想，这是它表现乡情的又一个特点。

　　党的十一届三中全会，使整个国家、也使闻频的故乡获得了新生。尤其是在全面推行农业联产计酬责任制以后，农业生产力大大解放，故乡的面貌更是发生了翻天覆地的变化。对于这一点，闻频看在眼里，喜在心头。他每次返乡探亲，都忍不住要为变

化着的故乡歌唱一番。其中,《黎明的港湾》一诗,体现诗人这方面的情感,是最有代表性的:

> 我望着家乡的村落/仿佛一艘艘绿色的小船/麦浪,是无边的碧水/绿树,是扬起的风帆

> 风帆张开欲飞的翅膀/绿水使劲摇着船舷/五月,霞光笼罩的家乡呵/真像一座黎明的港湾……

> 片片菜花,是水上的标灯/远处的疏星,是期待的双眼/小村就要起航了/笑声,是起锚响动的银链……

这是一幅色彩明丽的故乡新图。在这幅新图中,一边是内地、乡村,一边是海滨、港湾,两个意象,相隔何等遥远,大概是满心的欢喜之情激发了诗的想象的缘故吧,闻频在这里,一反他细针密缝的惯例,采用大幅度的跳跃,把二者合乎逻辑地联系在了一起。我说它合乎逻辑,是因为唯有这般处理,才能真实地反映出故乡从"十年浩劫"到党的十一届三中全会所发生的历史性变化。

但是,诗人并未因此而陶醉在欢乐之中。作为农民的儿子,他从父母和乡亲们那里,更多地继承的是务实的精神传统。耳闻目睹的事实,时时处处在提醒闻频,故乡的船,虽然已经起航,但是刚刚离开港湾,要想到达目的地,还须走很长很长的路程。眼下的故乡,比从前的确是好多了,然而,乡亲们的日子毕竟还不宽裕,多少人还处在贫穷和饥饿的威胁之下。《苦菜》一诗,可以说,是闻频这方面的观察和思考的纪录:

> 我把豆棵向一起堆放/豆棵下露出苦菜一层/淡绿的叶,浸着白汁/叶上的露水,像泪珠在滚动

> 这苦菜,我见得早了/在童年时代,在少年的梦中/但是,三十年机耕深翻呵/苦菜呀,为什么还没绝种

拣豆角的小女孩来了/恰似我童年的情景/她拣着脱落的豆角/也把苦菜挑进篮中

　　我轻轻捧起她的竹篮儿/诗情在我心头蠕动/我采下一叶苦菜夹进诗行/同时,也夹进了我的思绪重重……

　　苦菜,作为艰难的旧日月的象征,为什么它经过"三十年机耕深翻"(此处可读作三十年翻天覆地的大革命),至今在故乡的土地上仍然绝不了种？这个问题,在诗人的感觉中,比什么都来得实际。

　　正是带着这样的疑问,闻频常常把目光从今天转向昨天。新中国成立前的苦难,大跃进的折腾,"文革"十年的动乱,这些旧日月的碎片,一幕幕地,在他的诗行之中不断闪现。

　　这些碎片,单独地看,似乎没有什么意义。闻频在艺术构思上的匠心表现在,他没有单独地去展示这些旧日月的碎片,而是把它们放在了描绘新生活的幼芽的大背景之中。诗人是按农民父老的方式,用两只眼睛看取故乡的:一面是新,一面是旧;一则以喜,一则以忧。当他看到新生活的幼芽时,他的脑中充满欣喜之情;当他看到旧日月的碎片时,他的心里又不无忧伤之感。正是这种新与旧的对比,喜和忧的交织,使他的乡情得以深化,使他的诗表现出一种可贵的现实主义精神。

　　闻频的不少成功之作,都带有这方面的特点。拿《清明祭》来说,我们就很难分清,这到底是一首回顾旧日月的悲歌,还是展望新生活的喜歌。它是这样写的:

　　今天,你用欣慰搭起灵棚/为母亲,补一个庄严的祭礼/桌上,摆满丰足的供果/心头,落着初春的细雨

　　墓地上鼓乐奏响了/你把纸钱,默默燃起/你焚烧着

多年的郁闷/坟前留下了一堆黑色的日历……

鼓乐声声/惊天动地,鼓乐声/绕着小村新砌的瓦房/摇着桃杏初绽的花絮

也许,这是你今生唯一的挥霍吧/我知道,这不是一般寻常的奠祭/当你在坟前跪下的时候/我看到,无数农民正在站起……

在这里,闻频精心地选取了一个清明祭母的镜头。既然是祭母,情调自然是悲切的、感伤的;但正当清明,恰是初春,整个画面又显得明快,充满着希望,墓地上"鼓乐奏响",环绕着"新砌的瓦房","初绽的花絮";纸钱燃起,"焚烧着多年的郁闷","黑色的日历"。这一切,看似矛盾,实则统一,写得很有辩证法的意味。特别是最后两句:"当你在坟前跪下的时候,我看到,无数农民正在站起……"这一跪一站,相反相成,令人深思,耐人寻味,它形象地告诉我们,故乡的父老们,正处在辞旧迎新的阶段,他们跪下来,是为了告别旧日月的门槛;站起来,则是为了迈向新生活的里程。

说到这里,我们也不能不指出闻频在立意方面的一些不足,他没有回避故乡的落后面,这是好的。但是,他所揭示的落后面,多是由历史原因造成的,很少涉及当前生活中的矛盾纠葛。这样,也就在一定程度上,影响了作品的现实主义深度。

闻频是一个创作态度严肃,而又特点鲜明的诗人。他所特有的那种痴情,决定了他在描写故乡时,非用自己的眼光、非用自己的声音不可,一句话,非有自己的特点不可。前面提到的抒情的真挚感,立意的现实性,只是诗人的个人特点的两个主要方面,其他,如不喜欢放声高歌,而喜欢轻声低吟;不追求一泻千里,而追求一唱三叹;不习惯洋腔洋调,而习惯土腔土调等,也都是闻频的特点所在。

这些特点,发展下去可以形成为风格,但就现在的情况看,还不能就说成是风格。从初步地具有特点,到真正地拥有风格,尚须我们的诗人加以探索,付出努力。这中间,因为有鉴于过去多写故乡,而主张拓宽选材领域,自然也不无道理,然而,以我之见,还是保持先前的那股痴劲儿为好。与其宽而失之于泛,倒不如窄而得之于深。此中得失,望诗人再思。

本文刊发于《延河》1983年第8期

诗集《拒绝自杀》序

不知从什么时候起,我们的诗坛变得女性化了。当然,另一种声音也还是存在着,但如果就20世纪80—90年代诗的主流话语而言,则更多地给人以偏软、偏柔、偏甜之感。这一女性化倾向,作为对先前泛滥成灾的伪英雄主义诗风的反拨,在其刚刚露头之际,我们曾经从舒婷、顾城等人那里,实实在在地感受到过一种久违了的优美与温馨。然而,时过境迁,当诗坛中不少人开始像流行歌手那样,捏着鼻子说话,由起初的细声细气,一变而为嗲声嗲气,甚而至于浪声浪气之时,我们便不由得生出一点疑惑:这些人是不是有病了?

前两年有论者在报端著文说:科学是阳性的,诗和艺术是阴性的。读后叫人先是愕然,继以茫然。这一诗学新解,用以说明秦观、李清照、泰戈尔以及阿赫玛托娃,似乎亦无不可。但是,要拿来剪裁高岑、苏辛、惠特曼或者艾略特,则无论怎样巧手缝制,也难免捉襟见肘。古人云:一阴一阳之谓道。如果在这里把"道"理解为宇宙万物的生命本体,那么,人和自然的生命不待说在于阴阳平衡,诗的生命恐怕也离不开阴阳平衡。据此而论,如"文化大革命"之中或者之前的那类高八度的"战歌",扯着喉咙漫天价吆喝,属于阳亢阴虚,无疑是一种诗的病态;而如今"小女人"式的吟唱,从灵到欲,从言情到做爱,从花前月下的卿卿我我到卧室床笫的哼哼唧唧,作为阴盛阳衰的症候,是否也应同样地视为一种诗的病态呢?刘熙载当年有感于齐梁小赋的"儿女情多,风云气少",艾青当年不满于徐志摩的《别拧我,疼……》,从中给我们提供的,恰恰就是这方面的启示。

正当我与我的同道,忧心今日的诗会不会如齐梁小赋,或者徐志摩的个别篇什,在浅酌低唱里陷入阴阳失衡的虚寒症的当儿,一个以"老刺猬"自称的怪人(其真名叫任锐),带着他的诗集,和他那与主流话语的不谐和音,从三界之外的实生活的深处,势头十足地向我们走来了。他的出现,给了我——我相信也是给了关爱中国新诗的其他读者——一个不大不小的惊喜。因为他告诉我们,在今日的中国,除了为数众多的"小女人",也还有别一种写诗的人;除了软绵绵、甜蜜蜜的曲调,也还有别一种诗的声音。

说老实话,任锐给我的第一印象并不佳。看看诗集"老刺猬"的署名和《拒绝自杀》的标题,我先是觉得扎眼的怪异,进而甚至还怀疑作者是否像走江湖卖膏药者在故作惊人之状。然而,待到我读完他的诗,听完他的倾诉,尤其是在前些日子,阅完他匆匆送来的诗集后记《给生命一份坚实的承诺》的清样之后,最初的那种怀疑,那种怪异感,顿时在不知不觉间被化解了,代之而生的是深深的敬意:不独是因为他的诗,首先和主要是因为他的人。

也许是一种人的宿命,也许是一种诗的缘分,任锐四十年的生涯,始终是在成与败、荣与辱、穷与达、生与死的相摩相荡中度过。平淡的散文化时代,他居然享受到那么多奇特的诗的礼遇:上过新时期的大学,当过私营企业主,主办过食品行业的国际会议,进过壁垒森严的看守所……在被命运一次次地抛向绝望的深渊时,他想到过死。然而,最终他还是挺着腰板活下来了。大起大落的人生道路,大悲大喜的情感历程,如今,以诗的方式刻印在了他即将出版的诗集《拒绝自杀》里。美国作家杰克·伦敦和海明威的小说,历来被文学史家津津乐道地称为"硬汉小说"。任锐的《拒绝自杀》,不管在表达生命体验的广度还是深度方面,自然都还不足以攀附上述两位世界级的大师,但是,如果把硬汉二字挪用过来,称他的诗为硬汉诗,我想,是不会有唐突前贤之嫌的。

我与任锐交往有限,相知不深。论起来,应该在这篇序言中多为他说一些称颂的话和鼓励的话。然而,以我的书呆子气,却很难做到这一点。不带客套地讲,他的硬汉诗,在很大程度上还显得粗放、粗粝,甚至粗糙,其意象经营以及音律安排,也不无可疵议之处。但我以为,这不是任锐的全部,甚至也不是他主要的地方。在这位硬汉子诗人那里,最为我看重的有两点:第一,是他那份从其传奇生涯中酝酿并喷薄出来的本真的感情。无论是对自己的老父亲,抑或是对自己的小女儿,他都能恪尽作为孝子,作为慈父的天伦之道,为表达爱心而达到披肝沥胆的地步。在当今什么都不缺,唯缺真情的诗坛,任锐所作的奉献,自有其弥足珍贵的价值。第二,与任锐的真情表现相适应,是他那种未经雕琢、不受羁勒、充满雄性和野性的声音。诗的话语的精致化,这是写诗者人皆求之的目标。但除过诗坛大家,对于许多人而言,这个目标的实现,往往要付出生命元气因此而或多或少地受到耗损的代价。历史上之所以形式主义常与假人假诗相伴随,原因即在于此。任锐作为刚刚向诗坛发起冲击的硬汉子,他诗的声音中的雄性和野性,既是其缺憾,又是其优长所在。前者我说到了他的粗放、粗粝和粗糙,这是指其缺憾的一面。现在从其优长的一面立论,或许还因为有他和他的同声相求者那充满阳刚之气的声音的加入,可能为由于阴盛阳衰而患有虚寒症的中国新诗,注入某种生命的强壮剂。

是为序。

"女儿是水做的骨肉"
——吴惠玲诗作印象

把吴惠玲的诗稿从头至尾统览一遍,我惊奇地发现:在这位壮族青年女诗人那里,写得最多且写得最好的,并非那些有广西特色的地方景象或者民族风物,倒是随处可见、寻常至极的水。我们来看这样一首诗:

> 我没有家/我想象一个回家的日子/然后出发/以我的形式存在/就像流水以透明的形式/存在
> ……
> ——《以我的形式存在》

如果说以上关于水的隐喻,将"我"与"流水"在形式上加以对举,其深入生命过程的意蕴追求,由于喻体本身的丰厚度以及承载力稍嫌不足,多少流于虚飘,失之抽象的话,那么,下面两组由水的意象出发,并据以辐射而成的意象群落,则因为整个表现充满了流动的质感,可以当作绝妙的意象诗来解读:

> 午夜的流水　缓缓/流过　流过旷野的/星空　流过墙上/夜来香的影子拉得/好长好长
> ——《午夜的流水》

> 水的瞳仁/风温热的/指间/轻轻游过/一朵朵梦一朵朵/带泪的笑容
> ——《浮藻》

我不曾做过专门的统计,想来这部诗集的大约十之四五,其意象营构都是以水为中心的。除此而外的其他诗作,虽然就字面看去似乎与水无关,但相当一部分在意象的外观以及内涵上,也都和水相仿或者相通。它们要么写雨（如《古典的心情》《初遇》），写雪（如《下雪》），写海（如《夜曲》），无须多加证明，这一切充其量都只是水的意象的替代物；要么写月光（如《冰冻月光》《月光曲》《纸月亮》《最后的月华》《月光雪》《月光门》等），写夜色（如《爱入佳境》《星星雨》），这里的月光也罢，夜色也罢，从古典诗词"月光如水"和"夜色如水"的传统思路看，也都可以对应地理解为水的意象的逻辑延伸。由此得出结论，说水是吴惠玲诗作的基本意象，应该是无所争议的吧？

这里，我要特别提及一首名为《小水妖》的诗。这不仅是因为，其本身是对水作为基本意象的上述断语的有力佐证；而且还因为，它在通篇写水的同时，又通篇写女性的人，把水幻化成为一个美丽的小水妖的意象，对我们理解水的意象在吴惠玲笔下的象征性蕴含，有绝大的启示意义。诗是这样开始陈述的：

多年以前/她跟着水走了　那个黄昏/和所有的黄昏一样/她在黄昏中/走向河边/她不回来/她也不/说一声/人们知道她是喝/那条河的水长大/她长得跟那河的/水一样清凉她赤裸着/洁白的皮肤/在水中宛若一朵莲花/人们说/是河里的水妖/把她拐走的经过了多年/多年之后/河水不知去向/我伸腿迈进河里/再感觉不到水的清凉

清人章学诚称："有天地自然之象，有人心营构之象。"明眼人一看便知，吴惠玲关于水的意象，不是"天地自然之象"，而是"人心营构之象"。这也就是说，女诗人通过心灵的吞吐、酝酿和蒸腾，是要把她从母亲河汲取的源头活水，变成象征其主体自我的女性意识的"客观对应物"（艾略特语）。还以《小水妖》为例。不错，诗中以不同的视点写到了"水妖"，写到了"她"，写到了"我"。由于这一多视点陈述所造成的间离效果，三个称谓似乎标示着三类不同的女性角色。然而，她们在作为基本意象的水的往返流动下，互相掩映，彼此浸润，最终给予读者的，却是一种角色转换和融合以后的三位一体之感。正因此,在我看来,无论是"水妖",也无论是被水妖拐走的"她",甚至连那一河"清凉"的水本身,都不能不是指向"我"的,或者说,都不能不是诗人自我女性意识的对象化表征。

　　生活中的吴惠玲,虽则和我只不过在课堂内外有过几次有限的接触,但在我的印象深处,她本人正是这样一位可以用水来比喻的女性。我的印象的产生,或许是因为她的仪态,她的眼神,她说话的声音,也或许是因为她来自那个"江如青罗带"的南国水乡。总之,我是纯属无意识地把她与水联系在一起的。而今,令我欣慰的是,这一无意识印象从吴惠玲精心结撰的一个个水的意象得到了印证。因为我透过这些诗的镜子看到的,恰恰就是我在讲台上不止一次地看到过的那个吴惠玲——那个水一般澄明又水一般迷离,水一般恬静又水一般漂流与变幻的吴惠玲。前者是人给我的印象,后者是诗给我的印象。两者的完全叠合,除了表明吴惠玲作为诗人的真诚和本色,换一个角度而言,还正应了《红楼梦》里贾宝玉说的一句话:"女儿是水做的骨肉。"

　　我认定水的意象是吴惠玲女性意识的自我象征,不是基于某种逻辑推论,也没有将一个完全莫须有的概念强加于她本人的意思。事实上,吴惠玲自己对水与女性的文化关联,是持明显的认同态度的。在她那里,水和其南方的家园同在:

　　我在北方/心却在南方

　　水的温柔/水的神秘/水的流逝/永远在天边
　　　　　　　　　　　　——《流放地》

　　我注定涉水而来/又涉水而去/我的声音流进水的声音/古老而年轻
　　　　　　　　　　　　——《水边》

　　不仅如此,吴惠玲还从西施浣溪沙的故事,进一步领悟到:

"女人跟水/似乎有某种不容忽视的关系"。上面引述过的《水边》一诗,很大程度上,可以看作诗人对水与女性关系的历史审视和文化思考:

水里有诗经流过　流过/窈窕淑女在水一方/流过大江东去　流过/杨柳岸晓风残月/水源源不断/水是我们生命与文化的渊源

……

我们体会　水滑过皮肤/那种清凉而奇妙的感觉/水的文化也渗透我们的肌肤/就像水深入植物内部/水是一种透明氛围/使你深陷其中/无法拒绝美的诱惑

这里,由于主体的介入,已经触及水的意象作为历史文化原型及其所具有的阴性特征问题。在中华民族的集体无意识里,五行之一的水是一种原型,正像与水并列的金、木、火、土等其他四者都各是一种原型一样。早在创世纪之初,我们的先民就因为水性的柔顺、清润,出于某种直觉,更多地将它与女人相联系。以后,经由先秦诸子的加工,水的原型得以在阴阳五行的格局中确立,并被更多地赋予用以类比女人的阴性的历史文化特征。这一表示阴性的原型,通过"蒹葭苍苍,白露为霜,所谓伊人,在水一方"(《诗经》),通过"盈盈一水间,脉脉不得语"(《古诗十九首》),通过"长安水边多丽人"(《丽人行》),"温泉水滑洗凝脂"(《长恨歌》),通过"日日思君不见君,共饮长江水"(《卜算子》),等等,在一代接一代骚人墨客的反复咏唱中,几乎成为美丽的女性的代名词。贾宝玉称"女儿是水做的骨肉",无疑是出于这样一种民族无意识的心理定势,吴惠玲说她"注定涉水而来","又涉水而去",也同样是出于这样一种不得不如此的心理定势。

需要指出的是,水作为表示阴性的历史文化原型,进入吴惠玲的诗歌文本,其符号所指绝非是单一的。正如我在前面所分析，水有清朗澄明的一面，还有扑朔迷离的一面；有淡泊恬静的一面，还有飘忽流动的一面。与之相对应，由水的原型所象征的女诗人的自我，也呈现出一种二重组合的多面立体效果。我们看《静照》一诗：

  一层颜色/又一层颜色/渗透诗的骨髓/我纯净如
 水/如月光 静静/映半桌红桔子/绿苹果

其中的"我"，像水一样纯净、透明，然而，同一个"我"，到了下面的诗里，显示的却是另一副面孔：

  阳光的碎面孔/流动于水面上/往事一闪而过

  归于平静的/水面的事物/石头沉默/空气的思想
  ……

——《无言》

  这里的"我"，仿佛已消失在水中，并随着水流逝，"我"与水已融为一体，但仔细想来，她仍然是水的本性的另一面——飘忽不定、变幻莫测的体现。

  水在流动之中，吴惠玲其人其诗也在不断地成长和发展之中。在这部诗集里，我们较多看到的是诗人的女性意识借助水的原型意象的自然流露，也不时看到了其女性意识在水的原型意象中的社会化消解。一方面是女性意识的自然流露，一方面是女性意识的社会化消解。这两方面经水的原型意象呈现出来的矛盾统一，就是"涉水而来"，"又涉水而去"的吴惠玲留给我们的整体印象。

本文登载于格真诗集《玫瑰和一朵
玫瑰》，西北大学出版社1996

一颗成长着的童心

　　高璨小朋友要出一本诗集,朋友想请我写篇评论,我没有马上应承下来,只是简单地回了一句,先看看稿子再说。我这样讲,可能是因为我内心深处的一种成见吧。我一直以为,在当下功利主义盛行的大环境里,诗意和美是很难生存的。诗歌创作沉入了低谷,尤其是儿童诗,更是难得有什么童心闪耀、诗意葱茏的佳作。充斥于报刊或书摊的那些儿童诗,除了极少数由专业儿童文学作者精心编撰的篇什之外,凡是成年人代笔的,往往学着娃娃腔装嫩;而孩子们自己写的,则不免摆出大人气充老。一句话,它们都因为过多的雕饰,遮蔽了发自本性的自然之美。出于这样的成见,我甚至怀疑,给一个十一二岁的小女孩出版诗集,是不是在有意地炒作什么?

　　两三天后,一部名叫《一朵野菊花又开了》的诗稿送到了案前。我随便地翻了一下,大感意外的是,有几行句子居然牢牢地牵住了我的视线:

　　　　阳光从树缝溢了出来/大地抹去一片阴凉/一只公鸡从远处奔来/扑向这片小米般金黄的阳光
　　　　　　　　——《阳光从树缝溢了出来》

　　　　风说,夜空下的大海/正不息地摩擦沙滩/海浪要擦出一粒火种/点燃一不小心熄灭的太阳
　　　　　　　　——《海浪要擦出一粒火种》

　　这不是久违的诗意吗?公鸡扑向小米般金黄的阳光;海浪夜空下擦出火种,去点燃熄灭了的太阳。谁能想到,如此新颖、如此奇特而又如此富于创造性的诗歌意象,竟出自一个小学五年级的

女学生的笔下？为勃然而生的阅读兴趣所指引，我反过头来，又仔细地读了高璨不久前出版的那个诗集——《阳光的脚步很轻》，和收在诗集中的谢冕、梁小斌、金波等先生以及诸多网友写下的评论，才知道我面对的，并非是炒作出来的小"超女"，而确实是像青草一般从大地深处自然而然地生长起来的儿童诗人。

然而，当我打开电脑，准备为高璨即将出版的诗集《一朵野菊花又开了》写点什么的时候，却又不免陷入了某种困惑之中。就整体而言，这个新诗集在所展示的心灵状态上，与《阳光的脚步很轻》是如出一辙的：高璨描写的还主要是风呀、月呀、金鱼呀、树呀一类用童心营构的自然意象，表现的也还大多是纯粹儿童式的情趣、感觉和想象。而且，如果拿两本诗集做一番总的比较，在感情的丰沛和饱满程度、构思的出人意料以及意象世界的奇特性等方面，新诗集或许还有略逊于旧诗集的地方。难道说，高璨那颗敏于感受和巧于表现的童心，并未与时俱进，其诗艺只是在原地踏步吗？假若真是这样，我要写的评论，在已经有了谢冕、梁小斌诸先生相当到位的推荐和介绍之后，还有什么大费周章、喋喋不休的必要呢？

但情况不是这样。我通过对新旧两个诗集的对照式细读，发现了一年以来小诗人内心深处某些变化的迹象。这一迹象，最早是从一首名为《烛火在燃烧——写在 11 岁生日》的诗里看出来的。在这之前，高璨好像还没有哪一首诗写过自己的生日，可是现在她写了，而且是郑重其事地写了。显然，她是要赋予这个"11 岁生日"以某种不一般的意义。那么，到底是什么样的意义呢？我们不妨来看看诗的内容。这首诗是对比着写的，前半部分写"小时候"过生日，"快乐的生日歌伴着许愿"，"我可以去梦的房间/听萤火虫的歌"；后半部分写"今天"过生日，"吹灭蜡烛，如一缕轻烟/随风而去/留下莫名的伤感/将一块块往事剪拼"。两种情绪，两种心态。小诗人在此告诉我们，现在不是"小时候"了，她已经一天天地成长起来了。要说意义，这个成长的母题，作为以对于时间形式的感受而表达出来的生命体验,深入高璨的童心世界,便是意义之所在。

如果说,上面这首纪念十一岁生日的诗,在表现成长的生命体验方面,虽然具有某种路标性的意义,但由于意象化程度较低,还不够耐人寻味的话,那么,写于十天之后的另一首诗——《飘过童年的云》,则用富于质感的清晰意象,为"莫名的伤感"找到"客观对应物"(艾略特语),从而丰富和发展了成长这一诗的生命母题:

  我是一棵长满枝丫的小树/其中的一枝上/坐着我的童年

  就是那么一瞬间/就是那样不小心/童年,就在捕捉一朵/飘过树丫的云时/无声跌落/离开,就再也没有回来

  那么多云飘过/那么多枝丫重新长出/可我永远找不到/飘过我童年树丫的那朵云

当我在《烛火在燃烧——写在11岁生日》里,念到"莫名的伤感"一句,曾多少有辛弃疾"为赋新词强说愁"之感,而接下来再读《飘过童年的云》,才知道是错怪高璨小朋友了。她那种"莫名的伤感",并非无病呻吟,也不是故作深沉。作为童心深处自然而然地涌动的生命体验,经过诗化的点拨,它不就真实地流动在"童年,就在捕捉一朵/飘过树丫的云时/无声跌落/离开,就再也没有回来"的感叹之中吗?

实际上,小诗人为表达成长的生命体验而写时间,进而写季节(尤其是写标志着收获和转折的秋季),并不是从这本新诗集才开始的。早在《阳光的脚步很轻》里,她就已经写下了《奔跑在时光前》:"独自行走在/寂静的小路/时光总匆忙拽拽我的衣袖/除了带给一丝莫名的慌乱/就是不禁加快的步伐";写下了《红枫

林》:"秋天是火柴/他把枫林点燃了/一棵棵树点燃/跳动的火苗在树上晃动/显得格外耀眼"等等。以两个诗集作比,不同之处在于:第一,就数量而论,各自所用的篇幅以及所占的比例不同。在《阳光的脚步很轻》的130首诗里,写时间的5首,写秋天的7首,分别只占总数的4%和5%;而在《一朵野菊花又开了》的61首诗里,写时间的12首,写秋天的10首,已经分别占到总数的20%和15%。第二,就注入的感情及其色调而论,二者也有细微的不同。关于这一点,大家只要将上述《飘过童年的云》与《奔跑在时光前》《红枫林》等链接在一起加以比照,就可以看得非常清楚:后者的基调是欢乐的、跳跃的、清澈见底的;而前者则因为注入了点滴思考、些许感伤,使总体上仍然是欢乐、跳跃、清澈透明的基调,多少显得浑厚和凝重了一些。通过比较,可以得出一个结论:以相当自觉的意识表现成长的生命体验,正是诗集《一朵野菊花又开了》的特色所在。

　　对于高璨小朋友在她的新诗集中不自觉地呈示出来的这一变化,究竟应该如何看待呢?它是意味着童心的缺失,还是意味着童心的成长?有论者曾经就高璨所写的《镜子和狗》一诗,表示过某种忧虑。他认为,这首诗以童心为代价,过早地察觉了人世间的孤独和悲伤,是儿童的不幸。而我看来,这位论者是过虑了。毫无疑问,儿童应该生活在欢乐之中。因为只有欢乐,也许最适合童心在无所遮蔽的状态,作自由自在的诗意表现。然而,现实人生毕竟是复杂的。我们如果以保护童心不受世俗污染为理由,在儿童的四周筑起隔离墙,让他们从各式各样的痛苦与灾难面前掉过头去,这对于儿童的心理成长未必就是一件好事。由此,人们自然会想到顾城。这位"童话诗人",曾以其超然脱俗的童心,为我们展示过一个纯净得几乎不含半点杂质的诗的梦幻世界。然而,他本人却因为与现实生活的隔绝,不懂得如何调适自己的童心,使之与日俱新,而是终日沉溺和自闭在诗的白日梦之中,最后其人其诗,也就势不可免地踏上了毁灭之路。

顾城的悲剧告诉我们,童心仅仅靠与世隔绝式的自闭是不可能永葆不失的。随着年龄的增长,阅历的加深,儿童心理必然会或快或慢地发生某种成人化、理想化和社会化的变异。在这种情况下,现实的选择只能是,给处于生理转型期的儿童,提供和创造一个能保证其童心健康成长的、宽松的文化—心理环境。首倡"童心"即"真心"说的李贽,在强调"童心者,绝假纯真,最初一念之本心也"的同时,又依据"童心"即"真心","真心"即"发于情性,由乎自然"的逻辑推论,提出了"以自然之为美"的观点。我在上面说要为转型期儿童提供和创造一个能保证其童心健康成长的宽松环境,中间的要义正在于"自然"二字。从高璨小朋友即将出版的新诗集来看,她面对"时光流逝"而涌起"莫名的伤感"是自然的,正像她在《镜子和狗》中由导盲犬的孤独而联想到人的孤独是自然的一样。推而广之,她看见盗伐者留下的树桩而发出"为何那么多的美丽/就在一声轰然中倒下"(《树的眼泪滴落成涟漪》)的悲叹是自然的,她一早醒来"想在那海与天的缝合处","剪一刀,让早晨的太阳更明亮些"(《我把海天剪开》)的奇思妙想是自然的,都是同一个道理。一颗与生命一起成长的健康的童心,应该是高兴时发笑,悲伤处落泪,因欢乐歌唱,为愤怒呼号。李贽所谓"发于情性,由乎自然",作为"童心"的题中之意,按我的理解,大概就正如高璨在《一朵野菊花又开了》里所表现出来的那样。

本文登载于高璨诗集《一朵野菊花又开了》长春出版社 2007

文化家园的守望者
——《故园新韵》序

　　这本古体诗词集的作者武复兴先生是我的老师。虽然他在调任陕西省图书馆馆长之前,在执教西北大学中文系古典文学课程的长时间里,不曾给我授过一堂课,但由于他在大学的两位同班同学,一位是我的班主任,一位是我的辅导员,因而,我不仅在称谓上,而且在心目中,也都一直是执弟子礼,把他当作老师来敬重的。

　　大约在今年三四月间,我突然接到复兴老师打来的电话。他说,他有一本诗词集已经编定,要出版,想请我写序。之后不久,复兴老师就偕夫人到家里来,亲手把一摞手稿放在了我的案前。面对这样郑重其事的嘱托,我一方面感到受之有愧,一方面又觉得却之不恭。说受之有愧,是因为我虽则写过一点诗学论著,但对于古体诗词,知之甚少,仅只是爱好而已;说却之不恭,又是因为复兴老师从电话邀约到登门造访,并非出于客套,其诚意与认真非比寻常,令人感动。在两难之中,我还是把事情应承下来了。我想,这个序,若是按照惯例写成一般意义上的评论,肯定会囿于名分而显得十分拘谨。与其这样,倒不如换一种格式,写成诸如漫谈、随笔或者读后感之类的文字。作为学生,同老师在像灯下夜话一般不拘形迹的随意中,交流一下阅读诗词集的感受和印象,也许会少一些拘谨,而多一些亲切与自然。

　　还是先从这本诗词集的书名说起。在复兴老师送来手稿时,扉页上题写的是《乡情续韵》。名之为"续",毫无疑问,老师是要和他1994年由三秦出版社出版的那一本名叫《乡情秦韵》的诗词集相衔接和呼应。在我动笔写序的前几天,复兴老师又打电话,说经过再三斟酌,书名拟改为《故园新韵》。较之《乡情秦韵》与《乡情续韵》,这一命名自然更趋蕴藉,更显典雅。然而,我要说的不是它们的差异之处,而是其共同点。在此三者之中,不管是《乡情秦韵》或《乡情续韵》里的"乡",还是《故园新韵》里的"故园",究其实,强调的都是一个意思。意在表明作品无论写什么,也无论怎么写,他所要倾诉和表达的,自始至终将都是对于故乡家园的依恋和热爱之情。这种故园情,作为生命体验最真挚也最宝贵的一部分,在很大程度上,构成了他包括《乡情秦韵》以及《故园新韵》在内的全部诗词创作的情感母题。

  复兴老师是陕西西安人。他对生他养他的三秦大地,如儿子之于母亲,有一种发自本性的依恋。这里且不说由他撰写的学术著作如《西安史话》《西安话古》《长安花木趣闻》《汉唐长安风采》《唐长安旧事》等等,无一例外都把西安或长安当作其研究对象;也不说由他自己或与人合作选注的古代诗词集如《西安诗词》《唐代诗人咏长安》等,也都以西安或长安为中心划定编选的范围。单就这本《故园新韵》集而论,其中所收录300多首诗词,几乎多一半篇什都在吟唱西安以及陕西的风土与人情,自然与文化,历史与现实。就凭这一点,就足以说明三秦大地作为故园在复兴老师的感情天平上的分量。

  然而,复兴老师并非那种目光短浅的狭隘的地域主义者。他心中的故园,在第一义亦即专指和特指的意义上,当然是指西安,指陕西。但是,如果把焦距稍稍拉开,从一种较为广泛的意义去看待,那么,这个故园,似乎又不限于西安或陕西。作为中华民族大家庭的一员,复兴老师与海内外炎黄子孙的想法是一样的。家与国看去是两个概念,实际是一个概念。家即小国,国即大家。正因此,其目光和视野便常常不自禁地由家而国,而天下,把涌动于心间的故园之情,从对于乡土的依恋,提炼和升华为对于民族、对于国家、乃至对于全天下亦即整个人类世界的关爱。我注意到,在《故园新韵》集中,除了写西安、写陕西的众多篇什之外,还有为数相当可观的海内外记游之作。它们作为复兴老师几十年来在祖国内地及港澳、在非洲、在东南亚所见、所闻、所感、所想的真实记录,其情感母题之所以仍然可以用"故园"二字去加以集中囊括,原因即在于复兴老师以古代诗词形式建构的故园意象,乃是一个如前所述,既可特指,又可泛指;既有狭义,又有广义,因而能伸能缩,极富弹性与张力的符号化意象。辛介夫的《喜读复兴先生〈故园新韵〉》一诗中"足迹留中外,诗囊会古今",以及"独喜'箫声咽',乡音倍感人"二联,虽则未曾明言,究其实,表达的正是我在上面论及的那个意思。

以故园为母题进行诗歌创作,历来都非常普遍,尤其是在处于农耕文化语境下的古代士大夫那里,表现所谓"黍离之悲""家国之思"者,更是所在皆是,而且多有感人之作。但是,和古往今来以故园为母题的同类篇章相比较,复兴老师所抒写的故园之情,在情感本身及其表现上,却自有其个别和特异之处。

首先,是情感色调。古人写乡情亦即故园之情,大多写得忧心如焚,怆然涕下。在刻骨铭心的思念中,渲染的是一种"凄凄惨惨戚戚"的悲剧性的氛围。正是缘于此,乡情常常自觉不自觉地被归结为乡愁,或者被等同于乡愁。而在复兴老师笔下,同是抒发对于乡土的依恋,同是抒写对于民族、对于国家、对于全天下的关爱,在总体色调上却显得明朗、单纯、乐观得多。可能是时代的原因,也可能是个性和气质的原因,复兴老师的古体诗词,不作悲苦状,也不发断肠语。难得忧郁,绝无感伤。即使是像《先父武伯纶逝世三周年祭》这样的挽诗,也能以理性节制的态度,从容平和地写来,不事张扬,更多注重在细节描写中显出真情。至于那些讴歌三秦景物或者九州风光的篇章,其情感的亮色更不待言。作者以主人公身份,如数家珍,款款道来。大至一山一水,小至一草一木,无不用喜气和爱意去加以贯注。在此类作品中,你若细加体会,就不难发现,流注并渗透在字里行间的故园之情,在色调上,或者显现为一种流连忘返的自我陶醉感,或者显现为一种引以为荣、引以为豪、引以为美的乡土和民族的优越感。而在大多情况下,则是陶醉感和优越感交织在一起,显示为一种既因陶醉而自得,又为优越而自豪的独特的情感倾向。如《再谒韩城太史公祠》:"春深拾级上高台/碧野黄华扑面来/画里山川何有幸/曾经太史牧耕来。"再如《戈壁西望》:"迷茫大漠望无边,荒草春风晚带寒。天幕西垂红似火,一轮落日立沙盘。"前一首诗溢于言表的主要是一种为世界文化名人司马迁生于陕西韩城而骄傲的优越感,但看到扑面而开的"碧野黄华",也不禁欣然地为之陶醉,因而,在自豪中伴有自得;后一首诗展示给我们的则更多是一种主体在凝视大漠落日时的瞬间陶醉,但其中也隐含着作者身为中国人由西部的雄奇壮丽而生出的优越感,因而,在自得中又不无自豪。

综上所述,情感色调的明朗、单纯、乐观,是复兴老师《故园新韵》的一个特点。除此而外的另一特点是情感包蕴的文化内涵。复兴老师在西北大学中文系从事古典文学的教学与研究达二三十年之久,此后,又长期担任陕西省图书馆馆长,并兼任陕西省地方志编纂委员会委员、陕西省文史馆馆员、陕西诗词学会副会长、三秦文化研究会副会长等多种职务。作为诗的创作主体,复兴老师这种集史家、学者以及诗人等于一体的文化身份,决定了他关于故园母题的吟唱必然要比一般人所写的乡情诗具有较多的文化含量。古代诗学从"诗以人见,人以诗见"(叶燮语)这一基本立足点出发,喜欢对诗进行诸如志士之诗、才人之诗和学者之诗等等的分类。复兴老师的《故园新韵》,因其主体所赋予的文化蕴含,应该视为学者之诗或者史家之诗。我这样说,是基于以下两点:一是议论,一是典故。这两点,也许还不能当作学者之诗或者史家之诗的文化标志来看待,因为在《故园新韵》集中,并非所有篇章都发议论,或者都用典故;反过来,也并非发议论或者用典故的作品,就都一定有文化内涵。但是,明眼人一看即知,大凡集中那些能使人眼前突然一亮的精妙之作,往往是史家的记闻、学者的识见和诗人刹那间的感兴熔于一炉的产物。有议论,但此种议论,作为整个表现的有机构成,并不失其诗的情韵之美;有典故,但此种典故,读来使人浑然不觉,亦无碍于诗的"直致之奇"(钟嵘语)。还以前引《戈壁西望》为例,诗中"天幕西垂红似火,一轮落日立沙盘"两句,在不知不觉间化入王维"大漠孤烟直,长河落日圆"的意境,就属典故的活用。再如《望明月》:"银光万顷洒长空,净化烟尘一派明。何晓人间分你我,无私普照共春风。"此诗后两句是明显的议论。其实,前两句写月光普照净化人间烟尘,也不无议论的意味。然而,由于这样的议论渗透在形象里面,溶解在情感当中,而且其本身又是点到即止,恰如其分,因而,它并不因为有思想的逻辑介入而破坏意象的整体直觉,反而能给人以一种隽永的理趣。

诗以气为主。流动于复兴老师《故园新韵》的气,应该是一种由学问涵养而来的书卷气。我说是书卷气,是为了把它和那种满篇堆砌、饾饤成习,有"掉书袋"癖好的头巾气,以及那种专写押韵的"语录讲义"(刘克庄语)的道学气区别开来。头巾气使人感到酸腐,道学气使人觉得寡味。倘若就气的清浊而论,二者都属于诗的浊气,它们只会破坏诗的情感及文化内涵。与此相反,书卷气作为文化人的学问以至人品在诗的情感及其表现中的体证,它应该是一股诗的清气。正是在这股清新的书卷气的吹拂之下,复兴老师笔下的故园,才开始了由纯粹的地理范畴向文化范畴的转化。作为地理范畴,故园即指脚下的土地,即指西安或陕西以至中国这样的地理存在;而作为文化范畴,故园就是包括作者在内的文化人的诗意栖居地,或者说是赖以安身立命的精神家园。我并不认为,复兴老师已经自觉地意识到了这一点。然而,他从《乡情秦韵》到《故园新韵》,如此执着,如此痴情地吟唱故园,在某种意义上,便是在为他自己,也为当代的人文知识分子,尽一份文化家园的守望者的职责。

拉杂写来,如有不当处,还望复兴老师及各位方家指正。

是为序。

本文登载于武复兴诗集《故园新韵》,太白文艺出版社 2003

家常事・书卷气・幽默感
——《半通斋诗选》点滴谈

炜评在将他所写的《半通斋散文选》相赠我时,瞩我为此书写点什么。而我则因疏懒成性,虽在浏览过程中亦多有所感,却一直未曾付诸笔墨。之后,炜评又持新出的《半通斋诗选》相赠,我暗下决心,定要写点读后感之类的文字,以表负疚之情。当时正值盛夏,我一手翻书,一手执扇,在纯乎虚静的心境里,《半通斋诗选》竟成了我对付暑热烤炙的一帖清凉剂。断断续续地读来,不时有感慨生发,怕事过境迁,就赶紧找纸片记下,随之又在电脑中敷衍成一个又一个片断。前几日,我试图将此类小零碎适度展开,连缀为一篇系统的评论,但转而一想,与其系统化地去写那种呆板的八股文章,倒不如保持其片断的原生态,既可借以偷懒,也可存些活气。这便是以下数则读诗札记的由来。

一、以诗酒相娱的生存方式

海德格尔当年曾不止一次地追问:诗人何为?如今,当我将《半通斋诗选》翻检一通过后,此问题再一次浮现于我的脑海。处身在当下这个一切皆可以量化为货币的极度功利化的时代,写诗,而且是写旧体诗,到底为了什么?用它挣稿费吗?恐怕不行。用它换职称吗?肯定也不行。既然纯粹无利可图,那么,炜评和他的诗友们,到底是为什么,十几年甚至几十年如一日地乐此不疲,愿意在旧体诗的赠答酬应中消磨时日呢?这个问题揭开了,其实也很简单:作为一种消遣方式,他们就是为了从中寻觅心灵的快感,或者说,是为了自我以及朋友间的娱乐。

在古代，儒家一直强调用诗来言志载道的意识形态功能，而在文人圈子里，诗却是更多地被当作诗朋文友间的自娱或互娱方式来使用的。这一点，特别在魏晋六朝、在唐宋，看得尤为清楚。可以这样说，以诗酒（由诗而酒，由酒而诗，诗酒二者是不可分的）相娱不只代表着文坛的风气，很大程度上，它还体现了传统文人的活法，亦即所谓的生存方式。炜评在其言谈以及文字里，曾多次流露过他对魏晋、唐宋的倾慕。此种倾慕，究其实，怕主要是对上述两个历史时段文人们以诗酒相娱的超功利的生存方式的倾慕。从《半通斋诗选》看，里面大多是炜评与其诗友的赠答酬应之作。用他在《自序》中的话说："予之为诗，多涉俗情常事，而赠答友朋者尤夥。"于此可见，炜评之于魏晋、唐宋文人以诗酒相娱的生存方式，早已从对先辈的心灵倾慕而内化为自身的精神实践了。

诗的娱乐性，虽然在儒家诗学那里，长期被当作"野狐禅"一类话题而受到排斥，但如果回归本体看，则其无疑是诗的题中应有之义。因为文学，尤其是诗，作为无目的又合目的的审美活动，诚如王国维所言，"乃游戏之事业也"。然而，这只是问题的一个方面。问题的另一个方面在于，诗是文字游戏，又不止于文字游戏。事实上，不论是魏晋，抑或唐宋时期的诗学大家，他们的赠答酬应之作，凡堪称经典者，几乎无一例外，皆在诗酒相娱的游戏形式下，包涵了某种确乎存在而又难以言传的人文意味。英国人克莱夫·贝尔称，艺术是有意味的形式，强调的便是这个意思。炜评是深知个中三昧的。诗集内如《寄京华友人》《戏为一绝送内子归宁》《醉赠丁斯》《答客问》诸篇，虽名为赠答，却都在近于文字游戏的外在形式里，灌注了颇为饱满的情感与形象意涵，令人味之不尽。但也有个别篇什，例如集句及和韵之作，因为受文字的严格限制，此类写作便成了高难度的游戏，不仅要戴着镣铐起舞，而且是踩着钢丝作乐，所以，最终除了展示才学之外，于情性则不能不有所歉焉。偶一为之犹可，写得多了，就难免给人以逞才使气之感。

二、大小事皆可入诗

刘熙载的《艺概·诗概》在论及苏黄诗的题材时有一番话，深得我心：

> 无一意一事不可入诗者，唐则子美，宋则苏黄。要其胸中具有炉锤，不是金银铜铁强令混合也。

由刘熙载的这一番话，我自然而然就想起《半通斋诗选》收录的七绝《赠友人》来：

> 命途荣辱未堪悲/晴雨生涯皆趣诗/转怨成缘亲万物/眉山苏子是吾师。

我把刘熙载的话与炜评的诗并列在一起，倒不是说，炜评在诗的题材的开拓方面，业已具备苏黄乃至于杜甫这般的"炉锤"，但若是仅就其取材的事无巨细、信手拈来这一点而论，我在炜评身上，的确能见出"眉山苏子"的某种遗风。

炜评写诗，恰如他自己所言："多涉俗情常事"。有别于当今众多旧体诗作者，为追求所谓"宏大叙事"，不管自家有无感情积累，总是将家国大事作为其取材之首选。而在炜评笔下，我们却无从搜索到那些官腔十足、千人一面，大而且空的"政治"抒情诗，似乎更能触发他感兴的事由，反倒是其个人的"命途荣辱"和"晴雨生涯"。如《秋夜自斟（效聂绀弩体）》写自己作为工薪阶层的一员在通胀时代买房的艰难；《故里小驻》写自己对用"酸菜糊汤"生养他的商洛故土的感恩之情；《假日携妻儿踏青》写自己因"手贱""折花"而被当场"捉拿"的窘迫；《指导论文答考生》写自己对学生论文抄袭的气愤等等。正是在对此类看似琐碎的"俗情常事"的抒写中，炜评的诗以其真挚、朴素、亲切、达观和诙谐，以及烟火气与书卷气相杂糅的个人话语，而显露出自己的特色。

我以上指出，《半通斋诗选》以写庸常小事为主，并不是说炜评与家国大事绝缘。事实上,诗集里也有一些篇章,这样那样地涉及到诸如对华国锋的评价、三农问题、汶川地震及日本海啸等社会重大事件。然而,和他写凡人琐事总是力图展示一种或是达观、或是悲悯的普世情怀,我姑且称之为小事大情相反而又相成的是,他在写社会重大事件时,则总是力求寻觅一种私人视角,不知此一特点能否相应地用大事小情来概括。如《悼华国锋先生》二首,在肯定华国锋"京城力挽狂澜夜,盛世扬帆第一功"的历史功业的同时,又对其在离开领导岗位后的"平居岁月"作出了作者纯个人的评价:"领袖生涯幸有涯,平居岁月不须嗟。从容挥翰娱心手,竟是书坛一大家"。

再如《民工语录》《春节重访某村口占》等诗,一方面替屡屡为老板所骗的农民工,发出"总说公平公正好,几时落实到民工"的大声呼吁;另一方面,又为农村基层领导常换,但落后面貌依旧的局面,而生出"镇长常非旧时长,村容犹是旧时容"的无奈感叹。其呼吁也罢,感叹也罢,它们都是炜评作为从秦岭山区走出来的农家子弟由衷的内心独白,而且体现的也都是其非主流或者说非官方的私人视角。

一个小事大情,一个大事小情,两者的交叉并用,使炜评的旧体诗写作,在选材上能不拘一格,显示出极大的自由。再加以较为深厚的古文功底,又使炜评之所写,不论是小事或是大事,似乎皆可在摇曳多姿的抒写中做到少难言之隐,而多必达之能。要说还存有什么遗憾的话,就是语言稍嫌芜杂。如果能将古文与白话以及诸如网络用语等,在"炉锤"中融为一体,效果定会更好。

三、书卷气和书袋子

炜评喜欢用典,这大概是他身为大学古典文学教师的习性使然。但他的用典,细究之下,又有大不同于别人处。归纳起来,其特点有二:

一曰旧典新用。在诗集里,虽然也时不时可见比如"庄生梦蝶""程门立雪"这样的旧典旧用;但更多的是旧典新用。这里,作者显然是下了毛宗岗在评点《三国演义》时讲的"善避""善犯"的功夫。我所谓"善避",指炜评用了在他之前别人很少使用,甚至完全没有使用过的典故。虽则此类典故仍然来自经史子集或其他文学经典,换句话说是旧典,但由于别人基本没有使用过,因而属于旧典新用。如《戏赠弟子李思源》一诗,以《牡丹亭》中女主人翁杜丽娘那个穷酸潦倒的教师"陈最良"作比,带有明显的自嘲意味,即是一例;又如《再呈方英文兄》一诗,在谈及"好诗不厌千回改"时,用了"菱黛"亦即《红楼梦》中所写的黛玉帮香菱改诗作为典故,也是一例。除此而外,我所谓"善犯",指炜评用的是别人经常用的典故,但他在这样的典故里,却通过新的语境做了新的解读,从而赋予其一种全新的文化内涵。如《过鸿门有感》一诗将项羽比作"阳光小子",称:"鸿门宴上观群丑,磊落谁同一项真",作为翻案文章,它与杜牧的《题乌江亭》、李清照的《夏日绝句》之为项羽翻案,有其相同处,更有其相异处。再如《长城(新韵)》认为筑长城之举是"自人类有史迄今,工程最伟亦最愚者"(见该诗尾注):"围城砌院二千春,蠢举谁称虑事深","纵然巨隼关垣叹,未阻渡江狄马频",这同样也是一种旧典新用,而且是一种更具创意、也更觉新颖的旧典新用。

二曰新典活用。除过来自经史子集及古典文学名著的旧典,炜评还尝试着把当代政治生活中广泛流传的一些故事加工成新的典故。且看《病榻读史有感》:

  一奸何足论曹瞒,欲觅龙门太史难。敢谓当年李云鹤,居心叵测上延安?

其中的李云鹤,即江青。她在"文革"前后,因作为"四人帮"的核心,策划反党夺权,自然是"居心叵测"的。但在20世纪30年代,当她以青年女艺人的身份从上海滩奔赴延安投身革命之际,便判定其"居心叵测",则无疑是反历史主义的。炜评通过这样一个新典活用，提出了对历史人物评价中的形而上学的质疑。再看《举手》：

　　千回举手效诸公，愧仰当年少敏风。枉道平生无媚骨，白头犹是应声虫。

诗里提到的少敏（陈少敏），据说在1968年10月召开的八届二中全会就永远开除刘少奇的党籍进行表决时，是唯一没有举手的一位中央委员。炜评将此一故事化作新典加以活用，在拿像"应声虫"一般"千回举手"的自己和那个真正堪称"无媚骨"的少敏的人格对照中，表现了作者自我反思乃至于自我忏悔的精神。

炜评的用典，包括其旧典新用，尤其是新典活用，使他的诗，常飘拂着一股从文化的深层洋溢而出的书卷之气。炜评的好处在于，他有书卷气，却又不掉书袋子。正是凭借这一点，我们可以将其书卷气，和那些言必称国学者的头巾气及道学气之类区别开来。如果说，头巾气、道学气等，因其多是一味地炫耀知识，与社会大众的需求相脱节，可谓一团死气，那么，在炜评的诗中，流动的则是其作为新生代人文知识分子的，既富历史积淀，又具现实担当的生命活气。这是炜评高出于众多旧体诗作者的优长所在。

四、美而不谀

炜评交游广泛，当他以诗会友，在写到圈内的朋侣、同学抑或乡党时，往往会发自内心地予以赞颂。尽管其中个别人，若是从相对客观的眼光看，不论其人品还是学问，皆平平似无足称道者，然而，炜评却总能投去友善的一瞥，在他们貌似平庸的表象下，发掘和表现出人性的某个亮点来。此种写法，如换成另外一人，也许会被认为是世故、圆滑、甚至于奉承，但我觉得，炜评这样做，映照出来的却正是其作为谦谦君子的宅心仁厚。

对如何在赠答酬应一类诗作中把握分寸，炜评自己是有较为清醒的认知的。他的《半通斋诗选·自序》于结尾处所写的一番话:"酬应中抑扬失当、美而近谀者,亦并锄芟",即是这方面的佐证。美而不谀,既合于人情之常,又不失风雅之本。此一尺度,值得经常以旧体诗形式加以赠答酬应的诗作者们深思并且共勉。《半通斋诗选》的写法,大体是恰当的。如果硬要挑剔,则我以为,个别诗作在溢美之词的使用上,似乎还可以把口风再收紧一些。

五、诗的幽默

自来言及幽默者多得难以数计,但因人们常常将两类相近的喜剧形式——幽默与讽刺混为一谈,于是,便鲜有哪一种说法为学界所普遍认同。我在此,无意从理论上对什么是幽默加以定义,而只是要告知大家,我在炜评的《半通斋诗选》里,却读到了流动于情感和形象间的活生生的幽默:

莫笑豪言什九空,几人少壮料穷通。腰无裕款眉常锁,才欠高华气不雄。

把箸未羞亲软饭,过江犹耻打秋风。结缡十载怜君苦,最怕归宁说老公。

——《戏为一律送内子归宁》

书剑飘零两鬓斑,此生无缘八宝山。他日嘱儿卷席筒,骸骨抛与一水湾。

——《答卜者》

四时忙碌少闲暇,雨后欣然访野洼。父子村前皆手贱,折花屡屡被捉拿。

——《假日携妻儿踏青》

忙罢画眉点绛唇,念奴望老惜余春。倚帘笑指钗头凤,妾是新人抑旧人?

——《戏句赠内子》

秋湖皓月幽人态,出水芙蓉越女姿。丽质天生当适我,相逢恨不少年时。

——《友人席间索句,戏为一绝》

方徒慷慨走山东,连日歌吹醉野丛。借问何招能解酒?师言大饼拌青葱。

——《戏赠方英文、王峰师徒》

以上几首诗,尽管涉及的人事各自有别,第一二三首写自己;第四首写妻子;第五六首分别写一位女性友人和两位男性友人。但由于妻子是亲人,而友人或为红颜知己,或为哥们兄弟,一句话,都是我的至亲好友,可以合称为我们,亦即复数的我。正因此,要说这些诗开玩笑的意味甚浓,它们在很大程度上,皆属自己开自己的玩笑;也正因此,从中梳理、归纳出此类玩笑背后的共同之处,并借以总括它们作为幽默的特点,应当是水到渠成,自然而然的:

一是揽镜自照。这些诗表现的都是我与我的亲友某些近于滑稽的无奈、缺憾、困顿以及窘迫。如第一首写我"腰无裕款",只能"亲软饭""打秋风",还怕妻子在回娘家时提及自己;第二首写我遇见算命者,对方称自己"贵不可言","他年必入八宝山",面对"被富贵"的尴尬,我只好"大喷笑"而归(详见该诗尾注);第三首前文已有论及,写我与儿子春游时在村前折花被捉拿的场景;第四首写妻子已届中年,仍惜"余春",在画眉点唇之余,笑问作为丈夫的我,自己是不是换了一副模样,由"旧人"变成了"新人";第五首写我同一位"天生丽质"的女性友人在席间逢场作戏、插科打诨的一番笑谈;第六首写两位友人出差山东,在歌吹声里,连日醉卧,我问其如何解酒,他们用颇具山东特色的主食"大饼青葱"加以回答。看得出来,这些诗都能用开玩笑的眼光,观照我与我的亲友生活中那些不称意处,虽不无夸大的成分,却有如在揽镜自照时,挤眉弄眼地装了一个鬼脸,于是,种种纠结以及烦恼,皆在玩笑间烟消云散,升华而成为轻喜剧式的幽默。

二是反躬自嘲。上述几首开玩笑的诗,开玩笑的对象是我与我的亲友,简而言之,是自己,开玩笑者亦即主体也是自己。因为是自己开自己的玩笑,我不妨名之为反躬自嘲。这里,我所谓"反躬",是说其自嘲并非出于无意识,而是某种程度上对自身的生存状态,包括以上提到的无奈、缺憾、困顿和窘迫等,进行了理性反思的产物。也即是说,其自嘲是有意味的,不仅仅只是一个玩笑和几句笑话而已。而我所谓"自嘲",则是说,经过理性反思的玩笑主体,已具备达观和释然的喜剧心态,故而能放低身段,将自己置于被嘲弄的地位,在悠然一笑中以求取精神平衡。作为读者,我们可以设身处地去想,如若是一般人,能全然不在意地宣称自己"亲软饭""打秋风"吗?如若是一般人,能当着某一位女性的面,说对方"丽质天生当适我,相逢恨不少年时"吗?上引六首诗,四首的标题都有一个"戏"字。这个"戏"字,恰如其分地体现了自嘲者的喜剧心态,亦即幽默感。

　　三是会心自乐。正因为诗作者的我,具备了那种达观和释然的喜剧心态,所以,他在揽镜自照、反躬自嘲时,就必定会收获一种发自内心的快乐。此种快乐,既在玩笑的过程后,同时也在玩笑的过程中。我是说,玩笑与快乐是如影随形紧密伴随的。这一点,恰好可以用作本文一开始提及的堪称为诗的本体的娱乐性或者娱乐精神的一个注脚。诗作者及其亲友,之所以能够多少年来一直沉溺在自己开自己玩笑的娱乐中,其原因正在于,这样的自我玩笑或者说幽默,能源源不断地给我与我的亲友带来快乐。

　　以上,关于炜评的幽默诗,我论列了三点:揽镜自照、反躬自嘲、会心自乐。其实,这三点,最关紧要处是其二,即自嘲。因为自照是自嘲的缘起,而自乐则是自嘲的结果。由此,我以为,幽默之称为幽默,幽默之有别讽刺,其要义就在于自嘲二字。幽默与讽刺,同为喜剧范畴。两者虽非壁垒分明,但确实大有不同。就此,我们可以依据喜剧的种种元素及其相应的规定性,做多方面的分析比较,例如幽默对象与讽刺对象两种不同的滑稽相;幽默主体与讽刺主体两种不同的机智感;以及幽默效果与讽刺效果两种不同的谐趣和笑等等，但举其要者，集中为一点，那就是：幽默是向内看的，是指向自己的，是以一种审美的娱乐姿态，开自己的玩笑，即所谓自嘲，形之于言辞，则寓庄于谐，雅而多趣；而讽刺是向外看的，是指向他人的，是用一种社会政治和道德的批判精神，揭或是有缺点的好人，或是对手和敌人的丑态，即所谓刺人，其文字往往以尖锐、犀利和辛辣见长。

有别于讽刺所特具的形而下的社会批判精神，幽默代表着一种形而上的人生态度和审美境界，一言以蔽之曰：雅。在今天，无论幽默抑或讽刺，二者皆为人们所需要。但基于共建和谐社会的目标，为避免"娱乐至死"式的低俗之风的泛滥，提倡并弘扬幽默，似乎更有其不可取代的必要性。有论者言，中国人不懂幽默。我对此说始终持怀疑态度。且不管古代的庄子、陶潜、杜甫、苏轼和陆游等的自嘲之作，单看现当代，例如丰子恺的散文、老舍和汪曾祺的小说、艾青的诗，不也都像清溪一般流注着某种自得其乐的幽默吗？

在《半通斋诗选》里，炜评有讽刺，但极少，而幽默可谓在在皆是。这些诗无疑是其承续古来幽默传统的产物，但同时，也应被视为其人格的自我修炼，主要是平常心的修炼的结果。炜评从那颗平常心出发，在日趋复杂的人际关系中，喜开亦善开自己的玩笑，孜孜以求的正是幽默作为宽厚、旷达的人生态度和美学境界。然而，诗集内个别玩笑，语近尘俗，以我的学究之见，此类文字，若是仅仅流于口头，布于唇齿，就不必多所顾忌；如欲进入书卷，进入公共的话语空间，则以再斟酌之为宜。

六、"转益多师是汝师"

读炜评的诗，其学问挥洒处，往往叫人想到苏东坡；其情性流荡处，往往叫人想到杜少陵；其文辞之明白晓畅、属对之工整妥帖处，往往叫人想到白乐天或者陆放翁；其源于传统士大夫的流风余韵的传承、接续处,则往往叫人想到近人郁达夫。此外如刘禹锡、杜牧等一串名字,阅读时亦间或会从记忆中闪现。我讲这番话,仅是一念所及,用西方后现代的概念,属于"互文本性"的自由联想而已,而绝无拿炜评去攀比前贤的意思。我知道,上述数人,尤其是杜甫和苏轼,他们早已是炜评多年来一直供奉在诗歌殿堂至高处的偶像。如果做随意的攀比,不仅玷污前贤,而且折杀后生,炜评是绝对不会认可的。

但是,关于这一话题,我还不便就此打住。因为在《半通斋诗选》的某些(而不是全部)篇什里,我确实依稀看见了或是杜甫、或是苏轼、或是其他什么人的影子。我说看见了影子,一方面是认为,炜评"转益多师",他在对诸多诗学前贤的追随和效仿中,已经大有所成,正因此,其旧体诗的相当一部分,写得中规中矩且见情见性;另一方面是说明,炜评要想从心所欲而又不逾矩地抒写情性,还须在对师承之所得加以多元整合的基础上,找到一套真正适合于自己的话语系统。德国人古柏如下的一席话:"个人风格是当我们从作家身上剥去那些并不属于他本人的东西,所有那些为他和别人所共有的东西之后,所获得的剩余或内核",不知可否移用过来,转赠炜评并借以表达我的祝愿?

记得鲁迅说过,好诗到唐朝已经写完。正因此,当代的旧体诗写作,即便在圈子内如何热闹,也因为大气候的不复存在,而不能不带有余波泛起或者说回光返照的意味。当此之际,炜评要在旧体诗的形式里,通过吟咏情性而写出自我的个性,自然是有难度的。但我以为,炜评正处于成熟期,以其才气和学识,完全可以在一个不太长的时段,用真正属于自己的语汇,塑造出具备个性的全部丰富性和复杂性的诗中之我来。我期待在《半通斋诗选》的续集内见到这样的成果。

本文刊发于《商洛学院学报》2012年第1期

西北汉子的生命之歌
——代诗集《汹渡:胜利的诗》序

一概地说诗即是诗人,不免失之武断,因为在中外文学史中,虽然仅只是极少数的个案,但确有诗和诗人之间迥然相异乃至截然相反的前例。然而,如果不拘于此类"个别事实",而是从"事实的全部总和"(列宁语)出发,那么,就应当承认,作为最具主体性的艺术,诗和人二者的相关性或者相通性,当是一条任何人都难以否认的诗学规律。也许正是这一规律在潜意识深处起着作用,当我受邀为《汹渡:胜利的诗》作序时,便基于直觉,不由自主地将这部即将付印的诗集和它的作者李胜利联系在了一起。

我认识胜利在新世纪之初,即今已近十年。那是在省师培中心举办的,一年一期的文艺学研究生课程进修班的课堂上,我为进修班授课,而胜利则是众多学员中的一员。可能是第二期吧?由于此前的第一期学员,都是来自西安以及陕西各地市的大中专教师,一句话,都是本地人,因此,当第二期开学,听说有一名从天水师范学校来的教师,猛然间,那个叫李胜利的名字,便引起了我的注意。需要补充的是,胜利祖籍陕西蒲城,实际上也是本地人,只不过父辈移居到甘肃罢了。但此是后话,是胜利最近才告知我的。

在我的原初印象中,胜利属于班上年龄较小的一位。初见时,一张大男孩式的娃娃脸,眉梢眼角,老是盈盈地挂着一丝笑意,显得特别阳光。按说已届而立之年,可看去不过20刚出头,像一个初入校的大学生。然而,在浑身充溢的青春气息下,胜利却并不给人以张扬之感。正相反,他说话总是低声细语的。我与胜利相处这么久,好像还未听他高喉咙大嗓子地喊叫过。他不是害羞,而是内敛。作为一个读书知礼的西北汉子,似乎低调地处世,是其与生俱来的本性。这里,我只消举出一个细节即可证明。进修班结业后,胜利回到甘肃。逢年过节不必说了,即便是平时,他也会隔个十天半月,来电话表示问候。每当我抓起话筒,问:"哪位?"话筒的那一端,便有柔柔的声音传来:"我是您的学生李胜利。"开始听他这么说,我多少感到别扭。在我看来,师生关系虽在古代儒家那里,按"天地君亲师"的顺序,仅列于"天地君亲"之后,视为后天形成的人伦关系中至为崇高的一种关系,但时至今日,这种关系早已在市场经济的冲击下,被极端化的功利主义价值观涂抹得面目全非了。当此"礼崩乐坏"之际,竟还有学生谨守师道,毕恭毕敬地执以弟子礼,这类在古人那里原本是极为正常的事,我反倒觉得不正常起来了。可是,随着时间的推移,我的不正常感,却慢慢地淡化,最终归于消失了。因为我发现,胜利对老师的尊崇,不仅一两次做个样子是如此,而且每次都是如此;也不仅是对比其年长二三十岁的我是如此,而且对与他同属"60后"、年资相仿或相近的进修班其他教师亦是如此。再换个角度看,他与同班的学兄学姐相处,也皆能待之以诚,持之以礼,一副温良恭俭让的模样。所有这一切说明,胜利之所为,并非作秀,而是其源于灵魂深处的至情至性的自然流露。作为西北汉子的胜利,诞生并成长于华夏文明的发祥地,身上带有较之别处更多的儒家文化的积淀。他给人的感觉,是低调的,又是谦和的。如果说,低调代表他在滚滚红尘下的某种生存姿态,谦和呈示的则是其从礼乐之教传承下来的君子之风。

其实,说胜利谦和、低调,只是其为人的一面,以下我要提及的另一面,是他的自信、自强,或者说,是他的大气。胜利在上完进修班的一两年间,通过外语与专业考试,并写出讨论俄国形式主义"陌生化"范畴的专题论文,获取了西北大学授予的硕士学位。但他却仍未因此而停止其进取和深造的脚步,而是一门心思,又投入到为攻读博士所作的繁琐而又艰辛的准备之中。胜利告诉我,在此期间,他调动了工作,品尝了结婚、育子之喜,也体验了丧母之悲。此后,又因骨折而造成股骨头坏死,虽辗转求医,却至今仍不能不拄着拐走路。然而即便如此,胜利还是一次又一次从千里之外的兰州,赶赴西安参加博士考试。可命途多舛的他,前两次专业成绩皆已过关,仅仅是外语差了那么一两分,而被挡在门外。他硬是凭着一股难得的拼劲儿,终于在2011年春季的博士考试中,以外语和专业成绩的两个排名第一,为西北大学文学院所录取。这个博士门槛,别人是两条腿走进来的,而胜利是两条腿外加一个拐走进来的。两相对比,不知其他旁观者作何断想,我是实实在在为其这一番苦斗经历而感动得双目湿润,几欲"沧然而涕下"了。以四十出头的年龄,在上有老下有小的家庭压力下,非要一步一颠地拾级而上,攀援到自我实现的高处。若是将其尚在计划中的打算自费出诗集这件事也连带着考虑进去,人们不由得会问:他这么做,到底是为了什么?要回答此一问题,仅仅用诸如什么学位、职称以及待遇等等纯物质的需要,亦即马斯洛所谓"匮乏性需要"来解释,显然是不行的。于是,我不由自主地想起《周易》的一句老话:"天行健,君子以自强不息。"在胜利那里,在其自强精神所赖以激发和支撑的、世俗中人很难理解的超越性需要的背后,透露出来的不正是他作为生命强者那种一往无前的大气吗?

以上,我谈胜利的为人,主要强调了两点:一是低调、谦和;一是自信、自强和大气。这两点看去似乎矛盾,却活生生地统合在其人格的整体之中。如果用一句话概括,外圆内方或者说外柔内刚,这便是胜利留给我的总的印象。

清人叶燮在《原诗·内篇》论及诗与人的关系时,提出了"诗以人见,人又以诗见"的命题。对于诗中所见之人,他列举古来几位代表性诗人,分为"全见"和"半见"两种情况加以讨论。叶燮认为,陶潜、李白、杜甫、韩愈和苏轼之诗"皆全见面目";而"王维五言则面目全见,七言则面目不见",属"半见"一类。叶燮虽然并未对"全见"和"半见"者作高下之分,但若留意上下文语境,其诗美关注点侧重在"全见"者,是明眼人一看便知的。我无意、也不敢拿胜利去攀附被叶燮列为"全见"者的诸位前贤,而在读完《泗渡:胜利的诗》后,直觉却告诉我,整个诗集,除编入"吃重的飞翔"一辑的少数旧体诗之外,其面目基本可见。我作如此断言,是因为我在其也许尚欠成熟的篇什里,的确看到了生活中那个既低调谦和,又自信、自强和大气的胜利;换言之,生活中那个外圆内方或者说外柔内刚的胜利,的确如影随形般投射在了其瑕不掩瑜的字行间。

下面,我拟从"人以诗见"的视角,分别就语符化的意象及其表达的生命蕴涵两端,来描述一下为我所见的《泗渡》中的诗人的基本面目。

先由语言和意象说起。我作为一个诗读者,很重视语言的品位,有时候,甚至因为过于计较而到了挑剔的地步。我读《泗渡:胜利的诗》便是如此。就总体观,其语言的特点,可以用质朴二字加以概括。我讲质朴,主要指语言的不假辞色,当然,也不无包含在文质关系上质胜于文的某种考虑。且看《悼M》一诗的后两节:"……结局也就只能是这样——/长长的沉默之后/我打电话给你/陌生的声音说//这人不在了"。再如《冬青》的最后一句:"它一直绿着,很平淡很执着的绿着"。此类语言,好就好在洗净铅华,以素颜示人,把感叹的水分统统拧干、挤净,以一种纯乎自然的原生态呈现,从而使读者长长的回味,皆留在无言的空白之中。可以设想,如果再多一个词,多一个字,甚至多一个标点,就会破坏其整体的质朴之美。但有待指出的是,诗集内个别篇什,或许因急就的缘故,语言打磨和提炼不够,稍嫌粗糙、拖沓,以至朴而近于拙,质而失之直,望引起胜利的注意。

对于诗而言,语言是其外形式,而用语言符号创立的意象则是其内形式。胜利低调、谦和的性格,不仅影响到语言表达的质朴,还进一步通过语言,影响到意象构成的简朴。这里的简朴,意谓简单、素朴,即由构图的简单而造成画面的素朴。其中的关键在于删繁就简,也即是说,须克服和化解物象原本的繁琐与复杂,使之由简单走向素朴。《泗渡》集的不少诗为此付出了可贵的努力。其画面相当简单,几乎剔除了所有旁枝杈节,呈现出来的往往只是最具表现力的三两个物象,甚至只是某个物象最带特征性的一两个细节。这样,诗的意象便如同绘画一般,因其焦距的集中而得以凸显,因其笔墨的简单而归于素朴。我们不妨举文本为证。例如,《写在苦难背后》:"铁黑枝干上那些坚硬的果实／是被风干的爱情糖葫芦／是生命燃烧后的舍利子"。这首诗写苦难背后的坚守,本属虚飘的心理行为,但经过具象化,却凝固为"铁黑枝干上的坚硬果实""被风干的爱情糖葫芦""生命燃烧后的舍利子"等意象,何其硬朗又何其简朴。顺便插一句,要是能去掉作为判断词的两个"是"字,其意象的并列,可能更带庞德《地铁车站》的意味。再如《人生风景线》一诗,前面几节,写得铺张了些,但最后两句,无疑是简朴至极的绝妙意象:"你没看见雷劈虫蛀的树杈里／又飘起了狗尾巴草淡绿的旗帜么"。然而,我以为,在意象构成的简朴这一点上,处理得更好的是《马踏飞燕》和《桥》两首。前者我打算在后文详述,此处只说《桥》:"过去,现在,未来／我是三位一体的神／超度行者到达彼岸／将温热的触觉／顽强伸向道路与岁月的深处"。诗从一开始就将桥置于"过去,现在,未来"的时间维度上加以延展,进而又让其以具体可感的"温热的触觉","伸向道路和岁月的深处",顿时间,桥的意象在删繁就简之后,被浮雕般突显出来,其意义不仅没有单一化,倒反而因此而获得了极具象征性的生命蕴涵。如果硬要挑一点毛病,第二句过于直白,删去当更为简朴、更为含蓄,供参考。

综上所论,无论是语言的质朴也罢,意象的简朴也罢,都意在突出一个朴字。这个朴,是与丽(语言的华丽、意象的繁丽)相对而言。较之后者,它看去似乎缺少一点文采,但却代表着另一形态的诗美,而且是更高形态的诗美。我这样说,其理据在于,朴在语言表达上的不假辞色及意象构成上的删繁就简,究其实,是要在扯开种种"装饰性帷幕"(郭小川语),亦即海德格尔讲的"去蔽"之后,走一条直抵生命本真的必由之路。古语所谓"反朴(一作反璞)归真",不就是这个意思吗?

《泅渡》对于生命本真的探求,是颇为自觉的。这多少得益于胜利为人的自信、自强和大气这一文化—心理基因的遗传。就诗的取材范围而论,我虽未做准确的统计,但诗集内写爱情、写死亡、写苦难者,无疑占了篇幅的绝大多数;而且,大凡可称为佳作者,几乎无一例外,皆在上述三方面的范围之内。胜利的这一诗集,写于新世纪到来之前后,恰逢其生命的青春期;况且如前所述,在此一时间段,他与家人的生活屡遭不顺,因此,《泅渡》一集写爱情和苦难者居多,是完全可以理解的。可令人甚感意外的是,正当青春期的他,却以比写爱情还多的篇幅去写死亡。虽然2006年母亲的病逝,给了胜利极大的痛苦与刺激,但写死亡的诗,却十之八九都写在母亲病逝之前。由此可见,胜利写死亡,与写爱情、写苦难一样,并非全来自现实的感兴,而更多缘于其对于生命本真的内在体悟。高尔基称,爱与死是文学的永恒主题;尤其是海德格尔,在《存在与时间》一书,把"烦""畏""死"三者,视为人生在世的基本形态。胜利落笔时,不一定清楚地意识到这一切。然而,那颗早熟的诗心,却凭借直觉,引领他通过对爱情、死亡和苦难的体验或预体验,在朝气勃发的青春期,就开始了一趟被他唤作"泅渡"的,意在探求生命本真,亦即探求人生在世诸环节的意义究竟何在的生命之旅。关于诗集何以命名为《泅渡》,胜利本人在题为《我本痴狂》的代后记中有过一些解释:

> 之所以将诗集命名为"泅渡",其根本的原因出自对人生的感悟。我觉得人生便是一场无边苦海中的苦苦挣扎,而远不是高贵的去死,或者苟且的活着那样简单……也许,只有浸淫于苦难的人,才更具有奋争的勇气和力量。

《泅渡》所追求的,更多的是心灵的真实,生命感悟的真实,比真实更真实的真实。

与对生命本真的上述理解构成互读的是,胜利《男人》一诗的末尾两段,这样写泅渡中的男人:"天空在不远处作法/大地于此刻显怪/三叶虫在进化/土拨鼠在返祖//男人,正在泅渡岁月的河流"。这是一幅男人泅渡的画面。作为画面主人公的"男人",与其说专指在"无边苦海中苦苦挣扎"的诗人自我,不如说泛指一切在生命旅途与天地神人共舞的存在者。由于其画面背景被扩放并且定格在了能把大而至于天空、大地,小而至于正在进化的三叶虫、返祖的土拨鼠全都囊括进去的整个星球,诗的意象便于刹那间腾跃而起,升华为一种悠悠的哲思,使人由不得陷入对于人与万物之生命的沉思、回味之中。除《男人》而外,如《新的爱情》写爱情的快乐:"一阵轻风吹过草坪/我和小树一起/快乐的发抖";《投身于水》写死亡的圣洁与庄严;"赴身清波/让生命开成一朵莲花";《煤》写生命的奉献:"岁月尘封/海水于刹那合拢或者分开/黑蝴蝶就隐没或者显现//直到火塘里的火苗舞蹈/那是绿生命未尽的歌"等等,皆不无可观处。但令人惋惜的是,它们的灵光一闪,都在结束处,其他文字作为铺垫,则稍觉冗长、枯索,多少有首尾不称之憾。

真正以探求生命本真为目标,在思想和艺术上作了整体构思与通盘安排,堪称完璧之作者,在我看来,非《石头》和《马踏飞燕》两首莫属。先看《石头》:"世界日趋喧闹/唯石头沉默//任水冲刷/任风剥蚀/因瓷实而宁静/因宁静而拒绝飞翔"。诗的开头甚好,一下子为石头在喧嚣的世界设定了一个"沉默"和"宁静"的基调。接着,诗又一步步地将其人化,在保留石头固有物性的同时,进而赋予其活泼的人性,使之成为一块不管前程好坏,即便历经生死,也要作为存在者,以"有硬度有本色"的特点而"存在"的石头:"好,是一块石头/坏,是一块石头/活着,是一块石头/死了,还是一块石头/做一块有硬度有本色的石头/便是石头存在的唯一的目的和理由"。诗到这里,笔锋一转,从物性与人性的交融中,写出石头的个性和激情,虽则它"不长嘴巴",又"失去手脚",却仍有借歌哭以表达内在生命的需要:"一块石头就是一面倔强的旗帜啊/宽阔干涸的河床上/找不出两块相仿的石头//不长嘴的生物/失去手脚的英雄/却不拒绝哭泣和歌唱"。论起来,诗本该于此收刹,但作者情犹未尽,硬是宕开一笔,让有生命的石头或是在"敲击"下"发出美妙的歌声",或是在"海边上""呜呜而哭",此种由物性到人性、由"沉默"和"宁静"到"哭泣和歌唱"的转换,最终便自然而然地转化为如石头一般沉沦于底层的草根百姓及芸芸众生的诗化象征:"有一种石头/只要你愿意敲击/他便会发出美妙的歌声//还有一种石头/立在萧瑟的大海边上/海浪轻拍海岸的时候/他便呜呜而哭"。

我猜测,《石头》一诗的写作,可能受到过某首写石头唱歌的流行歌曲的启示。果若如此,其创意多少会打些折扣。在这一点上,小诗《马踏飞燕》似乎更具原创性:"一万年的沉重/结出飘逸之果//黄土地的呻吟/因你的存在/充满性灵和激情"。此诗在《泗渡》集中,可算是小篇幅的杰构。它恰似唐人绝句,勃然而起,悠然而承,陡然而转,戛然而合,于尺幅之内,起承转合,尽显动感,以诗的节奏和旋律,为生命从有限走向无限,亦即《周易》称易之为易的所谓"生生"二字,做出了自己的诠释。

《泗渡》之于生命本真的探求,已卓有所成,但因为包括人在内的世间万物的生命,乃是绵延不尽,又取用之不竭的江海之水,所以,我希望胜利能在体认生命意涵的无比丰富性的同时,在表达诸如生命的孤独和焦虑;表达生命的悲剧意识方面,进行新的探求。胜利正当盛年,以其固有的颖悟和执着,我相信,他在今后像泗渡一般持续的生命之旅中,是有可能写出直达人性最深处,称得上为灵魂写真的诗作的。

我用十年时间读胜利的人,又用半年时间读胜利的诗。我不敢说,我已经读懂了其人其诗。以上所写,仅只是我在读人读诗过程中的一点心得而已。归总到一起,不外乎两句话:一曰外圆内方或外柔内刚;一曰返璞归真。前者对人而言,后者对诗而言,两者是相互呼应的。也许只有像胜利那样外圆内方或外柔内刚的人,才能写出如《泗渡》一般返朴归真的诗。叶燮讲"诗以人见,人以诗见",胜利其人其诗,无疑是足以证明该命题的一个佐证。

拖了数月之久,写下此篇乱弹,权当是序。

谈李国文小说的诗情特征

李国文说过,他不是诗人。确实,他不以写诗见称。然而,我们从他的小说里,却分明可以感受到一种诗的情境、诗的意趣、诗的韵味。要问这种感受是怎样来的?细想一下,与他作为小说家的审美态度显然大有关系。在一篇题为《我的歌》的创作谈中,李国文这样写道:"我爱,所以我唱。而且我希望,这是一支充满希望的歌。""那些在诗歌里总能拨人心弦,引起共鸣的词语,……在我脑海里,总是以一个个具体的人,活生生地出现的。所以只好以小说这样的形式,唱出这支情歌。"[1] 基于这样的审美态度,他不管是写人,还是叙事、状景,往往表现出某些诗情特征。下面,我想以此为线索,对李国文的获奖之作《月食》和近年来其他短篇作品,做点具体分析。

致力于展示人物内心的理想之光,这是李国文小说诗情特征的一个显著表现。

李国文认为,生活中"并不全是疮疤癣","有许多美的东西,美的心灵,美的愿望,美的品德。"他表示:"现在在一些人的心目里,非揭露无以成文学,越血淋淋越是上乘之作,我不赞同这种观点。"[2] 正因为如此,他写人,除了写他们不应该怎样生活的一面,更多也更着重的,则是写他们应该怎样生活的一面。这后一面,即我们所谓的理想。

黑格尔说过,艺术里真正是诗的东西就是理想[3]。李国文用以照亮他那些人物的心灵,并使之闪出光彩的,正是这种理想。在这种"真正是诗的东西"的光照下,他的人物塑造,往往给人以超尘脱俗之感,充满着内在的美和强烈的向上精神,从世俗的泥沼腾起,逼近和升华到一种诗的境界。

我们看《月食》,在郭大娘的性格深处,就展现着这样一种理想的诗的境界。这位太行山老区的军烈属,在丈夫和儿子先后为革命牺牲后,把自己一颗母亲的心,全部献给了党的事业。就拿她和小说中另一人物毕竟的关系来说,在战争年代,她冒着生命危险掩护毕竟;在和平时期,她又带着山区土产,一次次地看望毕竟。毕竟进了城,当了官,慢慢对自己冷淡了,她仍毫不介意,表示宽容和谅解。特别是最后,当她听说毕竟在"反右倾运动"中被"发配"到草地,竟强支病体,不避嫌疑,风尘千里,前往探视。郭大娘这样做,到底是为什么呢?小说中,她有一番话是引人深思的:"一家人能不有个长长短短的吗?只要不生分,那总还是嫡亲骨肉。"要说理想,把党和群众视为"一家人",视为"嫡亲骨肉",这就是郭大娘的理想所在。为了这个理想,她几十年如同一日,全身心沉浸其中,表现出一种专注而且执著的感情。这样的人物,是佛斯特所谓的"扁平人物"[4]。尽管在她身上,体现的只是母爱这么一种感情,色调较为单一,但作为补偿,这种感情的热度却分外炙人。正因为如此,所以,郭大娘作为革命者母亲的形象,才显得这般光彩焕发,肝胆照人。

此外,我们在肖林(《驳壳枪》)、阿宝(《危楼记事》)和爸爸(《妹妹的生日》)等身上,也都可以看到郭大娘的影子。他们都是道德和人格方面的理想主义者,性格内涵虽略嫌"扁平",但因为写来摇曳多姿,仍能给人以一种单纯的美感。

写"扁平人物",好处是易于辨认,但稍不注意,就容易把人物简单化。如《车到分水岭》中的养蜂青年李响(理想的谐音)就是如此。这个人物,也和郭大娘一样,有一个美好的诗情理想。然而,由于作者未能把他的理想转化为活生生的感情,性格失之抽象,诗情流于虚飘。因而,也就如同影子一般,缺乏感人肺腑的艺术力量。

人的心灵是复杂的,有追求理想的动机,也有苟安现状的欲望;有诗的闪光,也有小市民生活的阴影。从表现心灵的整个复杂性上考虑,在李国文的小说里,更值得注目的,是另一个类型的人物塑造。

《月食》中的新闻记者伊汝和报社主编毕竟,都是为了找回当年与人民群众的血肉联系,找回失去了的诗情理想,而重回太行山区来的。所不同的是,这种诗情理想的丧失,伊汝大半是迫于无奈,毕竟主要是因为"忘却"。可以看得很清楚,在伊汝那里,虽然也有来自漂亮的女记者凌淞的诱惑,也有所谓的"情感危机",但他和妻子姐姐之所以结婚刚满三天就分手了,以至在"母亲"郭大娘垂危之时,也不能赶去看望,造成这一切的,完全是因为"反右"斗争扩大化。从这个意义上讲,伊汝有今天,是从一场政治"月食"中熬过来的。而在毕竟那里,则是另一种情况。他和郭大娘之间发生感情上的隔膜,受夫人何茹小市民风气的感染,固然是一个原因,然而更深刻的原因却在于他的官僚主义和"忘却"即忘本思想。从这个意义上讲,毕竟有今天,更多的是从一场心灵"月食"中熬过来的。他和伊汝是殊途同归。说殊途,是因为他们经历了各自不同的生活历程和心灵历程;说同归,又是因为他们最终在一起找回了一度丧失的诗情理想。

对于这种诗情理想,如果说,伊汝和毕竟走了一条失而复得的路,那么《空谷幽兰》中的兰姐,为艺术深造而去国离乡,在西方世界挣扎二三十年,由当时的"音乐神童",一变而为如今的饭店老板娘,走的则是得之又失的路。一个是失而复得,一个是得之又失,这中间有个人的因素,而更重要的,则是社会和时代的因素,拿伊汝、毕竟和兰姐的道路两相对比,恰好证明毛泽东同志的一个判断:"社会主义制度的建立给我们开辟了一条到达理想境界的道路"[5]。

若是仅仅从有无理想这一点上看待,伊汝、毕竟也都与郭大娘一样,属于"大写的人"。但这些"大写的人"是从精神生活的整个复杂性上加以塑造的。作者没有回避他们的心灵创伤,没有回避他们的思想和情感危机,而是在如实地写出了这些东西的同时,写出了他们灵魂深处围绕着诗情理想而展开的"得"和"失"的撞击,写出了在这个撞击中迸发出来的诗的火花。正因为这样,他们是"圆形人物"[6],较之前面所说的那些"扁平人物",也就具有更多的立体感,更强的现实性,更大的感染力。

作者在《妹妹的生日》里,曾经发过这样的议论:"社会并不全是由大写的人组成的,还有一些小写的人"。这些"小写的人",构成为李国文人物画廊里的又一个类型。我们看,在伊汝身边不是有一个"像猎人一样""瞄准着他"的寡妇凌淞吗?在毕竟家中不是也有一个从吃喝穿戴诸方面对他严加管束的夫人何茹吗?其他如《缝隙》中的"掮客"尤胖子、《危楼记事》中的居民组长范大妈、《驳壳枪》中的书法家顾康等,在精神血统上皆属此类。他们不是简单意义上的坏人或者丑角,而是一些世俗的庸人和市侩的形象。按其生活习性、思想方式,这些人与诗和理想是无缘的,甚至是敌对的,他们只是作者致力表现的理想人物的反衬者,只是围绕着那些理想人物的现实环境的一部分。如果说,这类"小写的人"也具有诗的审美价值,他们的价值首先在于以丑比美,化丑为美。

李国文以他系列性的人物塑造,形象地启示我们,从郭大娘等作为"大写的人"的诗的生活,到凌淞、何茹之类作为"小写的人"的非诗的生活,只是一步之隔。能把二者区别开来的,归结为一点,那就是理想。伊汝和毕竟找到了理想,生命又像诗一般地闪耀;兰姐失去了理想,便只能在叹息声中苟安偷生。这里面所提出的问题,不是很值得我们深思吗?

在李国文的小说里,诗情特征的另一个表现,是情感流的叙事方式。

可以看得出来,李国文不喜欢隐蔽和约束自己的感情。由他叙述的故事,大多都带着情感审判的性质。那种火热的爱憎、炽烈的褒贬,作为主观的抒情因素,不仅渗透在故事之中,有时甚至溢出于故事之外。其间的细节、场面以至于整个情节,在很大程度上,都是与抒情相结合,都是为抒情而服务的。正是根据这一点,我们说,李国文的叙事是"抒情化的叙事"。"诗的本职专在抒情"[7],所谓抒情化,实际上也就是诗化。我们读李国文的小说,之所以往往像是在吟一首抒情诗,灵魂深处充满了诗的韵味和诗的节奏感,其原因就在这里。

拿《月食》来说,这篇小说一开头,作者便通过伊汝的情感活动暗示我们,这位主人公在错划右派问题刚一纠正以后,急急忙忙地赶赴太行山区,是为了寻找一种"纯属精神世界的东西"。这是叙事的发端,也是抒情的起点。这个不同凡响的开头,一下子就把我们引入了主人公扑朔迷离的心灵境界中来,从而为整个叙事定下了一个富于诗情的基调。

接下来大家要问,伊汝所要找的那种东西,到底是什么呢?对此,作者引而不发,主人公自己虽然"能感觉到","但说不出来"。在小说里,这种朦胧的精神追求,是随着伊汝感觉和感情的流动而逐步地趋于明朗的。这个感觉和感情的流动过程,贯穿在《月食》的始终,也就是它的故事线索。这条线索,看起来在叙事,实际上在抒情。它是借叙事而抒情,通过对主人公生平的回顾,表述伊汝也是作者自己对理想、对崇高与美的向往和追求。从这个意义上讲,《月食》的故事线索,是完全抒情化的线索。

在一般情况下,人们都习惯于按生活本身的基本程序来叙述故事。《月食》的作者为了抒情的方便,却常常把生活程序打乱,而按主人公的情感活动加以重新组织。这就是所谓的情感流。

这种情感流的叙述方式,使《月食》所展示的生活画面,在时间和空间上常有大幅度的跳跃。在时间上,作者把从前到后数十年加以颠倒;在空间上,作者又把由此及彼几千里加以割裂,然后,经由主人公的情感活动,用一条线串了起来。这样的写法,在扩大作品的生活容量和情感容量方面,具有不可辩驳的优越性,但有时也因为材料组织得不当,在某些局部陷于混乱。

和这种大幅度的时空跳跃相呼应的,是不寻常的情节安排。

在《月食》中,颇多巧合、突变,尤其情节转换和收煞处更是如此。作为情感流的产物,对此应做具体分析,如果说,小说写伊汝和毕竟在郭大娘坟头不期而遇,看去出人意料,想来却又入人意中,那么写伊汝去羊角垴,开车的司机恰好是他女儿心心,而他妻子妞妞居然也搭在这趟车上,类乎这样的安排,就不免过于奇巧,给人失真之感。

　　作为伊汝情感流的终点,即《月食》抒情化线索的归宿,是尾声那个场面。作者写伊汝经过22年的艰苦求索,终于找到了那种"纯属精神世界的东西",与老区人民恢复了当年的血肉联系,和他的妻子女儿幸福地团聚在一起。这个场面,就《月食》全篇而论,是不可少的叙事场面,更是不可少的抒情场面。李国文基于对生活本质的深刻把握,坚信在社会主义条件下,真善美必将战胜假恶丑,他力图在自己作品里,通过情感审判,体现这一胜利。《月食》写伊汝一家的团聚,作为抒情场面,正是作者上述审美理想的集中闪耀,也正是他的情感审判的最终完成。

　　如果把《月食》比作一首诗,团聚一场,显然是这首诗的"诗眼所在"。李国文的整个故事线索,归根到底,都是为通向这样一个"诗眼"而铺垫,都是为实现这样一个"诗眼"而服务的。前面我们说,《月食》是借叙事而抒情,这是一层意思;反过来,另一层意思,《月食》是为抒情而叙事。所谓《月食》的抒情化,应该包括这两层意思在内。

　　其他作品,在运用情感流的叙事方式上,都与《月食》大同小异。相对地说,《秋后热》《危楼记事》等篇叙事成分更多一些;《雨,默默地落》《驳壳枪》等篇抒情意味更浓一些。这里,有必要提一提《车到分水岭》。这篇作品,写从农场选调回来的养蜂姑娘程艰,在分水岭车站,见到了她的那些意大利蜂以及一起养蜂的同伴们,顿时勾起满腹心事。回顾已往,深感留恋;展望未来,不免迷惘。"浅浅的凄苦,淡淡的哀愁",映现出年轻姑娘"一颗捉摸不定的心"。作品所写的,就是这样一个触景生情的场面。

故事的线索若隐若现,淡到几乎看不出来的地步。这样的作品,与其说是一篇小说,不如说是一首诗:一首即景的诗,一首散文的诗。自然,由于故事的叙述太少,作者的介入又较多,作品本身还存在着明显的理念化的痕迹。但如果仅仅着眼于叙事的抒情特征,《车到分水岭》倒是不失为一篇别具一格的风味之作。

如前所述,李国文写人贵有理想,叙事重在合情,与此相适应,作者在环境描写中,也就更多地采取了虚拟的象征手法。这是他的小说诗情特征的又一表现。

李国文的环境描写,大都是作为人物心灵的视像而存在,在遗貌取神这一点上,和写意山水有某种相似之处。一般地说,他很少用工笔铺陈环境,只是到了紧要处,才极省俭地点上几笔,而且这几笔,又往往出之以象征,如电影的空镜头一般,虚虚实实,颇多暗示。作者这样做,其目的显然不是为我们提供一幅关于环境的实体图画,而是要通过象征性的描写,把某种诗的意味和情趣,贯注到作品里去,在字里行间造成一种像空气一样流动的诗的氛围,从而给人以多方面的启迪和感染。

还以《月食》为例。李国文在这篇小说里,为伊汝和他的一家在郭大娘坟头的团聚,安排了一个月全食的环境。这是颇见匠心的笔墨。月有阴晴圆缺,人有悲欢离合。我们总是习惯地把人的团聚与月的团圆联系在一起,而作者却一反常规,写了人团聚,月全食。这样的笔墨,表面上看,突如其来,令人费解,带有很大的随意性;实际上看,它作为一种象征,却正如黑格尔所说:"起于主体任意配搭的巧智,为着避免平凡,尽量在貌似不伦不类的事物之中找出相关联的特征,从而把相隔最远的东西出人意外地结合在一起。"[8]于是,也就在更高的程度上,显示了生活运动的必然性。这个象征告诉我们:伊汝一家所以在22年的长时间内不能团聚,完全是因为,从20世纪50年代末到70年代末,我们国家不正常的政治生活。而这一切,说到底,不过是一场"月食"而已。在党的十一届三中全会以后,政治生活恢复正常,"月亮又亮堂堂地照着我们啦!""今夜好月色,明朝准晴天!"正是在这个意义上,在揭示历史发展规律的意义上,我以为,李国文关于月食的象征以及由此而展开的环境描写,目光远大,意味深长,与同类题材的作品相比,有更多的哲理成分,因而也就有更高的认识价值。

如果说,月食是一种象征,那么,在伊汝和姐姐的恋爱中多次提及的毋忘我花,显然也是一种象征。现在看,作者关于毋忘我花的描写,还可以安排得更加自然和妥帖一些,但即便如此,也仍是有意义的。忘记过去,意味着背叛。李国文写毋忘我花,就是针对这种背叛行为而作出的反拨。在它身上,不仅体现着一个山村姑娘在热恋中的内心要求,而且进一步体现着像母亲一般养育了我们的人民群众的内心要求。

此外,如《危楼记事》中写到的危楼,《驳壳枪》中写到的驳壳枪,《缝隙》中写到的缝隙等等,也都可以当作象征来看待。这些象征,有一个共同之处:它们都是隐喻,类似于诗中的"比",寓意比较确定,是多少有蛛丝马迹可寻的意味性的象征。与此不同,在李国文笔下,还有另一类象征,它们纯属暗示,类似于诗中的"兴",寓意特别流动,是只可意会不可言传的情绪性的象征。例如,《秋后热》中关于秋后的燥热天气的描写,这无疑是作者安排的一个象征。但它象征什么呢? 好像一时还说不清楚。事实上,我们读着它,谁也不会执拗地探究其中的微言大义,而只是模模糊糊地感觉到有那么一种气氛在起作用。主人公刘喜福的心境是矛盾的,尤其是在支部选举会上,违背自己顶头上司古科长的意图而投票赞成非指定对象郭岳以后,这位退休工人,更是心乱如麻。那种秋后热的气氛,在令人不安这一点上,正与主人公的心境一脉相通,从而起到了相辅相成的烘托作用。

两类象征,在渲染诗的氛围方面,各有其不可取代的妙处。意味性的象征,着力于意蕴的开掘,主要用哲理发人深省;而情绪性的象征,偏重在心境的烘托,则更多以诗情给人感染。然而,不管是前者还是后者,它们作为象征,作为对于环境的虚拟手法,都必须和对于环境的实体描写很好地结合起来。否则,一味地追求象征,就容易使环境描写陷于虚空,显得不可捉摸,或者与人物和故事相游离,露出外贴的痕迹。这一点,应该引起李国文的适当注意。

李国文的小说,在认识和表现生活方面,走了一条自己的路。说他崇尚理想也好,注重激情也好,醉心象征也好,这一切归纳起来,只说明一点:我们的这位小说家,有一种诗人的气质,有一颗诗人般多情的心。正因为是这样,所以,他不惯于对生活作散文式的客观报道和冷静叙述,而总是力求从生活的散文中抽出生活的诗来,通过人物、故事和环境等等,表达自己激动在内心的诗情感受;也正因为是这样,所以,他的小说给人的感觉不是写出来的,而是唱出来的,作为心智的果实,往往以巧思见长,以激情取胜。

像李国文这样把小说当成歌来唱,努力对生活作诗情的表现者,在当代作家中,还大有人在。如王蒙、张洁、邓刚、张承志等,都可以视为小说家里的歌手。但李国文的歌,在诗情色调方面,多有与众不同之处。他不是大波大浪的涌动,甚至也不是小波小浪的起伏,在某种程度上,类似于一脉温泉,看去细流如注,听来余音悠然,给人以一种幽柔婉约的美;更难得的是,它从作者火热的感情积累中流泻出来,带着一个被激动的灵魂的全部热度,点点滴滴渗入人心,往往具有极大的滋润作用。

李国文诗情的这种温暖色调,是由多方面的因素合成的,其中最关紧要的,是他那独特的生活历程和心灵历程。

关于作者本人的情况,我们了解很少,只知道他在1957年写了《改选》以后,被错划为右派,在生活的最底层,辗转了20余年。这中间的屈辱悲辛,我们可以想见。处在政治的大风波中,李国文身为血肉之躯,不是没有伤痕,不是没有眼泪,也不是没有长歌当哭的内心要求。但是这一切,在人民温暖的怀抱里,在劳动者"美的心灵"的感召下,如同冰山一般,渐渐地溶化了,消失了。作者在《由"月食"想起》一文中这样深情地回忆道:"那时,我的境遇不佳,大娘总能给我一点母亲似的温暖,她好说一句话,那是颇有'人性论'的嫌疑的:'谁不是人生父母养的?'老汉不但同情我,而且还看得很远:'哪能让你一辈子抬石头呢? 早晚你得去当小学教员,教娃娃认字,到时候可别忘了俺……'"[9]这些话,家常里道,平凡普通,但它在作者受了创伤的心灵中,激起的却是对于未来的无限憧憬和对于人民的不尽感激之情。要问李国文的小说里那种温泉般的诗情是从哪里来的? 从这里,不是多少可以看出一点脉络来吗?

作为一个从动乱的年头跋涉过来的人,在李国文的诗情中,也难免有一些身世的感慨、风尘的嗟叹;但是,作为一个从祖国的大地上、人民的怀抱里找到了温暖和慰藉的人,在李国文的诗情中,更强烈、更执着的,则是对祖国、对人民的挚爱和依恋。他自己说得好:"一个作者提起笔来,还是要考虑两点:一个是祖国,一个是人民……"[10]正是这种如同儿子对于母亲一般的纯真的爱恋,构成了李国文诗情的主调,把读者从关于旧日的感伤回忆中唤起,走向崇高与美的境地。

天意君须会,人间要好诗。特别是现在,当文学中的低级趣味和小市民习气有所露头之时,适当地强调一下对生活作诗情的表现,似乎更有其必要。作为读者,我希望李国文在更加深广地开拓自己抒情个性的同时,更注意表现生活的具体性和合理性,以更饱满、更充实的诗情,来滋润亿万读者的心!

注释

[1]李国文.我的歌.文艺报,1982(1).

[2]、[10]李国文.作家的心和大地的脉搏.北京文学,1981(4).

[3]黑格尔.美学:第1卷.

[4]、[6]佛斯特.小说面面观.

[5]毛泽东选集.第5卷.

[7]沫若文集:第10卷.

[8]黑格尔.美学:第2卷.

[9]李国文.由"月食"想起∥小说选刊,1980(1).

  本文刊发于《西北大学学报》(哲学社会科学版)1988年第2期

第二辑
另眼诗观

诗是一句话

《周易》有云:"形而上者谓之道,形而下者谓之器。"[1]要摆脱诗学研究中避不开且又说不清的两难境地,在我们看来,换一个视点,换一个角度,由形而上的玄学思辨转为形而下的语言实证,一句话,以语言为本位,或许是一条出路。

从语言本位看诗和诗人,问题似乎要简明得多。作为一种文本的存在,诗正如彼埃尔·勒韦尔迪所言,"是用词体现出来的,并且只能用词来体现"[2]。大而至于像洋洋数千言的屈原的《离骚》,小而至于像北岛的一字诗——《网》,无一例外的都是由词或词组构成的话语系统。诗人写诗,不管他是为自己而写,为某一个人或某几个人而写,为所有的人而写,还是为不确定对象的什么人而写(我们把以上四种类型分别称为:独白式、私人交谈式、公众演讲式、小说描述和戏剧表演式),其目的无一例外,都是要以话语进行自我宣泄或者人际交流。正因为如此,所以,抛开各自语境的特殊性不论,究其实,诗无一例外都是诗人的话语方式,海德格尔说,语言是存在的家园。由此推论,诗是诗人的话语方式,也是诗人的存在方式。

可能就是在上述意义上,即在把诗与话语相联系的意义上,中外诗学界一些有识之士,如元好问、金圣叹和夸西莫多等都认为,诗并非什么纠缠不清的东西,就其本原而论,它不过是一句话而已。元好问指出:

> 诗与文,特言语之别称耳。有所记述之谓文,吟咏情性之谓诗,其为言语则一也。[3]

金圣叹说得更为直截了当:

> 诗者,人之心头忽然之一声耳,不问妇人孺子,晨朝

夜半,莫不有之。[4]

诗非异物,只是人人心头舌尖所万不获已,必欲说出之一句说话耳。[5]

意大利诗人夸西莫多的表述,在很大程度上可以与金圣叹的说法构成互证。他认为:

往往会在孤独当中产生,从孤独的言语变成社会学、政治学的诗句,传递到社会中;即如抒情诗,亦不过是说话而已,听众站在诗人的形而下或形而上两方面亦可,虽只属一人亦可,属千百人更行。[6]

以上几人站在语言本位的立场上,把诗由不得其解的司芬克斯之谜还原为一句普通的话语,尽管他们之所论还不能当作严格意义上的诗的定义来看待,但展示在其中的思路却是富于启示性的。我们看下面的两首诗:

公无渡河,公竟渡河。堕河公死,当奈公何?

——无名氏:《箜篌引》

做生日没这么高兴,娶媳妇没这么开心,收庄稼没这么带劲,过春节没这么提神,好呀!班房里关着四条害人精。

——黄永玉:《幸好我们先动手》

这两首诗不就各是一句话吗?如果说《箜篌引》是无名的一位古代老妇人,看着自己的丈夫不听劝阻落水而死,在悲愤交织之中带着哭声说出来的一句话;那么,《幸好我们先动手》,则是画家黄永玉在听到"四人帮"被打倒这一大快人心的消息之后,或者是与家人,也或者是与友人举杯同庆时带着笑声说出的一句话,推而广之,从民间歌谣,到文人诗词;从袖珍式的抒情小品,到大部头的民族史诗,可以说,古今中外的诗,就其语言本原而论,统统都是一句话——一句长长短短的话。

我们说诗是一句话,但并非随便一句什么话便都是诗。话有真话与假话之分,有非说不可的话与可说可不说的话之分,有用诗来说的话与用散文来说的话之分。基于此,自然也就存在着一个对诗作为一句话的基本要求问题。

这些基本要求,概括起来,有如下三个方面:第一,诗的一句话应该真挚、由衷,源于生命体验的至深处,或者说,应该是一句真话。这里要求真,指自然,指想什么就说什么,怎么想就怎么说。作为其反命题,就是"去粉饰,少做作,勿卖弄"[7]。庄子当年在《渔父》篇,曾从命题的正反两方面,对这个真字作过深刻的阐释:

> 真者,精诚之至也。不精不诚,不能动人。故强哭者虽悲不哀;强怒者虽威不严;强亲者虽笑不和。真悲无声而哀,真怒未发而威,真亲未笑而和。真在内者,神动于外,是所以贵真也。[8]

本来,真作为诗是一句话的题中首要之义,是尽人皆知,无需多言的。然而,由于社会的政治、经济或其他原因,在我们诗的话语系统内,最欠缺的恰恰就是这个真字。正因为如此,艾青在《诗人必须说真话》一文里,就说真话这一诗学 ABC 问题又专门作了强调。他说:

> 当然,说真话会惹出麻烦,甚至会遇到危险,但是,既然要写诗,就不应该昧着良心说假话。[9]

同艾青一样,王国维也认为,"真"而不"游"(即说真话而不说假话)是诗之为诗的基本前提。为了说明这一点,其《人间词话》对所谓"淫词"与"鄙词"进行了一番认真的辨析。他举《古诗十九首》中的一些成句为例:

> "昔为倡家女,今为荡子妇。荡子行不归,空床难独守。""何不策高足,先据要路津。无为久贫贱,坎坷长苦辛。"可谓淫鄙之尤。然无视为淫词鄙词者,以其真也。五代北宋之大词人亦然。非无淫词,读之者但觉其亲切动人;非无鄙词,但觉其精力弥漫。可知淫词与鄙词之病,非淫与鄙之病,而游词之病也。[10]

在王国维看来，"真"的价值在于化丑为美：只要"以其真也"，哪怕"淫鄙之尤"，读之仍觉其"亲切动人""精力弥漫"；反过来，真正称为"淫词"与"鄙词"者，主要是因为它们说的不是真话，而是"游词"。作为清朝遗老，王国维提出这一观点是有胆量，有眼光的。即便是放在相隔近一个世纪的今天，也还不失其现代意味。

诗的一句话，除了应该是上面所论的一句真话，第二，它还应该有强大的话语冲动和不可压抑的表达欲，也就是说，它还应该是一句非说不可的话。如果说，诗的一句话应该是真话，是对诗的话语系统在基础层面上提出的要求；那么，进而提出诗的一句话应该是非说不可的话，则是对诗的话语系统在更高层面上的要求。真话之于诗固然可贵，但并不是所有的真话都经过心灵的酝酿，具有达到沸点的感情，因而都符合诗的话语的要求。在这种情况下，就需要像里尔克在劝告一位青年诗人时所说的那样：

> 深入你自己的内心，去发掘那促使你写作的动机，检视这动机是否扎根于内心的最深处，坦白地问自己，如果不让你写作，你会不会痛不欲生。特别是首先要在更深夜静万籁俱寂的时候扪心自问：我非得写吗？要从你自己身上挖出一个深刻的答复来。假如回答是肯定的，假如你能用简单而有力的话"我非写不可"来回答这一庄重的问题，那么就按照这一迫切需要来做，从而建立你的生活。即使是在最无关紧要、最无意义的时刻，你的生活也必须是这种写作冲动的表现和见证。①[11]

相对于里尔克的上述近于灵魂拷问式的表述，艾青就这个问题所谈的看法要显豁，同时也要简洁得多。他说：

> 写作必须在不写就要引起无限悔恨与懊丧的时候

---

① （着重点为原文所有。——引者注）

来开始,不然的话,你所写的东西是要引起无限的悔恨与懊丧的。[12]

这里,艾青提出了一个检测自身的话语冲动和表达欲的标志:如果不说就不懊悔,说了就懊悔,那就证明你的那句话还没有酝酿成熟到非说不可的程度;反过来,如果不说就懊悔,说了就不懊悔,那就证明你的那句话已经酝酿成熟,到了非说不可的程度。

作为对诗的话语系统在最高层面上的要求,第三,诗的一句话除过应该是一句真话,一句非说不可的话之外,还应该在话语及其表达方式上的别无选择;准确地说,这句话还应该是一句非用诗来说不可的话。可以用散文说的,就不要用诗来说;诗要说的话,是不能用散文说的话。艾青指出:

> 用诗来代替论文或记事文是不能胜任的,不要逼迫它和论文、记事文和报道文赛咀。让它说一点由衷的话,说多少就多少……每个字应该是诗人脉搏的一次跳动。[13]

艾青点出了诗与散文在话语方式上的区别,但没有指明其区别到底在哪里。为此,我们不妨来看看《尺牍新钞》所录的一番话:

> 文,阳也;诗,阴也。文心之所至,诗能言之,能尽言之,能反复言之,能洋溢言之,能怪幻言之,所以代天而有终阴之职也。[14]

这里讲到的"尽言之""反复言之""洋溢言之""怪幻言之",已经多少触及到诗的话语方式的特殊性。在我们看来,诗的话语之所以不同于散文的话语,主要是因为它在语义方面是一种非认识的话语,在语用方面是一种不实用的话语,在语法方面是一种超逻辑甚至反逻辑的话语。唯其如此,所以,诗的一句话,作为一句非说不可,而且非用诗来说不可的真话,在语义的角度看,它有时是一句空话;从语用的角度看,它有时是一句废话;从语法的角度看,它有时是一句奇话甚至怪话。因为这一问题,我们在接下来的其他文章中还要详细探讨,在此就不再多说了。

注释

[1]周一正义·系辞上.

[2]法国作家论文学.

[3]遗山先生文集:卷三十六.

[4]与许青屿书.

[5]与宗伯长文昌.

[6]外国名诗鉴赏辞典.

[7]鲁迅选集:第10卷.

[8]庄子集释.

[9]诗论.

[10]人间词话.

[11]现代西方文论选.

[12]诗论.

[13]诗论.

[14]尺牍新钞.

诗,变形的艺术
——从两则比喻谈起

关于诗与散文的区分,不论在中国,还是在西方诗学史上,都是作为避不开且说不清的热门话题,而被一代代的诗人及学者反复论及的。在中国,由文笔之分到诗文之辨,笔墨官司打了几千年。在西方,从古希腊时代的诗与哲学之争,衍化为近现代的诗与散文之论,也可谓由来已久,终古常新。现在看,在这一话题中,诸多高头讲章、崇论宏议都已趋于湮没,倒是有两则当时并不显眼的小小比喻,至今读来仍令人寻味不已。这两则比喻,一则见诸法国后期象征派诗人瓦莱里谈诗与抽象思维的文章,另一则出自中国清代诗论家吴乔的《围炉诗话》。瓦莱里说:

  试想一个很小的小孩:……生下来没过几个月,他就几乎同时学会了说话和走路。……

  学会了使用他的两条腿以后,他会发现他不仅能走路,还能跑;不仅能走和跑,还能跳舞。……

  但是,难道他在说话方面不能发现类似的发展吗?……他会发现,除了要求果酱和否认他的小小的过失之外,用他的说话能力还能做其他的事。他会掌握辩理的能力;他在一个人时,会编造出故事来独自消遣;他爱好一些奇怪而神秘的词语,会自言自语地反复说这些词语。

  正像走路和跳舞一样,他会学会区别两种不同的类型:散文与诗。(着重号为原文所有。——引者注)

这就是瓦莱里创造的"诗舞文步"之喻。比他早几个世纪的吴乔,以中国式的智慧,创造了另一个比喻:"诗酒文饭"之喻。吴乔说：

> 意喻之米，饭与酒所同出。文喻之炊而为饭，诗喻之酝而为酒。文之措词必副乎意，犹饭之不变米形，啖之则饱也。诗之措词不必副乎意，犹酒之变尽米形，饮之则醉也。

把散文比作走路，把诗比作跳舞，这是瓦莱里作为一个西方人、一个来自浪漫之邦的法国人的思路。吴乔另辟蹊径，将散文喻为做饭，将诗喻为酝酒，体现的则是民以食为天的典型的中国人的思路。两种文化，两种诗学，相反然而相成，殊途却又同归。如果说，相反的一面，殊的一面，反映出中西方历史文化的巨大反差，那么，相成的一面，同的一面，便正好说明中西诗学潜在的契合点，亦即诗的跨文化语境的共同规律。

我们认为，两则比喻的契合点在于，尽管它们作为意象语汇，都以感性化的直觉呈示，点到为止，未加透析，而且言辞间还隐隐带点神秘主义的气味，然而，若仔细加以检点，在二者各不相谋的平行表述中，却都能以其形象的丰厚意蕴，多侧面地给人关于诗与散文的区分这一问题的实质性启示。

我们这样讲，是因为，通过对瓦莱里的"诗舞文步"之喻和吴乔的"诗酒文饭"之喻的比较以及整合，可以顺理成章地演绎出区分诗与散文的一系列言之有据、持之有故的结论来。例如，人不管是吃饭还是走路，都有其明确的目的意向；反之，人饮酒或者跳舞，则更多是为了娱乐。由此加以区分，应该说散文是实用的，诗是不实用的，此其一也。其二，人在吃饭及走路时，头脑照例都非常清醒；而人饮酒也罢，跳舞也罢，心灵则往往处在沉醉以至迷狂的状态。由此加以区分，应该说散文是理性的和认识的，诗是非理性的和非认识的。第三，人的吃饭走路，都是按常规即逻辑行事。与之不同，人的饮酒跳舞，则难免逸出于常规与逻辑之外。由此而加以区分，应该说散文是逻辑的，诗是无逻辑，甚至反逻辑的。

关于上述三点，因为于我们的论题相去较远，不拟作进一步的展开。这里要集中讨论的，是由"诗舞文步"之喻和"诗酒文饭"之喻生发出的另一点。我们知道，虽然走路与跳舞都是人的动作，但就人而言，走路是其平常的动作，是持以常态；跳舞则是其不平常的动作，是持以变态。同理，虽然做饭与酝酒都是用米为原料，但对米来说，做饭大体保持着米的本来面貌，是出以本相；酝酒则完全失去了米的本来面貌，是出以变相。分析到这里，如果将瓦莱里和吴乔的上述比喻，纳入马克思主义的艺术反映论，我们不是可以在诸如实用与不实用、认识与非认识、逻辑与无逻辑等等的区分之外，引申出又一个足以说明问题的结论来吗？诗与散文同是对人的生命活动的反映，但散文更多以生活的常态、本相映照生活，故而，散文在本质上是写实的艺术；诗主要以生活的变态、变相反射生活，故而，诗在本质上是变形的艺术。

对以上所谓变形与写实的区分，我们只消将反映同一题材的诗与散文作品稍加比较，就可得以确证。例如，同是以张志新烈士和林彪、"四人帮"斗争以及最终遇害事件为题材，雷抒雁的诗《小草在歌唱》、韩瀚的诗《重量》，与刊发于1979年6月5日《光明日报》的人物特写《一份血写的报告——记党的好女儿张志新》，在写法上就大不一样。人物特写把张志新烈士的生平、事迹、斗争和遇害经过，由头至尾，如实写来，虽则其中不免有选择，有取舍，有节略与穿插，但从总体上可以说，它像走路持以常态，做饭出以本相那样，是对事件的写实。而雷抒雁和韩瀚的诗，其旨归却显然不在客观如实地叙述事件，而在表达由事件激起的主体的心灵震颤及内在感受。事件之于诗，如筌之于鱼，蹄之于兔，很大程度上只是一种情绪的触发剂，一种完成情绪方程式的"客观对应物"。庄子说："得鱼而忘筌""得兔而忘蹄"，一语道破个中之关系。正因此，张志新烈士的事迹在他们二人的诗中，就必然如一鳞半爪，若隐若现，而且，即或是这一鳞半爪，也由于被安置在主观性极强的心灵氛围里，整个地为诗人的内在情绪所浸泡,不是被吹胀,便是被肢解,读来难免有扑朔迷离,甚至触目惊心之感。韩瀚的《重量》自不待言,全诗总共五句,为了表现主体在与张志新烈士对照的瞬间猝然引发的人生失重感,硬是把千头万绪的事件,压缩成一个关于"天平"的突兀意象:

> 她把带血的头颅/放在生命的天平上/让所有的苟活者/都失去了/——重量

即便是长达百余行的《小草在歌唱》,虽则其间并无头颅带血放入天平称量一类的惊人之笔,但在它如话家常般的咏叹中,却也很难窥见事件的客观进程。雷抒雁精心选择会唱歌的小草作为全诗的中心意象。他写这些"如丝如缕"的刑场小草,在烈士倒下之后,如何含情脉脉,"托着她的身躯/抚着她的枪伤/把白的、红的花朵/插在她的胸前/日里夜里,风中雨中/为她歌唱……"此类文字,哪里有什么写实的意味,只能叫人联想到"跳舞"或者"酗酒",是诗人在激情的燎烤之下对于事件所作的变形处理。

其实,《小草在歌唱》也好,《重量》也好,写法都是较为传统的。我们在以上进行的比照中,其所以选这样的传统诗作为例证,而没有涉及诸如江河、韩东等献给张志新的、更多现代主义意味的"朦胧诗"或"后朦胧诗",是旨在说明,即便是文体意识尚不自觉的传统诗,其潜在的变形特征,已足以将自身与写实的散文区分开来,那么,文体意识趋于自觉的"朦胧诗"和"后朦胧诗",它们在变形的旗帜下,与散文最终诀别,应该说是完全可以理解的了。

本文刊发于《延河》1994 年第 7 期

诗美变形律探微

对于诗和艺术的变形特征,在西方诗学中,较早地从理论上给予关注并加以系统阐述的,是活跃在20世纪20年代前后的俄国形式主义者。什克洛夫斯基的《艺术作为手法》一文,依据诗艺中的变形现象,提出了奇特化(OCTPAHEHNE)概念。他说:"为了恢复对生活的感觉,为了感觉到事物,为了使石头成为石头,存在着一种名为艺术的东西。艺术的目的是提供作为视觉而不是作为识别的事物的感觉;艺术的手法就是使事物奇特化的手法,是使形式变得模糊,增加感觉的困难和时间的手法,因为艺术中的感觉行为本身就是目的,应该延长;艺术是一种体验事物的制作方法,而'制作'成功的东西对艺术来说是无关重要的。"[1]什克洛夫斯基的奇特化概念,是作为"自动化"的对立面提出来的。他虽然正确地指出,奇特化的目的在于"使感觉摆脱自动性",即前文所谓"增加感觉的困难和时间",但是,当他与他的形式主义同行们(主要是一批语言学家),将奇特化的概念展开进行论证时,却并未从感觉及其心理内涵入手,而是形式主义地把问题归于语言的"制作"方面。俄国形式主义者认为,诗和艺术的奇特化,其所以不同于散文的"自动化",完全是因为诗的语言与普通语言的差异性。什克洛夫斯基在引述的那段话之后,几次谈到诗的语言特征。他说:"诗歌语言是难懂的、晦涩的语言,充满障碍的语言","我们就可以给诗歌下个定义,这是一种困难的、扭曲的话语。诗歌的话语是经过加工的话语。"[2]俄国形式主义将诗的变形,概括为语言的奇特化"制作",并非全无道理,但显然有本末倒置之嫌。我们认为,诗的变形有语言学问题,但首先是心理学问题,即变态心理学或审美心理学问题。

从审美心理学的角度看,所谓变形,实际上就是感觉的变异。我们曾经论列过的物我之变、大小之变、声色之变、动静之变、生死之变,以及时间之变、空间之变和时空交叉之变等等,究其直接的缘由,都是感觉变异,即变觉的语言表现。一般人都有变觉能力。所不同的是,诗人在感觉方面的变异能力,比一般人要更强和更大得多。

诗人的变觉,按其变异的性质和程度的不同,可以区分为以下三种情况:一是感觉的误差,进入诗里,表现为诗的错觉;二是感觉的交叉与串通,进入诗里,表现为诗的统觉(通常称为"通感");三是感觉的整体虚构,进入诗里,表现为诗的幻觉。

先从错觉说起。诗的错觉,作为似是而非的联想,它是建立在对象的相似和差异的基础上的一种变觉。对象没有相似,甲是甲,乙是乙,二者无一点联系,固然不能生出错觉;反过来,对象没有差异,甲就是乙,乙就是甲,二者是一而二、二而一的东西,自然也不能视为错觉。错觉之所以发生,之所以具有诗的魅力,就是因为两个对象处在似是而非的关联中。这一似是而非性,是诗的错觉在其心理机制方面最基本的特征。我们来看顾城《眨眼》一诗:

> 我坚信/我目不转睛//彩虹/在喷泉中游动/温柔地顾盼行人/我一眨眼——/就变成了一团蛇影//时钟/在教堂里栖息/沉静地嗑着时辰/我一眨眼——/就变成了一口深井//红花/在银幕上绽开/兴奋地迎接春风/我一眨眼——/就变成了一片血腥//为了坚信/我双目圆睁

在"彩虹"与"蛇影"、"时钟"与"深井"、"红花"与"血腥"之间,不无细微的相似(形或色),又多有深刻的差异(美与丑)。正因为二者的小同而大异,遂使诗的错觉生发出非寻常错觉可比的精神穿透力。顾城说:"我所感觉的世界,在艺术范围内,要比物质的表象更真实。"[3]把这番话与《眨眼》一诗联系起来,他讲的"感觉"即似是而非的错觉;他讲的"真实",作为在错觉中感知的真实,亦即似非而是的真实。由似是而非到似非而是,诗的错觉包含的艺术辩证法,是耐人寻味的。

如果说,诗的错觉是一种似是而非的联想,那么,诗的统觉则是一种由此及彼的串想。《列子》认为:"眼如耳,耳如鼻,鼻如口,无不同也,心凝形释。"[4]对"眼如耳,耳如鼻,鼻如口"之类的感觉串通,《列子》的解释是:"无不同也,心凝形释。"这一解释在大的思路上是正确的,但毕竟失之笼统。相对地看,德国美学家费歇尔的分析要细微,也要深入得多。他指出:"各个感官本不是孤立的,它们是一个感官的分支,多少能够相互代替,一个感官响了,另一个感官作为回忆,作为和声,作为看不见的象征,也就起了共鸣,这样,即使是次要的感官,也并没有被排除在外。"[5]费歇尔从感官虽然各司其职但又互为一体的角度说明统觉作为感觉"共鸣"发生的心理必然性,是很有说服力的。问题是,在有的诗中,上述感觉共鸣即统觉,大多呈线型展开,如"绿色的旋律"(舒婷《四月的黄昏》)、"举头忽看不似画,低耳静听疑有声"(白居易《画竹歌》),前者从听觉串到视觉,后者从视觉串到听觉,其间的脉络清晰可辨。而在个别诗中,尤其是现代主义诗中,统觉则从一个中心点出发,呈网状辐射。其辐射面,不仅仅限于五官感觉,有时甚至能深入到人的思维、情感、意志乃至无意识领域。于是,不同于平常习见的那种线型统觉,在诗中随之出现的是多向度、立体化的网状统觉。例如,北岛的《十年之间》即是一例:

> 在被遗忘的土地上/岁月和马轭上的铃铛纠缠/彻夜作响,路也摇晃/重负下的喘息改编成歌曲/被人们到处传唱/女人的项链在咒语声中/应验似地升入夜空/荧光表盘淫荡地随意敲响/时间诚实得像一道生铁栅栏/除了被枯枝修剪过的风/谁也不能穿越或往来/仅仅在书上开放过的花朵/永远被幽禁,成了真理的情妇/而昨天那盏被打碎的灯/在盲人的心中却如此辉煌/直到被

射杀的时刻/在突然睁开的眼睛里/留下凶手最后的肖像

看得出来,北岛这首诗的统觉,中心辐射点是由声音引起的听觉(如"铃铛"声、"喘息"声、"歌曲"声、"咒语"声等等)。但随着网状式的辐射,声与色、虚与实、幻与真、直觉与理性、情感与思辨、意识与梦境……各种界线统统归于消失。如同并联一起的所有发声器,在接通电流之后,顿时全都发出了像交响乐一般的共鸣。可以毫不夸张地说,这是诗人在特定的情绪状态中建立起来的统觉奇观。

然而,北岛的诗毕竟是例外。因为不管是统觉也好,错觉也好,它们说到底还只是小规模的变觉;由此而造成的诗的变形,也往往带有局部性。而诗的幻觉,则是大规模的变觉,随之而来的诗的变形,则是整体性的变形。我们认为,诗与文学性散文的区别在于,它是以变形为主的艺术。唯其如此,所以,诗人在创作过程中,常常不知不觉地追求着诗的幻觉,把这种大规模的变觉,视为诗的创作的最高境界。车尔尼雪夫斯基说,诗情才能中的主要成分是创作幻想,就是这个意思。一旦此种由才能激发的幻觉出现,诗人如同精神病患者似的,全身心地沉溺在里面,如醉如痴,若迷若狂。当此之际,欣然命笔,产生的便是本来意义上的绝妙好辞。

与错觉作为似是而非的联想,统觉作为由此及彼的串想在心理机制上大为不同,诗的幻觉就其实质而言,乃是一种无中生有的幻想。以郭沫若《天上的市街》为例:

远远的街灯明了/好像闪着无数的明星/天上的明星现了/好像点着无数的街灯//我想那缥缈的空中/定然有美丽的街市/街市上陈列的物品/定然是世上没有的珍奇//你看,那浅浅的天河/定然是不甚宽广/那隔河的牛郎织女/定然能够骑着牛儿来往//我想他们此刻,定然在天街闲游/不信,请看那朵流星/是他们提着灯笼

在走

郭沫若写于1921年10月24日的这一首诗，可能是凝视夜空的产物。作为瞬间的幻想与虚构，它表现了一个浑然如整体的诗的幻觉。从局部看，这首诗没有一点错觉与统觉的成分，一切都有如人世间实际存在的那样。然而，正因为如此，从整体看，它们作为扩放了的错觉与统觉，才显出了进入幻觉的程度之深。特别是诗中屡屡出现的"定然"二字，把明明是虚构的幻想，当作真实的世界来加以判断，正好从一个侧面说明了诗人在特定瞬间无意识状态的沉迷。

同样是表现诗的幻觉，与郭沫若《天上的市街》略有区别的是，苏轼的《江城子·乙卯正月二十日夜记梦》：

十年生死两茫茫。不思量，自难忘。千里孤坟，无处话凄凉。纵使相逢应不识，尘满面，鬓如霜。　夜来幽梦忽还乡。小轩窗，正梳妆。相顾无言，唯有泪千行。料得年年断肠处，明月夜，短松岗。

苏轼的《江城子》，标题标明为"记梦"之作。它写了从醒到梦，又从梦到醒的全过程。与郭沫若《天上的市街》一诗的同中之异在于，郭诗表现的是整体性幻觉，而苏轼表现的是片断性幻觉。前者的好处是诗人在幻觉里面浑然不觉的沉迷；而后者则由于将幻觉置于一前一后的清醒状态的映衬和对比之中，而使人加倍感受到诗人在幻觉到来之前和在幻觉消失之后思念亡妇的那种揪心裂肺的悲痛之情。

以上我们说，诗的变形是包括错觉、统觉和幻觉在内的变觉语言表现。对于变形的心理学研究，这还只是触及了问题的第一个层面。下一个层面的问题是，诗的变觉是由什么造成的？17世纪英国哲学家弗兰西斯·培根，把诗的变觉与想象联系了起来。他说："诗是真实地由于不为物质法则所局限的想象而产生的，想象可以任意将自然界所分开的东西结合起来，把自然界所结合的东西分开，就这样制造了事物的不合法的结合与分离……"[6]培根在此所谓的"分开的东西结合""结合的东西分开",所谓"事物的不合法的结合与分离",即诗的变形和变觉。他认为,诗的变觉功能来自想象。这把变形的心理学研究向前推进了一步。可是,培根未能进而作出回答,想象的动力又来自何处?两个世纪之后,另一位英国人,诗学家赫士列特从想象与激情的关系入手,终于揭示了诗的变形的心理根源。赫士列特指出:"诗歌严格地说,是想象的语言。想象是这样一种功能,它不按事物的本相表现事物,而是按照其他的思想情绪把事物揉成无穷的不同形态和力量的综合来表现它们。这种语言并不因为与事实有出入,而不忠实于自然;如果它能传达出事物在激情的影响下在心灵中产生的印象,它是更为忠实和自然的语言了。"[7]其实,早在公元3世纪,我国西晋时代文学家陆机就已在其所著的《文赋》里,对想象与情感二者做过相关研究。他虽则没有把想象、情感与变觉联系起来,但我们从"笼天地于宇内,挫万物于笔端","情瞳胧而弥鲜,物昭晰而互进"[8]等表述中可以看出,陆机已经约略意识到想象对感觉表象的改造,和情感对想象的驱动。之后,南朝梁代刘勰的《文心雕龙》,又提出了"神用象通,情变所孕"[9]的命题,把情感之于想象的作用突现到一个新的高度。宋人范温说:"激昂之语,盖出于诗人之兴。"[10]他关于"兴"作为自由想象,与"激昂之语"作为激情与变觉的语言表现二者之间的心理渊源关系所作的判断,在很大程度上,可以和培根以及赫士列特的论述构成互读。至于清代诗学家叶燮下面的一番话:"惟不可名言之理,不可施见之事,不可径达之情,则幽渺以为理,想象以为事,惝恍以为情,方为理至、事至、情至之语。"[11]其中有关情感、想象和变觉的心理描述,在深刻性上,则远远不是培根和赫士列特所可比拟。

综合中西方关于诗的变形的心理学研究,我们可以整理出这样的一条思想线索:变觉(变形)→想象→情感。正是情感的驱动,激发了诗的想象;又正是想象的改造和创造,造成了诗的变觉

（变形）。变形最早是物理学的概念。如果说,物理学的变形,是外在的力起作用的结果,那么,诗的变形,则显然是内在的力(可以名之为"心力")起作用的结果。这一内在的心力,从表面的意义上讲,是诗的变觉;从深入意义上讲,是诗的想象;从最终的意义上讲,则是诗的情感。试拿郭沫若早期的诗集《女神》(以《天上的街市》为例)与晚期的诗集《百花齐放》(以《石蒜》为例)加以对比,我们就会发现其中的变化轨迹。《天上的市街》已引述如前,现将《石蒜》作为对照抄录如下:

我们是野草,花和叶不能见面/秋天抽出花梗开出红花如团/筒状花裂成六出,花蕊挺出花间/花谢后才标出浓绿的叶片如蒜//我们全身都有毒,但请不要害怕/我们的用处很多,看你怎么用法/可以催吐、治癣,并医治无名肿毒/把浆汁涂入泥壁中还可以防鼠

同出于郭沫若一人的手笔,为什么《天上的市街》表现的是整体性幻觉,显得如此奇丽?《石蒜》则像常见的那种广告文字,读来又如此平淡?表面地看,这是感觉变异的程度之别;深入地看,则是想象改造和创造的程度之别;归根结底地看,乃是情感驱动的程度之别。写《百花齐放》的当儿,郭沫若身居高位,早年那颗"感于哀乐"的心,已多少显出委顿的迹象,自然也就谈不到情感的蕴蓄与流注了。

我们认为,诗的变形最终是由情感驱使想象对感觉表象加以改造和创造而成的。分析到此,有人或许会问:为什么诗的情感一定会造成诗的变形呢?这是因为,诗的情感,作为诗人对内生命的一种体验,它来自灵魂深处,必然带着人的无意识层面的某些特征。正是在这个意义上,我国古代诗学把诗的情感叫做痴情。这种痴情,当它寻求对象化的表现时,常常把社会或自然中的物象置于无意识状态下,进行非理性的加工,从而使之成为合于内生命需要的意象。由此而论,所谓诗的变形,实质就是诗人在痴情的无意识状态下,对社会与自然所作的非理性的加工。

一般说来,在诗中,诗的情感的无意识程度与诗的变形的幅度是成正比的。情感的无意识程度浅一点,变形的幅度就小一点。情感的无意识程度深一点,变形的幅度就大一点。如果一种情感很少无意识成分,换句话说,是一种非常理性化的情感,那么,诗的变形就有可能小到几乎看不出来。在这种情况下,诗也就不是诗了,而成为散文或别的什么。反过来,如果一种情感纯然是无意识的,换句话说,是一种近于歇斯底里的情感,那么,诗的变形就有可能大到面目全非,而显得无从理解。在这种情况下,诗也就不是诗了,而成为胡话或梦呓了。

诗不是散文,也不是胡话或梦呓。要把诗与二者区别开来,关键在于掌握好诗的情感和变形的度。一方面,相对于散文而言,诗的情感进入无意识的程度要深一些,诗的变形的幅度也要相应地大一些。它可以超越于社会与自然之上,作奇特的想象,可以把物象变形到出乎意料的地步。从这个意义上讲,诗的情感应该是深入无意识层面的,诗的变形应该是大幅度的。另一方面,相对于胡话和梦呓而言,诗的情感虽然应有无意识深度,但又不能没有理性的渗透;诗的变形虽然应是大变,但又不能是乱变。无论想象如何奇特,虚构如何大胆,它最终必然以社会与自然为依据,合于社会与自然的规律性。也就是说,它最终必须把变形限定在出乎意料而又入乎情理的地步。从这个意义上讲,诗的情感又应是有理性参与的,诗的变形又应是合分寸的。就诗的情感而论,一方面是深入无意识的,一方面又是有理性参与的;就诗的变形而论,一方面是大幅度的,一方面又是合分寸的。我国古代诗学所谓意在若有若无之中,像在不粘不脱之间,可以说,这些话正是关于诗的情感和变形的度的辩证规定。

诗,首先应该是美的,诗的美,美在意象,美在变形,美在适度。诗的意象,只有对社会与自然的物象作适度的变形,才能在读者心中产生相应的惊奇感。这个惊奇感,不同于逼真感。如果说,逼真感是散文和小说美的要义,那么,惊奇感则是诗美的核心所在。要是变形不足,诗就不是奇,而是平,就不成其为诗美;反之,要是变形过了头,诗也就不是奇,而是怪,也同样不成其为诗美。对于平实如散文一样的诗,读者产生不了惊奇感,就会不断地用生活事实来衡量你,纠缠你,使你穷于应付;对于古怪如胡话或梦呓一样的诗,读者也同样产生不了惊奇感,就会简单地用生活事实来责问你,否定你,使你难于辩驳。在这方面,古今中外的诗歌创作中有很多教训,是值得我们深思的。

注释

[1]、[2]俄苏形式主义文论选.北京:中国社会科学出版社,1989:65,76,77.

[3]朦胧诗·新生代诗百首点评.南京:南开大学出版社,1988:106.

[4]列子·仲尼.

[5]古典文艺理论译丛:8.北京:人民文学出版社,1964:5.

[6]西方文论选:上卷.上海:上海文艺出版社,1963:247.

[7]古典文艺理论译丛:1.北京:人民文学出版社,1961:60.

[8]陆机.文赋.

[9]刘勰.文心雕龙·神思.

[10]苕溪渔隐丛话:前集卷八.

[11]叶燮.原诗·内篇.

本文刊发于《西北大学学报》1998年第1期

论诗的逸美

诗区别于小说、戏剧等造型艺术的审美特征之一是它的主体性,那么,对这里所谓的主体性应该作何理解呢?法国18世纪启蒙主义大师卢梭有言:人是生而自由的,但却又无往而不在枷锁之中。从这一关于人性二律背反的经典性命题向前推论,作为主体的人,其最高的定性不就在于自由吗?据此,上述诗的主体性,也便可以对应地阐释为诗的自由美。事实上,康德当年在《判断力判断》一书里把美分为自由美与附庸美两类,就是以主体之于客体的自由程度作为依据的。康德认为:"有两种美:自由美与附庸美。第一种不以对象的概念为前提,说该对象应该是什么。第二种却以这样的一个概念并以按照这概念的对象底完满性为前提。第一种唤作此物或彼物的(为自身而存的)美;第二种是作为附属于一个概念的(有条件的美),而归于那些隶属一个特殊目的的概念之下的对象"[1]。康德是要告诉人们:自由美不以对象的概念为前提,是主体为自身而存在的美,是一种纯美;附庸美要以关于对象完满性的概念为前提,是有条件的美,亦即依存美。如果将康德的这一划分应用于艺术美的比较,那么,小说、戏剧等因其必须从客体获得故事或者冲突等感性的生活资料,所以,它们的美主要是一种客体性的依存美;而诗则很少依存于客体,既不为故事所束缚,也不为冲突所牵累,它用来打动人、征服人的东西只有一样:那就是主体自身的情感与心灵状态。由此决定,诗美主要是一种主体性的自由美,一种纯美。

由诗的纯美想到20世纪之初法国后期象征派代表人物马拉美、瓦莱利等所发起的纯诗运动,应该说是很自然的。尽管这一运动确实存在着为诗而诗的非社会化倾向,而且其纯诗概念由于追求绝对性,最终如瓦莱利自己所言,"是一个达不到的类型,是诗人的愿望、努力和力量的一个理想的世界。"[2]然而,他们在把握诗美的主体自由精神和不依存性方面,无疑有其深刻与独到之处。或许作为一场运动,马拉美、瓦莱利所标举的纯诗已经成为历史,但作为追求诗的纯美的一种愿望和理想,他们提出的诸多概念以及命题,却并未成为历史,而是以依然鲜活的姿态,在参与诗与诗学重构的现实。

同西方近现代诗学基于主客体二分对立的传统思路,把诗美理解为与客体相隔绝的主体性纯美迥然有别,我国古代诗学,则往往从"天人合一"的本体论高度,将诗在主客体浑融不分中表现出来的自由之美,与一种名之为"逸"的精神相联系。

据港台学者徐复观先生在《中国艺术精神》一书中考证,逸字较早见于《论语·微子》中关于"逸民"的论述。何晏《集解》:"逸民者,节行超逸也。"这就是说,逸民之为逸民,是因为他们有一种超越世俗的精神,是所谓"隐者"。在孔子那个时代,这样的逸民或隐者,多与道家有关。其中,以庄子最为典型。他"以天下为沉浊",所以,便"上与造物者游,而下与外死生无终始者为友"[3]。正是在这一意义上,即抗议"天下沉浊",追求个体自由的意义上,徐复观称庄子哲学为"逸的哲学"[4]。

庄子以个体自由为主旨的"逸的哲学",极大地影响了我国传统的人文精神。魏晋时期,玄风大炽,人们都"嗤笑徇物之志,崇盛忘机之谈"[5]。一部《世说》,就是一个逸的世界。唐人朱景玄在其所著《唐朝名画录》里,首倡以逸品画。他于"神""妙""能"三品之外,另列"不拘常法"的一品,叫"逸品"。于是,逸开始由哲学而步入艺术美学。在此基础上,北宋的黄休复又撰《益州名画录》,将画分"逸""神""妙""能"四格,并将"逸格"置于四格之首。至此,逸便成为艺术美的一种最高形态。

综合从朱景玄到黄休复,到他们之后如苏轼、倪瓒、恽格等对逸的诠释,这一概念大体有如下三方面的内涵:一是"不求形似,聊以自娱"（倪瓒），"纵横放肆，出于法度之外"，"有纵心不逾矩之妙"（苏轼）；二是"襟抱超然"（黄休复）、"不入时趋"（恽格）；三是"得之自然"（黄休复）。其中，前两个方面强调的是主体对于客体的超越性，第三个方面强调的则是主体通过超越而达成与客体的同化。总括起来，所谓逸，体现的正是中国艺术的主体自由精神。

　　需要说明一点，逸在两宋及其以后的艺术美学中，大都用于品画，而绝少用于品诗。这倒不是说，逸所体现的主体自由精神于诗不相适合。据我猜度，其原因可能同诗作为中国艺术的正宗地位有关。唯其是正宗，人们怕引入这一由"逸民""隐者"衍化而来的字眼，会有损于诗言志载道的传统。然而，因为被宋人列为"逸品""逸格"的那些画，无一例外的都是文人写意山水画，即苏轼所谓"画中有诗"的画，或者用今天的话讲，是充分诗化了的画，所以，与其说他们在以逸品画，倒还不如说他们在以逸品诗：品流注在画中之诗。作为这方面的补充例证，明清以降的一些诗学家，纷纷用逸的同义词来论诗：如袁枚"忘韵，诗之适也"[6]；刘熙载"野者，诗之美也"[7]。由此说明，用逸来概括诗的主体自由精神是完全适合的。

　　我们这样说，目的只有一个：就是要从我国古代艺术美学里引来逸美的概念，以便和西方近代诗学的纯美概念，构成一种互训互释。一个逸字，一个纯字，他们在表达诗的主体自由精神方面是完全一致的。但由于出自两种不同的人文背景，西方人讲纯，更多地把诗的主体自由视为主体对于客体的回避，马拉美、瓦莱利等所谓纯诗，便是由回避而趋于极端的体现；而我们的古人讲逸，如上文所分析，则更多地把诗的主体自由看作主体对客体的超越与拥抱。超越是离开客体，拥抱又是回到客体。作为其终点，是"得之自然"，即"庄周梦蝶"式的主客体同化合一的状态。我们知道，客体作为社会存在，靠回避是回避不了的。要想从其制约中求得自由，也许只有超越与同化，才是最好的选择。由此言之,在对诗的主体自由及其实现方式的理解上,我国古代的逸美概念实在比西方近现代的纯美概念有更多的可取之处。

不管是纯美也罢,逸美也罢,它们都是指诗的主体自由而言。而这一诗的自由,在内涵与实质方面,与一般政治、法律意义上的自由,以及哲学意义上所谓自由是不可同日而语的。政治、法律意义上的自由,要由行政、法律的条文加以规定,应该是实体性的自由。哲学意义上的自由,固然带有精神性,但它作为对必然的认识,却可以而且必须用以指导实践,因而,它是精神—实践性的自由。与以上两类自由不同,诗的主体自由,一如庄子的逍遥游,在很大程度上仅只是一种象征。正因为如此,这种象征性自由能否实现的关键,主要不在外界为你提供了什么条件,而在主体自身心灵超越功能的发挥。

通常的情况是这样的:当主体在瞬间通过超越得以解脱时,他感到愉悦以至于陶醉。然而在这一瞬间之前和之后,主体却不能不作为现实的人,滞留在种种莫名的精神囚禁之中,因而,他又是痛苦的。可以说,正是精神被囚禁的痛苦,促使主体进行超越,寻求解脱。从这一意义上讲,痛苦乃是主体实现其心灵自由的永恒之内驱力。尤其在主体获得自由的瞬间,反过来沉思并回味他在此前后的痛苦体验,往往使其因自由而生的愉悦以至陶醉感,带上深沉的悲凉意味。

每个主体的精神之旅中,都会如卢梭所言:一方面,基于天性而不断地涌动着对自由的渴望;另一方面,却因无往不在的枷锁——或是因为客体,或是因为社会,或是因为自身——而备受羁縻之苦。不仅如此,而且,上述二律背反,还会随着主体自身知识和文化背景的转换,精神世界向深层的拓展而成比例地加剧。在这两难境地,主体所能作出的正面选择只能是:在痛苦的驱动下,发挥其心灵的超越功能,为实现象征性的自由而努力。庄子在《大宗师》中所写的南伯子葵和女偊的一番对话,对我们极富启示性。庄子借女偊之口,谈到了"游心于道"的几个主要步骤:

"外天下""外物""外生"等[8]。如果将庄子的思路稍加调整,我们也可以把的诗的主体为实现自由而进行的心灵超越分为如下三个层次:

其一是超物,即庄子所谓"外物"。在这一层次上,主体要通过对客体的物质外壳及其所处的物理时空的超越,把客体变为遗貌取神的精神对象。用别林斯基的话说:"诗歌并不依样画葫芦地描写花园里含葩怒放的玫瑰花,却舍弃它的粗俗的实体,仅仅取其芬芳馥郁的香味,奇谲变化的色彩,用这些东西来做成一朵自己的玫瑰花,比实物的玫瑰花更好,更华美"[9]。这里的关键在于"清洗"(黑格尔语),使客体作为物质存在的众多非主要特性被一一模糊掉,以确保其与精神内涵相关的主要特性得以最大限度的突出。如艾青写纽约:"太多的摩天大楼/钢铁与玻璃的悬崖/他们中间的无数峡谷里/流淌着车辆的洪流"在纽约面前,艾青是自由的。他面对世界大都会的五光十色,看到的只是楼的悬崖与车的洪流,这就是超物。能否超物,对主体实现其自由是至关紧要的。一些初涉诗坛的习作者,往往于万象纷呈的客体世界不知所措,即便是老诗人,有时也不免被这样或那样的对象迷惑,而失去超物的自由。还以艾青为例,他在一次座谈会上曾经讲到过自己的切身体会:"我发现自己的诗里凡是按照事实叙述的,往往写失败了,如《藏枪记》,是我去家乡听了一个抗日游击战士的故事后写的。完全根据人家怎么说,就怎么写的,事情写得很清楚,但不感动人。而《吹号者》《雪落在中国的土地上》《向太阳》《火把》这些诗毫无具体事实根据,全是想象的,但成功了。我没有当过兵,也没有当过吹号者,到现在为此,我还没有看见过一次火把游行的场面,完全是凭想象构思的,而且写得相当顺利,几天就写成了。"这是为什么呢?艾青自己总结说:"为什么凭想象可以写出好诗来?为什么根据事实反而写不出好诗来?想象是以生活积累为基础的,生活积累并不限制在一时一事上。过分要求生活的真实,反而展不开想象"[10]。艾青从"生活、想象、真实的世界关系"去进行反思,自然也无不可。但如果换一个角度,似乎更能说明问题。想象就其本质而言应该是自由的。这种自由,必须建立在超物的基础上。《藏枪记》之所以失败,之所以"展不开想象",是因为它完全"按照事实叙述",主体从一开始就没有表现出超物的意向。反过来,《吹号者》这些诗为什么成功?为什么想象"不限制在一时一事上"?是因为它们不受诸如伤兵、吹号者、火把游行之类具体事实的牵累,主体于不知不觉间就已完成了对于客体物质性的超越。

主体在超物之后,使客体由外在的物质对象一变而为其内心的精神对象。这对实现诗的主体自由,无疑是重要的一步。然而,因为主体与作为精神对象的客体之间,存在着建立多种关系的可能性:或者是诗和艺术的审美关系;或者是哲学的认识关系;或者是政治、伦理的实用功利关系。所以,主体还需随之在第二个层次上加以超越。这就是超世,即庄子所谓"外天下"。在这个层次上,主体要通过对自身作为社会中人所处的种种现实关系以及世俗观念的超越,把客体变为把玩观赏的审美对象。王国维的《人间词话》中有一段话,就此做过精辟的分析:"'君王枉把平陈业,换得雷塘数亩田。'政治家之言也。'长陵亦自闲邱陇,异日谁知与仲多'诗人之言也。政治家之眼,域于一人一事;诗人之眼,则通古今而观之。词人观物,须用诗人之眼,不可用政治家之眼"[11]。这里所引的两首诗,一首是罗隐的《炀帝陵》:"入郭登桥出郭船,红楼日日柳年年。君王枉把平陈业,换得雷塘数亩田。"另一首是唐彦谦的《仲山》:"千载遗纵寄薜萝,沛中乡里旧山河。长陵亦自闲邱陇,异日谁知与仲多。"罗隐以"政治家之眼"看待隋炀帝,指出他不该把其父杨坚平陈创下的基业因沉溺声色而拱手让给别人;而唐彦谦则以"诗人之眼"看待汉高祖刘邦的同胞兄弟刘仲,认为在无论什么人也难以逃脱的死亡面前,帝王与平民都一样,不存在得失或多少之分。前者把人放在"域于一人一事"的形而下层面,不完全是审美的把握;而后者则将人置于"通古今而观之"的形而上层面,是纯粹意义上的审美把握。王国维在两相比较的基础上得出的结论是耐人寻味的:"词人观物,须用诗人之眼,不可用政治家之眼。"这一结论与我们以上关于主体超世的说法,正好可以相互印证。

如同文化史家分析的那样,我国数千年来形成的文化,就范型而论,主要是一种政治伦理文化。其集体无意识的影响所及,诗人往往自觉不自觉地站在伦理化的政治、抑或政治化的伦理视角把握客体对象。这为主体的超世,设置了无形的心理障碍。那些职业政治家出身的诗人自不必说,就是普通的诗人也多因政治伦理角度所限,而难得进入自由的审美天地。以孟郊为例。这位大半生穷愁潦倒的诗人,于晚年得中进士,在狂喜之余写下一首《中科后》:"昔日龌龊不足夸,今朝放荡思无涯。春风得意马蹄疾,一日看遍长安花。"平心而论,诗是不错的。但因为主体未能超越世俗观念,对仕途表现得过于热衷,致使其"春风得意"的佳句,多少给人以明珠暗投之感。诗忌俗,而孟郊的诗恰恰不免于俗。在这点上,今天的新诗人要幸运得多。他们历史的负累较少,容易超越现实关系,敢于把哪怕与世俗相忤的东西用不谐和音表达出来。例如,舒婷的《神女峰》:"美丽的梦留下美丽的忧伤/人间天上代代相传/但是,心/真能变成石头吗?/沿着江岸/金光菊和女贞子的洪流/正煽动新的背叛/与其在悬崖上展览千年/不如在爱人肩头痛苦一晚"。相对于过去以神女峰为题材的诗,舒婷的这一首在爱情观方面有明显的超越。过去的诗更多对女性提出要求,在贞节背后宣扬禁欲,于是神女峰就成了那个时代以封建伦理为主导的爱情观的公立象征。舒婷的诗是从"心/真能变成石头吗"的怀疑开始的,通过对神女峰在新的角度的观照和审视,表达了一种灵与肉相和谐的爱情观:"与其在悬崖上展览千年/不如在爱人肩头痛苦一晚"。作为超世的产物,其审美意义在于,改写了一个约定俗成的老化了的象征,使神女峰由"展览千年"的贞节牌坊,还原为活生生的民间少妇形象。

以上我们先后论列了诗的主体为实现自由而进行心灵超越的两个层次:超物和超世。但不管是超物也好,超世也好,前者把客体由物质对象化为精神对象,后者又进而把客体由精神对象化为审美对象,究其实,它们都是要把客体深深地吸纳到心灵里来,都属客体的主体化范畴。换句话说,诗的主体在完成了这两个层次的超越之后,呈示于诗中的,都是"有我之境",而非"无我之境"。按王国维的说法,即"有我之境,以我观物,故物皆著我之色彩。无我之境,以物观物,故不知何者为我,何者为物。古人为词,写有我之境者为多。然未始不能写无我之境,此在豪杰之士能自树立耳"[12]。他虽然没有直接说"无我之境"比"有我之境"高一层次,但从上述引文里,其孜孜以求"无我之境"的诗美取向,是明眼人一看便知的。那么,王国维所谓"以物观物,故不知何者为我,何者为物"的"无我之境",到底怎样才能实现呢? 沿着我们的逻辑向前走,这种"无我之境",显然应该是诗的主体以第一、二层次的超越为基础,在第三个层次,也是最高的一个层次上加以自我超越的结果。

可以作这样的区分:诗的主体在前面两个层次上的超越,一是超物,一是超世,都不外乎客体的主体化;而他在最高的层次上的超越,即超我,亦即庄子所谓"外生""无己",则乃是主体的客体化。说得明确点,这一层次是要求诗的主体通过对自身及其与客体的审美关系和审美距离的超越,最终把自身化入客体,从而使这一客体成为标示诗在最高意义上的自由,亦即"无我之境"的象征对象。

我们在这里讲超我,讲主体的客体化,实际有两种情况,一种情况是主体把自身当作客体,这是西方人的思路。因为他们习惯于从主体回避客体,脱离客体的角度去理解诗的纯美和诗的自由,所以,在他们看来,诗的纯美和自由的极致,就必然应该是主体以主为客式的自我思辨。这一客体,不是从外界吸纳进来的,而是由主体自身分裂出来的。用叶芝的话说,即"另一个自我",

或"反自我"。这位爱尔兰诗人认为:"我们在和别人争论时,产生的是雄辩,在和自己争论时,产生的是诗……""在我所读过的、听到过的、遇见过的人中,从来没有一个是多情善感的人。另一个自我,即反自我,或者有谁愿意的话也可以称之为正相对立的自我,只有那些不再受蒙蔽的人,那些以激情为现实的人才能感受。"[13]叶芝所谓"和自己争论",所谓感受"另一个自我",就是以主为客的意思。正是在上述以主为客的思路指引下,才有了西方从表现自我的浪漫主义到表现"反自我"的现代主义的诗美演进。如瓦莱利的《海滨墓地》、里尔克的《豹》这类诗,作为纯美的极致,与其说他们表现的是"无我之境",不如说表现的是反我之境更为合适。

同西方人的思路大相径庭,在我们的古人那里,主体的客体化,即超我,常常意味着主体把自我化入客体。"庄周梦蝶"的故事,便是这方面的典型例证:"昔者庄周梦蝶,栩栩然蝴蝶也,不知周也。俄然觉,则遽遽然周也。不知周之梦为蝴蝶与,蝴蝶之梦为周与。周与蝴蝶,则必有分矣。此之为物化"[14]。庄子追求的人生境界,就是这样一种"不知周之梦为蝴蝶与,蝴蝶之梦为周与"的逸境界。泽被所及,我国古代的诗和诗学,以逸美为标的,追求的也正是这样一种"不知何者为我,何者为物"的"无我之境"。

大概是因为在诗美作为逸美的发展史上,能做到超我,从而进入主客不分,物我同化状态者极为罕见的缘故,王国维在论及"无我之境"时,只举了两首诗的例子。一是元好问的"寒波淡淡起,白鸟悠悠下",一是陶潜的"采菊东篱下,悠然见南山"。用我们今天的尺度来衡量,元好问的诗还不完全符合"无我之境"。除了上引的两句,其《颖亭留别》一诗,还有如"怀归人自急,物态本闲暇"等句,虽然其展示的境界也确乎悠远隽永,但毕竟仍有主客分立之感。而陶潜的《饮酒》第五首则是另一个样子:"结庐在人境,而无车马喧。问君何能尔,心远地自偏。采菊东篱下,悠然见南山。山气日夕佳,飞鸟相与还。此中有真意,欲辨已忘言。"其中主体的陶然心态与客体的悠然氛围是浑融一体的。唯其如此,主体对此中真意,才到了欲辨忘言的地步。

　　作为诗的主体三度超越(超物、超世、超我)的诗美结晶,陶潜在上面这首诗所表现的主体在刹那间了无挂碍,忘怀一切的自由状态,即我国古代诗学常常说到的"虚静",而在马斯洛的人本主义心理学那里,则被称作"高峰体验"。然而,人生在社会之中,而社会又是一个大竞技场。因此,主体要完全入于"虚静",达到"高峰",从而实现其自由,几乎是很少可能的。以中国的诗史为例,事实上,除了陶潜的少量诗作(不是其全部诗作),以及诸如《击壤歌》《敕勒川》这样的民间歌谣外,更大量的佳作表现出来的往往是主体在超世与超我,或者超物与超世两端徘徊与纠缠的矛盾心理。这些诗虽然没有实现最高的自由状态,但其诗美并不因此而逊色,有时往往因主体的徘徊与纠缠,使之别具一番感人于肺腑之区的魅力。如屈原的《离骚》,主体对理想的一往直前与对现实的频频回首,就构成了一种可以名之为屈大夫特有的"情结"之美。如苏轼的《水调歌头·明月几时有》,刚刚下了"我欲乘风归去"的决心,马上又陷于"又恐琼楼玉宇,高处不胜寒"的忧虑,其间的情绪摇摆,恰如其分地映照出主体的两难心境。这里特别要提到李白的《月下独酌》:"花间一壶酒,独酌无相亲。举杯邀明月,对影成三人。月既不解饮,影徒随我身。暂伴月将影,行乐须及春。我歌月徘徊,我舞影零乱。醒时同交欢,醉后各分散。永结无情游,相期邈云汉。"此间,主体随着酒意的深浅,由醒到醉,由醉到醒,笔致极尽摇曳之美。在醉的时候,"举杯邀明月,对影成三人","我歌月徘徊,我舞影零乱",进入物我两忘的境地;醒的时候,"月既不解饮,影徒随我身","暂伴月将影,行乐须及春",又回到主客分立的状态。可以说,这首诗的妙处就在于诗的主体想超我而又不能完全超我的矛盾。

注释

[1]判断力批判:上卷.
[2]现代西方文论选.
[3]庄子·天下.
[4]中国艺术精神.
[5]文心雕龙·明诗.
[6]随园诗话:卷一.
[7]艺概·诗概.
[8]庄子·大宗师.
[9]别林斯基选集:第2卷.
[10]艾青谈诗.
[11]、[12]人间词话.
[13]现代西方文论选.
[14]庄子·齐物论.

本文刊发于《人文杂志》2003年第6期

论诗的内美

除了原始先民的集体口头创作和林彪、"四人帮"时期的"三结合"（领导出思想、群众出生活、作家出技巧）创作，一般而言，艺术都是艺术家的个体创造，或者从缘由上说，艺术都是因"我"而起的。基于此，艺术便不能不带有个体的基因。这是问题的一个方面。问题的另一方面是，艺术家的个体，又都是社会中人，如果他们不是为将自己的作品藏诸深山，秘不示人（这样的人几乎是没有的），那么，从结果上说，艺术又都是为世所用的。基于此，艺术又不能不留下社会的印记。兼顾到问题的两个方面，可以说，任何艺术都是个体与社会的统一。

然而，这种统一，在不同的艺术门类里，由于各自侧重点相异，往往呈现出千差万别的风貌特征。以小说、戏剧等造型艺术为例，我们在读一部小说或者看一场戏剧的时候，尽管也可能隐隐约约地感觉到有一个作家的"我"站在字行或场景的背后，但牢牢地占据我们的兴奋中心，并进而引起我们的唏嘘感叹者，却并非作家作为隐身者的个体形象，而是作家基于某种社会目的，活生生展示于字行或场景之间的那一幅幅人生图画，那一个个现实冲突。由此言之，小说、戏剧等造型艺术，在个体与社会的关系中，更多地具有社会性。也正因为这样，它们往往被评论家看作社会艺术或者人生艺术。马克思、恩格斯称颂巴尔扎克的《人间喜剧》提供了法国上流社会的现实主义历史，列宁在肯定的意义上将列夫·托尔斯泰喻为俄国革命的一面镜子，毛泽东赞扬《红楼梦》是中国封建社会的百科全书。他们之所以不约而同地把小说（以及戏剧等）与社会相联系，其着眼点显然就在于小说戏剧等作为社会艺术与人生艺术的社会性方面。

在这一方面,现实主义的小说和戏剧,无疑是最有代表性的。然而,即便是非现实主义,甚至反现实主义的篇什,如卡夫卡的象征小说《变形记》、贝凯特的荒诞剧《等待戈多》,也都是社会的一面镜子。它们不像那些现实主义代表作,着重描写人物的外在行为和现实环境,而是追随20世纪的潮流,即整个艺术都趋于音乐与诗,且更多地把笔触深入到人物的感觉、直觉、梦幻和自由联想之中。其实,如果先不讨论其音乐化与诗化的倾向,单单就上面提到的感觉、直觉、梦幻和自由联想作为人物而非作家本人的潜意识活动,最终都无不体现着那个时代的社会心理,从这一点而言,上述现代主义小说和戏剧的侧重点,也仍然还在其社会性方面。它们同现实主义小说和戏剧的差异,并非社会性的有与没有的差异,在很大程度上,只是这一特征主要见之于社会的物质存在还是见之于社会的精神意识的差异。

同小说,戏剧等造型艺术相比,诗特别是抒情诗的情况则多有不同。袁枚直截了当地说过:"诗者,各人之性情耳。"[1]柏格森也这样认为:"诗人歌唱的总是他自己,仅仅他自己的某种独特的心境,一种一去不复返的心境。"[2]他们的话将有关的社会因素断然排除在外,多少失之绝对,但二人对诗的个体性的强调,则无论如何是可取的。相对于袁枚或者柏格森,作为马克思主义文艺批评家的卢那察尔斯基,对诗的看法要全面和辨证得多。他说:"从社会观点看,抒情诗人的任务在于始终不离开个人,叙述自己和自己的私人感受,同时又使这些感受成为对社会有意义的东西。一个抒情诗人,如果他的感受没有任何社会意义,一般说来,他就该从文学中被勾销掉。一个抒情诗人,如果他显然没有把任何私人的热情贯注到他的抒情诗里面,他笔下就可能枯涩呆滞,恰恰失去了那种正好为抒情诗所特有的力量。"[3]卢那察尔斯基论及了与诗有关的个体与社会两个方面,但由上述引文可以清楚地看出,其出发点与归结点依然还在袁枚和柏格森所强调的那一方面。由此言之,诗在个体与社会的统一中更多具有个体性,应该是诗之区别于小说、戏剧等造型艺术,或者说诗之为诗的主要特征所在。

由诗的个体性问题,我们不由得想起20世纪80年代之初诗学界那场所谓"三个崛起"之争。现在看,孙绍振在其《新的美学原则在崛起》一文里说的那些话,诸如"不屑于作时代精神的号筒,也不屑于表现自我感情世界之外的丰功伟绩";"不是直接去赞美生活,而是追求生活溶解在心灵中的秘密"之类,因其关于诗的个体性的阐述,还停留在较为表面的层次,充其量不过是拨乱反正年代的大众化启蒙而已。然而,即便如此,在当时还是掀起了一场轩然大波。从这件事就可以充分说明,在从古至今几千年一直是群体意识占主导地位的中国,进行诗的个体性的深入探讨,确实是很有必要的。

我们知道,个体之所以是个体,其最深厚的渊源在于生命。因此,要深入地探讨诗的个体性,作为起点,首先必须从诗的生命结构说起。毫无疑问,包括诗以及小说、戏剧等在内的各种艺术,就其是人学这一终极意义而论,它们都直接或间接地以表达人对生命的感悟为旨归,因而,也都各有其显在或潜在的生命结构。但是,我们在此探讨的是最足以显示生命特征的人的个体,从这一点上说,则并非所有艺术,都能与人的个体生命一一对应起来。相对于小说、戏剧等造型艺术,也许只有诗和音乐与个体生命的关联最为直接,也最为明显。明人钟惺所言:"诗,活物也。"一语道破个中秘密。可以说,诗与个体在生命结构上是完全同一的。正如前面分析的那样,小说、戏剧等造型艺术,因其在个体与社会的关系中更多地注重社会性,所以,要说它们也有某种间接的和潜在的生命结构,主要是人作为群体,亦即社会的生命结构。20世纪以来的新潮小说和新潮戏剧,在现代主义大潮裹挟下,受诗以及音乐的渗透,其结构开始多多少少地显示出个体生命的独特意味。这说明它们已经一定程度上被诗化,或者被音乐化了。但即使就是这样,在其生命结构与个体生命完全同一这一点上,它们也仍然无法与诗相比拟。

我们这样断言,是基于对构成抒情诗的生命结构的两个方面:诗的生命内涵与诗的生命形式的考虑。从内涵看,诗所表现的主要是个体对人的内生命在形而上层面的幽深体验。诸如爱欲(个体对生命的延续性及其血缘根基的体验)、死亡(个体对生命一去不复返的时间形式的体验)、焦虑(个体对生命受到种种有形无形的挤压乃至威胁的体验)、孤独(个体对生命的个体性和由此而造成的彼此难以沟通的心理距离的体验),以及自然(个体对生命追求其原初形态与自由本性的体验)等等,所有这些本体论意义上的生命体验,除了音乐以外,通常可以在诗中,也只有在诗中才能得以对应的表现。高尔基将它们称作诗的永恒主题,是很有见地的。他说:"有一些所谓'永恒'的主题,如死亡,恋爱以及其他建筑在个人主义基础上的社会所产生的主题,如嫉妒、复仇和吝啬等等。""大自然、爱情和死亡,是诗的所谓'永恒'的主题。"[4]高尔基为什么要在主题之前加上"永恒"二字,笔者究其原因在于,上述种种生命体验,在抽象意义上,是为不论哪一个时代的个体所共有的。它们作为个人无意识的"情结",或者集体无意识的"原型",进入到诗里,便成为超越时空的永恒主题。然而,这样的永恒主题,既然是诗的生命体验,一方面尽管为所有时代的诗人个体所共有;但另一方面,却同时又为寓于特定历史瞬间的诗人个体所独享。从共有的一方面说,其生命体验的抽象内涵必然一脉相承,而带着某种诗的母题的重复性,成为贯穿民族诗史的基本旋律;从独享的一方面说,其生命体验的具体内涵又必然与日俱新,而呈现某种诗的情境的不重复性,化作穿插在民族诗史内的多样曲调。用我国古代诗学的话讲,前者即所谓"通",后者即所谓"变"。唯其如此,诗的生命内涵才能如《周易》所言"通则变,变则久",一个时代接一个时代地葆有其永恒的魅力。

以表现衰老体验(属于广义的死亡主题)的诗为例,唐人贺知章的《回乡偶书》与今人曾卓的《我遥望……》在对照互读之下,便可作如上的通变观:"少小离家老大回,乡音无改鬓毛衰。儿童相见不相识,笑问客从何方来。"(贺知章《回乡偶书》)"当我年轻的时候/在生活的海洋中,偶尔抬头/遥望六十岁,像遥望/一个远在异国的港口//经历了狂风暴雨、惊涛骇浪/而今我到达了,有时回头/遥望我年轻的时候,像遥望/迷失在烟雾中的故乡"(曾卓《我遥望……》)两首诗抒写的都是对时光荏苒、岁月流逝的感慨,而且其抒写在整体的达观中也都不无悲凉意味。这是二者"通"的一面。但前者的悲凉感慨,是通过主与客的易位("我"原本是主,却因长年在外,反被儿童误以为"客"。)而造成的轻喜剧情境展示出来的;后者的悲凉感慨,则是通过两个"遥望",两种心态的对比与回环(青年时"遥望"老年,于热烈之中透出稚嫩;老年时"遥望"青年,在欣慰之余略感惆怅)而造成的正剧情境展示出来的。这是二者"变"的一面。诗关于衰老体验的生命内涵就是这样,在通与变的往复循环之间得以延伸和拓展。

  需要指出的是,以上论析的衰老体验以及与这一体验在心理感觉上大体相近的如死亡、焦虑、孤独等体验,它们很大程度都与痛苦相联系。退一步讲,即便是被视为人生最大的赏心乐事的爱情,也因其往往为来自外界或来自生命自身的缘由所阻抑,而带有痛苦的色调。由此言之,痛苦乃是构成诗的生命内涵的基本色调。司马迁说得好:"《诗》三百篇,大抵贤圣发愤之所为作也。""此人皆意有所郁结,不得通其道也,故述往事,思来者。"[5]在司马迁的基础上,先是由韩愈提出,后又由王国维阐发了"欢愉之辞难工,而穷愁之言易好"[5]的诗学命题。作为对诗的生命内涵在色调方面的总体把握,他们二人提出和阐发的这一命题是深刻的。绵延数千年的我国诗史,之所以被一些论者归结为一部愁史、一部痛史、一部泪史,其原因即在于此。当然,这并不是说,其中全然找不到抒写欢情的篇什。事实上,这样的篇什历朝历代都有,但由于它们大多停留于非生命体验的形下层面,因而绝少感人之作。被誉为"此老平生第一快诗"的杜甫名作《闻官军收河南河北》:"剑外忽传收蓟北,初闻涕泪满衣裳。却看妻子愁何在,漫卷诗书喜欲狂。白日放歌须纵酒,青春做伴好还乡。即从巴峡穿巫峡,便下襄阳向洛阳。"杜甫的这首诗确实是感人至深的。但如果细加体会就可发现,其感人至深处在于欢情,又不完全在于欢情。当时杜甫一家因战乱而流落剑外,他们在听到官军收复两河失地之后所激起的欢情,是作为长久积压的悲苦的一个总爆发而被表现在诗中的。因而,要说它是欢情,是宣泄了大悲苦的欢情,是以大悲苦为背景,与大悲苦相伴生的欢情,是最终嚼得出大悲苦意味来的欢情。

  以上,我们从诗的生命内涵论证了诗与个体生命的直接同一性。二者的直接同一性,还见之于诗的生命形式。作为其生命内涵的载体,诗的形式如同法国诗人佩斯所指出的那样:"首先是生命的形式,而且是完整无缺的生命形式"[6]这里关于生命形式的概念,是苏珊·朗格首先提出来的。其《艺术问题》一书,曾就人作为生命体的形式,亦即生命形式一层进一层地做过深入的分析。她认为:"要想使一种形式成为一种生命形式,它就必须具备如下条件:第一,它必须是一种动力形式。换言之,它那持续稳定的式样必须是一种变化的式样。第二,它的结构必须是一种有机的结构,它的构成成分并不是互不相干,而是通过一个中心互相联系和互相依存,换言之,它必须是由器官组成的。第三,整个结构都是由有节奏的活动结合在一起的。这就是生命所特有的那种统一性。如果它的主要节奏受到了强烈的干扰,或者这种节奏哪怕是停止上几分钟,整个有机体就要解体,生命也就随之完结。这就是说,生命的形式就应该是一种不可侵犯的形式。第四,生命的形式所具有的特殊规律,应该是那种随着它自身每一个特定历史阶段的生长活动和消亡运动辩证发展的规律。"[7]如果拿诗的形式同苏珊·朗格以上归纳的四个方面——动力性、有机性、节奏性和生长性——进行对照,那么,诗与个体在生命形式上的同构对应关系应该说是显而易见的。

其一是动力性方面。莱辛的《拉奥孔》在论及诗与画的区别时,提出了诗"化美为媚"的命题。据其说:"媚就是在动态中的美。"[8]在莱辛之前,我国古代诗学也早已由诗的创作实践总结出寓动于静、以静写动的规律。例如,杜甫《宿江边阁》中一联:"薄云岩际宿,孤云浪中翻。",这一联出自何逊《入西塞》的两句:"薄云岩际出,初月波中上。"仇学鳌就此点评说:"何诗尚在实处摹景,此用前人成句,只转换一二字间,便觉点睛欲飞。"[9]以上莱辛所谓"媚",仇学鳌所谓"点睛欲飞",究其实,都是指诗的动力性。而这种动力性与个体生命的动力性完全是同构对应的。

其二是有机性方面。别林斯曾经探讨过一个很有意思的问题:无论小说还是戏剧,其内容都可以做提要式的复述,唯独诗不能这样做。他说:"抒情作品虽然内容十分丰富,但却仿佛没有任何内容似的,——正像音乐作品用甜美的感觉震撼我们的整个身心,但它的内容是讲不出的,因为这内容是根本无法翻译成人类语言的。这说明了为什么常常不但可以把一部读过的长诗(指叙事诗——引者注)或者戏剧的内容讲给别人听,甚至还可以多多少少用自己的复述来对别人发生作用,然而,却绝对无法掌握一首抒情作品的内容。是的,它是无法复述、无法说明的,却只能让读者自己去感觉,并且只有像出于诗人笔下那样读它,才能够感觉它;如果把它用言语复述出来,或者改写成散文,它就变成了无定形的、死的幼虫,色彩绚烂的蝴蝶倒是刚刚从里面飞走了。"[10]别林斯基虽然没有就此分析原因,但他所指出的抒情诗的内容不能复述这一点,却是为我们大家的经验无数次证明了的事实。与此联系在一起的另一点是,几乎所有诗的精品,还都有一字不易的特性。古代常有一些想入非非者对名家之作加以个别字句的改窜,结果招来的只是一阵阵"点金成铁"的讥笑。如将陶潜"悠然见南山"一句的"见"字改为"望"字,便是其中最典型的反面例证。为什么诗的内容不能由一个人向另一个人做提要式的复述？为什么那些绝妙好诗不能做哪怕是一个字的改动？要回答类似这样的问题，除了把诗视为如人的生命那般一气呵成、血肉混沌的有机体，再别无其他选择。而这一有机性，又恰好从一个侧面说明了诗与个体在生命形式上的同构对应关系。

其三是节奏性方面。原始艺术因为与原始人的生产劳动直接相关，常常是歌谣、舞蹈和音乐三位一体。《吕氏春秋·古乐篇》载："昔葛天氏之乐，三人操牛尾，投足以歌八阙。"就是指原始艺术中歌舞乐三者混一这种情况。其中歌谣来自人在生产劳动时的呼喊，舞蹈来自人在生产劳动时的动作，音乐来自人在生产劳动时由碰撞而发出的音响。可以看得很清楚，把这三者用纽带紧紧地连接成一体的，恰恰又正是来自人在生产劳动时的那种强烈而且鲜明的节奏感。以后，随着艺术的演进，歌谣从三位一体中游离出来，发展成为独立的诗。虽则如此，诗与生俱来的节奏感却并未有所减弱。《毛诗序》中一段话，就是足以说明问题的例证："情动于中而形于言，言之不足故嗟叹之，嗟叹之不足故永歌之，永歌之不足，不知手之舞之，足之蹈之也。"[11]这里，从诗的言情，到"嗟叹"，到"永歌"，再到"手之舞之，足之蹈之"，诗在很大程度上就是靠自身的节奏，而呈示出向三位一体的艺术原型回归的意向。正因为如此，在很长一段时间内，凡赋诗必配之以乐，而配乐又必伴之以舞。到了近现代，在无韵诗、自由诗以至散文诗中，上述诗与音乐、舞蹈共生的外在形式，似已淡化到不复存在，诗的节奏感，渐次由声调深化为情调，由情调又进一步深化为语调。于此可见，节奏对诗而言，始终是不可或缺的生命形式。郭沫若说得好："节奏之于诗是它的外形，也是它的生命，我们可以说没有诗是没有节奏的，没有节奏的便不是诗。"[12]郭沫若基于其创作的切身体验对诗的节奏性所作的上述强调，无疑是对诗与个体生命的同构对应关系的又一有力证明。

其四是生长性方面。诗的文字结构是一种以情感的流动为线索的情感流结构。这种情感流结构在展开的时候到底有没有自己的法则呢？许多人鉴于其千变万化，认为无法可言。但诗人流沙河却用"起承转合四段法"，对包括古诗、新诗和西方诗在内的各种诗的结构做了匠心独具的概括。下面是他关于臧克家《老马》一诗的结构分析："（起）总得叫大车装个够／它横竖不说一句话／（承）背上的压力往肉里扣／它把头沉重地垂下／／（转）这刻不知道下刻的命／它有泪只往心里咽／（合）眼里飘来一道鞭影／它抬起头望望前面。"除了将最后两句归结为"合"稍嫌牵强，大体上还是说得通的。流沙河这样做，自然要冒削足适履的风险，然而，仔细想来，却又不无道理。因为诗由起到承，到转，再到合，作为一个完整的过程，正好标志着诗的生长周期。这一生长周期，与个体生命由生到长，到成，再到老的生长周期，是完全重合的。如果不是基于同构对应关系，那么二者的重合便无法得到确当的说明。

以上我们说，抒情诗的内涵是一种表达爱情、死亡、焦虑、孤独等内在体验的生命内涵，诗的形式是一种具有动力性、有机性、节奏性和生长性的生命形式。论述到这里，关于诗在个体与社会关系中所呈现的美以及诗美与小说、戏剧等造型艺术美的区别，不是可以引出相应的结论来了吗？小说、戏剧等造型艺术美，因为注重社会性，主要是社会的世态和人情的美；而诗美由其个体性所规定，则主要是个体生命的美。

关于诗的个体生命美，别林斯基在评论普希金的作品时，是用"人的内在的美"加以表述的。而这种"人的内在的美"，如其接下来之所言，是指普希金表现在诗里的那种"人性的（不是兽性的）感情"[13]。他所谓"人的内在的美"，虽然紧紧抓住诗人个体的情感特征，其致思方向是不错的。但由于他将此种美仅仅限定在合乎人性的社会理性与道德层面，也就未能赋予它作为诗美以多层次的生命内涵。

与别林斯基上述说法构成互读的，是我国古代诗学关于诗美即"内美"，即"精气"的论述。早于别林斯基两千余年，屈原在

《离骚》一诗中就提出了"内美"的概念:"纷吾既有此内美兮,又重之以修能"。如果单就这两句而论,似乎屈原的"内美"概念,与别林斯基的说法,并无多大差别。然而,若是将其和屈原在其他作品中提及的"中正"(《离骚》)、"正气""正阳"与"精气"(《远游》)等,以及对屈原宇宙观产生过重大影响的《管子》四篇的"精气"说相联系,恰如冯友兰所论,这些概念都是一个意思,即《管子》四篇讲的从宇宙万物吸纳进来,以保持人的生命力的"精气"。[14] 由此而言之,屈原的"内美"概念包容着比别林斯基的说法要远为丰富和深刻得多的生命内涵。

在屈原之后,一批多少带异端色彩的诗人和学者,沿着屈原的"内美"概念继续向诗人个体的内生命深处掘进。例如,严羽的"兴趣"说、李贽的"童心"说、公安派以及袁枚的"性灵"说等,都从不同的角度,为深化诗的个体生命美作为内美这个诗学命题,作出了不可磨灭的贡献。其中,尤其是清末民初的王国维在《人间词话》所作的总结式表述,更是启人心智。他说:

> 词乃抒情之作,故尤重内美。
>
> 词人者,不失其赤子之心者也。
>
> 境非独谓景物也,喜怒哀乐亦人心中之一境界。故能写真景物真感情者谓之有境界,否则谓之无境界。[15]

王国维对"真感情"、对"赤子之心"的强调,给屈原的"内美"概念注入了全新的活力,也给我们在现代条件下重建诗的内美观准备了必要的理论前提。

我们认为,诗在个体与社会关系中的美,就应该是上述那种由屈原首倡,并由王国维阐明的内美,即以生命之气相贯注,以生命之真为尺度的内美。

注释

[1] 北京大学哲学系美学教研室.中国美学史资料选编(下).北京:中华书局,1980:352.

[2]、[6]孙绍先,周宁.外国名诗鉴赏辞典.北京:中国工人出版社,1989:915~916.

[3]卢那察尔斯基.论文学.北京:人民文学出版社,1982:154~155.

[4]高尔基.文学论文选.北京:人民文学出版社,1960:237~296.

[5]、[11]北京大学哲学系美学教研室.中国美学史资料选编(上)北京:中华书局,1980:106~292.

[7]苏珊·朗格.艺术问题.北京:中国社会科学出版社,1983:49.

[8]伍蠡甫.西方文论选(上).上海:上海文艺出版社,1963:423.

[9]杜甫.杜诗镜铨(下).北京:中华书局,1962:654.

[10]别林斯基著,满涛译别林斯基选集:第三卷.上海:上海译文出版社,1980:11~12.

[12]吴奔星,徐放鸣.沫若诗话.成都:四川人民出版社,1984:63.

[13]别林斯基论文学.上海:新文艺出版社,1958:59.

[14]冯友兰.中国哲学史新编:第2卷.北京:人民出版社,1964:241~247.

本文刊发于《咸阳师范学院学报》2003年第3期,辑入本书时,标题有所改动

论诗的奇美

与小说、戏剧等造型艺术更多地侧重于再现方面不同,诗在表现与再现的关系中,更多地侧重于表现方面。诗的这一侧重,见之于其语言往往是强调节奏、韵律,讲究含蓄、精炼的表现性语言;见之于其结构往往是以情感流动为线索,短小且跳跃的表现性结构;见之于其手法往往是通过夸张、拟人、隐喻、象征等来加以暗示的表现性手法。不仅如此,而且更重要的是,诗的形象往往是不求形似,多呈变相,即所谓"遗貌取神"的表现性形象;诗的意蕴往往是深藏于形象之内,同时又超脱于形象之外,言下之意与言外之意相交叉,"言有尽而意无穷"的表现性意蕴。我国古代诗学从秦汉之际伪托《尚书》提出的"诗言志",到《毛诗序》提出的"吟咏情性",到晋人陆机《文赋》提出的"诗缘情而绮靡",一直到晚明袁宏道提出的"抒写性灵,不拘格套"[1],尽管这些命题作为对诗的本体的理论概括,其内涵各自有异,可是在突出诗的表现性这一点上,它们是完全一致的。其中论及的"言""吟咏"以及"抒写"等,用现代的眼光看,无一例外都是表现的意思。在西方,虽然古希腊的亚里士多德把诗定义为"模仿的艺术"[2],但他讲模仿有两个含义:一是像史诗(相通于后来的小说)和戏剧诗那样模仿外在的自然;二是像抒情诗那样摹仿内在的自然,即人的本性。在后一意义上,这个模仿也就是表现。至于到19世纪英国和德国浪漫主义兴起后,诗与表现几乎成了同义词。由此可见,不论在中国,还是在西方,诗的表现性乃是诗学界的共识。

从心理学角度解释,表现作为诗人为其情感寻找"客观对应物"的活动,自然首先是一种情感活动。但如果由全过程来看,似乎又不仅仅只是一种情感活动。准确地说,这是诗人在情感的激发和驱动下,经由一个个或一组组直觉的大幅度跳跃所造成的创造性想象活动。其间有情感活动,有直觉活动,而表现之为表现,其要点则在于创造性想象活动。克罗齐将表现等同于直觉;朱光潜认为诗人的表现欲来自情感。这都是有道理的。因为对表现而言,情感是对象,又是动力;直觉则是其心理基础。然而,作为表现的核心,则不是情感,也不是直觉,而是创造性想象。从强调核心这一意义上,应该说,表现的最大特征在于创造。正因此,侧重于表现的诗,历来被人们视为创造的标记。列夫·托尔斯泰称,越是诗的,就越是创造的。马拉美以下一番话:"诗在于创造,必须从人类心灵中撷取种种状态,种种具有纯洁性的闪光,这种纯洁性是这样的完美,只要把心灵状态,心灵的闪光很好地加以歌唱,使之放出光辉来,这一切其实就是人的珍宝:这里面有象征,有创造性,诗这个词因此才取得它的意义。总之,这就是人类可能具有唯一的创造性。"[3]如果把里面过甚其辞词闪烁其词的成分排除掉,他也还是意在阐明诗的创造性。

与列夫·托尔斯泰以及马拉美之所论在着眼点上略有不同,王国维的《人间词话》,曾就诗与创造的关系,做过更进一层的思考。他举白朴为例说:"白仁甫《秋夜梧桐雨》剧,沉雄悲壮,为元曲冠冕。然所作《天籁词》粗浅之甚,不足为稼轩奴隶。岂创者易工,而因者难巧欤?"[4]为什么"创者易工,而因者难巧"呢?其中显然涉及诗的创造的美感效应问题,而这正是我们在以下所要论析的重点所在。

所谓创造,从本义上讲,即是不重复。据此类推,诗作为创造活动,其追求的美感效应,也便应该是审美的不重复性:既不与别人的创造相重复,也不与自己在此之前的创造相重复。王国维上面提出的问题,至此可以获得一个解释了,即创者之所以"易工"而"因者"之所以"难巧",就因为"因者"容易与别人,或者与自己重复,所以其创造的难度就大;"创者"不太可能重复别人或者自己,所以其创造就容易奏效。传说李白来到黄鹤楼前,看见崔颢的诗,只是仰天长叹一声:眼前有景道不得,崔颢题诗在上头,便悄然走开了。李白是明智的。事实上,不独是李白,许多"创者",即有创造意识的诗人也都是这样做的。他们往往像害怕瘟疫一样害怕重复,回避瘟疫一样回避重复。他们之所以有这种心理,是因为他们直觉地领悟到,一旦重复,就无创造可言;而一旦无创造,也就失去了诗之所以为诗。戴复古下面的这首诗:"意匠如神变化生/笔端有力任纵横/须教自我胸中出/切忌随人脚后行"表现的正是诗人在创造过程中关于不重复性的审美体验。

以上我们说诗的创造有审美的不重复性,如果换一个角度,所谓不重复性,实际上也就是非规范性。诗的创造,从外在形态看,是要求既不重复别人,也不重复自己;从内在实质看,则是要求既能突破由别人树立的审美规范,也能突破由自己在这以前树立的审美规范。这种在诗的创造中应该被突破的审美规范,李渔称之为"窠臼"。他说:"填词之难,莫难于洗涤窠臼;而填词之陋,亦莫陋于盗袭窠臼。"[5]作为一个诗人,是"洗涤窠臼",还是"盗袭窠臼",这是对其创造力的一个考验。如果他一味地按部就班,循规蹈矩,唯恐离开"窠臼",亦即原有的审美规范一步,那么,对他而言,重复固然难于避免,创造也便无从说起。更有甚者,还可能成为变相的抄袭者。反过来,他要想进行审美意义上的不重复的创造,就首先必须从"洗涤窠臼"和突破规范开始。

一个不重复性,一个非规范性,用通常的话来表述,前者即所谓新,后者即所谓奇。郭小川是把二者又分又合地提出来的。他认为:"思想正确只是最重要的一条,而不是唯一的一条。抒情诗的思想内容还需要两个条件:新和奇(也可以说是一个:新奇)"[6]。而在一般人那里新奇作为诗的创造的标志,就是一个词。例如,罗大经的《鹤林玉露》:"贺方回云:'试问闲愁都几许,一川烟草,满城风絮,梅子黄时雨。'盖以三者比愁之多也,尤为新奇"。这也难怪,因为两个字正像李渔在《闲情偶寄》所辨析的那样:"新,即奇之别名也。"然而,如前所述,新作为审美的不重复性,反映的只是诗的创造的外在形态;而奇作为审美的非规范性,则体现着诗的创造的内在实质。因此,如果严格地加以计较,在两者之间,似乎奇较之新更符合诗的创造的要义和本性;也因此,在绝大多数情况下,人们更乐于把诗在表现与再现的关系中的美,亦即诗的创造之美,归结为一种奇美。

用奇美来概括诗的表现以及创造性,这是中西方诗学的共同特点。但在中国和西方,由于历史文化背景截然有别,人们对创造概念的理解迥乎相异,于是,各自赋予奇美的内涵也就大为不同。这种同中之不同,概括起来,见之于以下两个方面:

其一,是奇美的来源。在西方诗学中,创造作为人的智慧的高度发挥,体现着一种后天的操作和制造。基于此,西方人更多地把诗的奇美看作是一种基于巧智的人工制作的美。在这方面,可以16世纪意大利学者马佐尼的话为代表。他说:"诗人和诗的目的都在于把话说得能使人充满惊奇感,惊奇感的产生是在听众相信他们原来不相信会发生的事情的时候。"[7]马佐尼在此强调"把话说得能使人充满惊奇感",能使"听众相信他们原来不相信会发生的事情",究其实,就是指语言的人为操作。他对诗美作为奇美的人工性的此一理解,与西语中诗的本义是一致的。英语的诗,俄语的诗,其词源皆来自古希腊语的poetes,意即精致的讲话。可见,从人工制作的角度去规定诗的奇美,乃是西方人的传统思路。

和西方人的上述奇美观不同,中国古代诗学认为,诗的奇美来自人对其自身的自由感与生命感,即所谓"逸气"和"精气"的一种奇妙的体验。这种体验以及用以表达的话语,作为"性情中语",原本就存在于人的天性,为"人人心中所有"。既然如此,那么,为什么有人能写出诗来,有人却不能写出诗来;有人能创造奇美,有人却不能创造奇美呢?古人就此所作的解释是,这不是制作上的差别,而是基于悟性能不能有所发现以及发现的多少与深浅的差别。其中要说有什么创造,或者有什么奇的话,奇就奇在人的天性的领悟和发现上。用金圣叹的话来表述:"文章最妙是此一刻被灵眼觑见,便于此刻被灵手捉住,盖于略前一刻亦不见,略后一刻便亦不见,恰恰不知何故,却于此一刻忽然觑见,若不捉住,便更寻不出。"[8]一般人因其悟性所限,无有"灵眼"去"觑",无有"灵手"去"捉",所以也就发现不了原本即存在于自身心中的天性。惟有如汤显祖所言的那种"奇士"("天下文章所以有生气者,全在奇士。士奇则心灵,心灵则能飞动,能飞动则上下天地,来去古今,可以屈伸长短生灭如意,如意则可以无所不如。"[9]),才能用其"灵眼"加以发现,用其"灵手"加以表达。苏轼曾多次以陶潜为例,阐述并证明了这一点。他说:"渊明不为诗,写其胸中之妙耳。""渊明诗初看若散缓,熟视有奇趣。如曰:'日暮巾柴车,路暗光已夕。归人望烟火,稚子候檐隙。'又曰:'采菊东篱下,悠然见南山。'又曰:'蔼蔼远人村,依依墟里烟。狗吠深巷中,鸡鸣桑树颠。'才意高远,造语精到如此,如大匠运斤,无斧凿痕;不知者疲精力至死不悟。"[10]苏轼认为,陶潜诗的"奇趣",作为原本存在于"其胸中之妙",并非诗人有意而"为"之,它是诗人"悟"即领悟与发现,和"写"即自然地表达出来的。

与上述第一方面紧相联系,其二,是奇美的形态。西方诗学家既然把诗的奇美理解为人工制作的精致讲话,因此,他们论奇,便主要着眼于诗的语言形式方面。从马佐尼要求"把话说得能使人产生惊奇感",到20世纪俄国形式主义者什克洛夫斯基提出的"奇特化"(又译"陌生化")概念,在人工制作中追求诗的奇美的思路,在西方是一以贯之的。什克洛夫斯基说:"为了恢复对生活的感觉,为了感觉到事物,为了使石头成为石头,存在着一种名为艺术的东西。艺术的目的是提供作为视觉而不是作为识别的事物的感觉;艺术的手法就是使事物奇特化的手法,是使形式变得模糊,增加感觉的困难和时间的手法……"[11]他的意思是,为了延长对艺术的感觉,应该有一种"奇特化"的形式,从而增加感觉的困难和时间。正是受其影响,于是,诸如词性的活用、关联成分的省略、句式的颠倒以及句子大跨度跳跃等,作为奇特化的语言形式,在现代主义和后现代主义诗中大量被运用,诗的奇美很大程度上成为诗人表现和创造的一种语言奇观。

较之西方人将诗的奇美归于语言"奇特化"一端,我国古代诗学在诗美作为奇美的形态问题上所持的看法要全面得多。古代诗学从诗的奇美来自人对自身天性的发现和表达这一基点出发,虽然有时也对"倒字倒句"的言语之奇,或"凭虚驾幻、谈天说鬼"的形象之奇,在一定程度上加以肯定,但从普遍意向看,他们更推崇和向往的是像苏轼赞之为有"奇趣"者那样的意蕴之奇。在这一方面,宋徵笔与刘大櫆的见解是有代表性的。宋徵笔说:"诗家首重性情,此所谓美心也。不然即美言美貌,何益乎?"(《抱真堂诗话》)刘大櫆说:"有奇在字句者,有奇在意思者,有奇在笔者,有奇在丘壑者,有奇在气者,有奇在神者。字句之奇,不足为奇;气奇则真奇矣;神奇者古来亦不多见"(《论文偶记》)。与上述见解可以相互映发,赵翼在《瓯北诗话》中,曾就李贺、杜甫和韩愈,以及李白四人作过一番启人心智的比较分析。他认为:"诗家好作奇警语,必千锤百炼而后能成。如李长吉'石破天惊逗秋雨',虽险而无意义,只觉无理取闹。至少陵之'白摧朽骨龙虎死,黑入太阴雷雨垂',昌黎之'巨刃摩天扬'、'乾坤摆礌硪'等句,实是惊心动魄,然全力搏兔之状,人皆见之。青莲则不然。如'抚顶弄盘古,推车转天轮。女娲戏黄土,团作愚下人。散在六合间,蒙蒙如沙尘。'(《上云乐》),'举手弄清浅,误攀织女机。'(《游泰山》),'一风三日吹倒山,白浪高于瓦官阁。'(《横江词》)。皆奇警极矣,而以挥洒出之,全不见其锤炼之迹"。(《瓯北诗话》)他们三人关于奇美层次的划分不完全相投,但在崇尚意蕴之奇这一点上,应该说是完全一致的。

综合中西方诗学两种奇美观,我们认为,西方诗学从人工制作的角度说明奇美的来源,把语言的奇特化视为奇美的形态,对我们怎样以语言为本体重建奇美概念，多有可资借鉴之处。事实上，新时期以来出现的朦胧诗与后朦胧诗，在语言策略方面，就明显受到了西方诗学关于奇美的大思路的深刻影响。然而，如果从理论的全面性和整体性上考虑，那么，我国古代诗学对于奇美的理解，则无疑应该是我们今天讨论诗的奇美问题的出发点和归结点。尤其是刘大櫆等人关于奇美层次的划分，更应该成为我们在新的条件下创造诗的奇美的一个主要参照。

刘大櫆把奇美划分为"奇在字句者""奇在意者"和"奇在神者"等几个层次，是以古代哲学的"言意之辨"为依据的。在这方面，最早是《周易》提出了"言不尽意"和"立象以尽意"的命题。随之，庄子在《天地》篇描写了一则有关"象罔"的寓言："黄帝游乎赤水之北，登乎昆仑之丘而南望，还归，遗其玄珠。使知索之而不得，使离朱索之而不得，使喫诟索之而不得也。乃使象罔，象罔得之。黄帝曰：'异哉！象罔乃可以得之乎'！"在这一寓言中，庄子指出，不论是用"知"（理智），或"离朱"（视觉），还是用"喫诟"（思辨）都不能获得象征道的"玄珠"，只有"象罔"才可以"得之"。庄子所谓"象罔"，据宗白华先生《美学散步》之解释："'象'是境相，'罔'是虚幻"。也就是说，道的获得，不能凭感觉、理智和思辨，而只能靠"艺术家创造虚幻的境象"，即象征性意象。在庄子寓言的启示下，魏国玄学家王弼系统地论述了言、象、意三者的关系，他说："夫象者，出意者也。言者，明象者也。尽意莫若象，尽象莫若言。言出于象，故可寻言以观象；象生于意，故可寻象以观意。意以象存，象以言著。故言者所以明象，得象而忘言；象者所以存意，得意而忘象"（《周易略例·明象》）。王弼以上所论述的言、象、意三者的关系，在相隔近两千年之后，恰好是当今乔姆斯基的"转换生成"论和苏姗·朗格的"情感符号"论关注的焦点之所在。王弼的深刻性在于，他在近两千年前的三国时代，并无现代语言学和符号学理论作为参照，却硬是凭借其思辨直觉，看到了象在言意之间作为中介，可赖以克服言不尽意现象的可能。

正是王弼言象意关系说的这种超前性,使我们今天讨论诗美作为奇美的层次划分,取得了一个至为难得的理论立足点。根据王弼"言以明象""象以存意"的思路,我们可以由表及里,把诗的奇美划分为三个层次:奇言、奇象和奇意亦即奇趣。首先从表层看,是奇言,包括词性的活用、句序的颠倒,以及语境的转换等。其次从内层看,是奇象,也就是形象的变异,如质量关系的变异、时空观念的变异、视听感觉的变异等。我们这里要着重探究的是,作为诗的奇美在其最深层的体现的奇趣。奇趣的概念是苏轼提出来的。为了弄清这一概念的多方面内涵,以下,我们不妨把苏轼有关的论述一一加以引证:

> 柳子厚诗曰:渔翁夜傍西岩宿,晓汲清湘燃楚竹。日出烟销不见人,欸乃一声山水绿。回看天际下中流,岩上无心云相逐。东坡云:以奇趣为宗,反常合道为趣,熟味之,此诗有奇趣。其尾两句,虽不必亦可。
>
> ——《诗人玉屑》

> 永禅师书,骨气深隐,体兼众妙,精能之至,反造平淡。如观陶彭泽诗,初若散缓不收,反复不已,乃识其奇趣。
>
> ——《苏东坡集》前集卷二十三

> 柳子厚诗在陶渊明下,韦苏州上,退之豪放奇险则过之,而温丽靖深则不及。所贵乎枯澹者,谓其外枯而中膏,似澹而实美,渊明、子厚之流是也。若中边皆枯澹,亦何足道。
>
> ——《东坡题跋》上卷

> 李杜之后,诗人继作,虽间有远韵,而才不逮意。独韦应物、柳宗元发纤秾于简古,寄至味于淡泊,非余子所及也。
>
> ——《苏东坡集》后集卷九

  诗须有为而作,用事当以故为新,以俗为雅,好奇务新乃诗之病。柳子厚晚年诗极似陶渊明,知诗病者也。
——《东坡题跋》上卷
  大凡为文当使气象峥嵘,五色绚烂,渐老渐熟,乃造平淡。
——《竹坡诗话》
如果把上面的这几段话,与前文论及奇美的来源时所引的两段话总括到一起,苏轼的奇趣概念,就可以显示出大体的轮廓来。从本义上说,所谓奇趣,即"反常合道"。其一,先看"合道"。这个"道",体现在被苏轼视为"有奇趣"的陶潜以及柳宗元晚年的诗里,当是指老庄的自然之道,或者说与自然相沟通的生命之道。由此而言,苏轼讲"合道",就是自然而然地"写其胸中之妙"。其二,再看"反常"。苏轼所言的"反常",亦即"外枯而中膏,似澹而实美"。由于陶、柳之诗"中"与"边"、内与外两端在看似枯澹,实则膏美的对比下,显示巨大的反差,其间的"反常"性,就使读者不由得不在"反复不已"的"熟味"中生出"奇趣"。其三,如何才能做到"反常合道"?按苏轼的提示,应该在"精能之至"的大前提下,由"气象峥嵘、五色绚烂",渐而造于"平淡"。在他看来,"道"是自然的体现,其本身就是平淡的;不"平淡"就不能"合道"。所以,这种"平淡"美,作为诗的化境,必然有"至味"和"远韵"包含在其中,看起来似乎"散缓不收",实际上却是"奇趣"之所在。其四,苏轼认为,要想"精能之至,反造平淡",在语言、技巧和手法诸方面,必须反对"好奇务新",而应当"如大匠运斤,无斧凿痕"。用黄庭坚论陶渊明的话说,即"不烦绳削而自合"(《豫章先生文集》卷二十六);或者用姜夔的话说,即"非奇非怪,剥落文采,知其妙而不知其所以妙,曰:自然高妙。"(《白石道人诗说》)

  其实,苏轼所谓奇趣,不管解为"反常合道"也罢,"外枯而中膏,似澹而实美"也罢,"精能之至,反造平淡"也罢,说到底,这一概念所指只有一个字：韵。陈善对此是心领神会的。他说："读渊明诗颇似枯淡，东坡晚年极好之，谓李杜不及也，此无他，韵而已"（《扪虱新语》）。用今天的眼光看，苏轼推崇陶诗的奇趣，虽则基于其自身的某种身世感慨，不无众妙归于一身的狭隘性，但如果将奇趣与韵相联系，而韵按范温的诠释："有余意之谓韵"[12]，那么，他提出的奇趣概念的普遍适用性就应该说是毋庸置疑的。

我们把诗的奇趣疏通为韵，进而又把韵疏通为"有余意"，这也就是讲，诗的奇趣在广义上，不能仅仅用陶潜式的"反常合道"或者"平淡"去加以范围，它可以而且必须泛指其用言和象所暗示的意的深厚与丰富。这种"余意"，就其暗示的丰厚性而论，不仅表现为深隐于言内以及象内的言下和象下之意；而且更重要的，还表现为超越于言外以及象外的言外之意和象外之意。前者，虽然深隐于言内以及象内，但毕竟处在一个相对固定的意义空间，因此，其言下和象下之意，尽管也不无隐蔽与曲折之处，但只要善于体味，多少还是可以确定、可以穷尽、可以阐释的。而后者，则因为超越于言外以及象外，其言外之意与象外之意，通过象征的踏跳板，一下跃入了向四面无限开放的意义空间，所以往往显得难以确定、难以穷尽、难以阐释。要说诗的奇趣，最大和最高的奇趣，大概即在于此。

我们来看苏轼的词《卜算子·黄州定慧院寓居作》："缺月挂疏桐／漏断人初静／谁见幽人独往来？／缥缈孤鸿影／／惊起却回头／有恨无人省／拣尽寒枝不肯栖／寂寞沙洲冷"。全词的关键在于对孤鸿这一象征性意象及其所暗示的象外之意的体味。有人指摘"拣尽寒枝不肯栖"一句，说："鸿雁未尝栖宿树枝，唯在田野苇丛间，此亦语病也。"[13]这显然是用实写来要求象征，所以，也就不可能体味到词的象外之意，即奇趣所在。另据吴曾分析："其属意盖为王氏女子也，读者不能解。"[14]他是看到了象征，但却对其象外之意作了非常狭窄的理解。事实上，面对此种难以确定、难以穷尽、难以阐释的意义空间,任何实指或确解,都不免有胶柱鼓瑟之嫌。在这一方面,还是黄庭坚的感受深入底里。他以为:"东坡道人在黄州,作卜算子云云,语意高妙,似非吃烟火食人语,非胸中有数万卷书,笔下无一点尘俗气,孰能至此?"[15]黄庭坚没有实指意是什么,也没有确解意归何处,只是表述了他作为读者在苏词意义空间遨游的一点朦胧感受,由"孤鸿"而想到"幽人",由"幽人"而想到"语意高妙"。相对于吴曾之流,他对奇趣的体味就显得不太隔膜。

在诗的意义空间难以确定、难以穷尽、难以阐释这一点上,不独苏轼的《卜算子》是如此,也不独古典诗词是如此,可以毫不夸张地说,大凡有奇趣的诗,几乎无一例外都是如此。晚唐以来,围绕李商隐的《无题》诗所展开的争论,20世纪30年代围绕戴望舒的《雨巷》诗所展开的争论,和新时期围绕一些朦胧诗,如舒婷的《往事二三》、顾城的《远与近》《弧线》等所展开的争论,以及燕卜荪在其《含混七论》中所举的那些只可意会、不可言传的"含混"之作,都是足以说明问题的典型例证。

正因为诗的奇趣很大程度上在于意的难以确定、难以穷尽、难以阐释,所以,我国古代和西方一些诗学家,往往不约而同地把诗的奇趣与"光怪"或者"精灵"联系一起。例如,贺贻孙在《诗筏》中就这样认为:"诗以蕴藉为主,不得已溢为光怪尔。蕴藉极而光生,光极而怪生焉。李、杜、王、孟及唐诸大家,各有一种光怪,不独长吉称怪也。怪至长吉极矣。然何尝不从蕴藉中来?""古今必传之诗,虽极平常,必有一段精光闪烁,使人不敢以平常目之,及其古怪,则亦了不异人意耳"。贺贻孙所谓"蕴藉",即诗的意义空间的难以确定、难以穷尽、难以阐释性。他由"蕴藉"而引出"光怪",其思路在神秘之中还是可以理解的。与贺贻孙的"光怪"说可以构成互读的,是德国大诗人歌德的"精灵"论。歌德说:"精灵在诗里到处都显现,特别是在无意识形态中,这时一切知解力和理性都失去了作用,因此它超越一切概念而起作用"[16]。从上下文语境可以见出,歌德讲诗的"精灵",是指用"知解力和理性"都不起作用的那种东西,与严羽所称的"不涉理路,不落言筌者"(《沧浪诗话》),应当是一回事。究其实,也就是指像谜一样难以确定、难以穷尽、难以阐释的诗的奇趣。

注释

[1]袁中郎全集:卷三.
[2]西方文论选》上卷.
[3]西方文论选》下卷.
[4]人间词话.
[5]闲情偶寄·词曲部.
[6]谈诗.
[7]西方美学家论美和美感.
[8]西厢记.
[9]玉茗堂文之五.
[10]诗人玉屑:卷十.
[11]俄苏形式主义论选.
[12]管锥编:第4册.
[13]、[15]渔隐丛话:前集卷三十九.
[14]能改斋漫录:卷十六.
[16]歌德谈话录.

本文刊发于《人文杂志》2001年第6期

文化诗学构想

一

什么是诗的问题,与什么是人、什么是文化等等问题一样,作为人类认识的盲点,同属某种精神怪圈。尽管我们的先民,早在创世纪之初,在吟唱"断竹,续竹,飞土,逐肉"的狩猎过程(《弹歌》),抑或"日出而作,日入而息"的农耕生涯(《击壤歌》);在歌咏特洛伊之役的征战故事(《伊利亚特》),以及英雄俄底修斯的漂流生活(《奥德赛》)的同时,就已开始了对诗的结构和功能方面的理性思考。其后数千年,诸如《诗品》《诗式》,或者《诗学》《诗辩》之类论著连篇累牍,盈几充案。但直到如今,什么是诗的问题,很大程度上还仍是个谜。人们苦于不得其解,往往各执一端,于是,也就势所必然地陷入如别林斯基所谓"一个人把水叫做诗歌,另外一个人却把火叫做诗歌"的"巴比伦语言混乱的图画"[1]之中。

这是为什么呢?其间缘由,诚然首先和主要地应该到诗的本体那种"不涉理路""不落言筌"[2]的复杂性乃至神秘性中去寻求。但细究之下,与历来诗学研究者自身在对诗进行观照与阐释时采用的视点以及角度等,似乎也不无关涉。

诗学研究的视角,是一个方法论的范畴,也是一个认识论的范畴。对于同一认识对象,因为视角有别而导致结论迥异者,在诗学研究中不乏其例。美国教授艾布拉姆斯在颇具权威性的《镜与灯》一书里,根据世界、读者、艺术家和文本等不同的视角参数,将古希腊以降的整个西方诗学,归纳为模仿论、实用论、表现论、客体论(亦即文本论)四种形态。美籍华人学者刘若愚所著的《中国诗学》,按照艾布拉姆斯的理论坐标,也从视角上对上自先秦下至晚清的中国诗学流派作了形态学的划分:道学主义的观点、个性主义的观点、技巧主义的观点、妙悟主义的观点。他们二人的归纳和划分,各有其内在的依据及其合理性,可备一说。但假如仅仅用着眼于文本之内或者文本之外作为尺度,就大体而不是就细部加以把握,那么,则无论是中国的,还是西方的诗学理论,自古迄今,不外乎两类视角。

一类视角以文本外的对象为参照,将诗引向外在的人与世界,着重在诗与自然以及社会、诗与诗人、诗与读者等外部关系的研究,多用哲学人类学,用政治伦理学,用历史学和社会学,用宗教神学,用心理学或者接受美学等观点方法,看取诗的本体,由外及内地说明其内容构成,其价值功用。前述西方诗学中的模仿论、实用论和表现论,中国诗学中的道学主义、个性主义与妙悟主义,即属此类。严格地说,这是一类他律性的视角。

与他律性视角恰好相反,自律性视角往往把目光聚敛并且限定在诗的文本之内。其研究者认为,诗的文本作为诗的本体论的存在方式,是一个相对封闭的独立自足体。因此,在他们看来,无须"以意逆志",也不必"知人论世"[3],只要援引语言学的方法,在细读文本的基础上,解析其结构层面和话语形式,就足以阐明诗的本体。刘若愚所言中国古代的技巧主义诗学,与此类自律性视角,多有相似以至重合处。但真正堪称为典型者,应当说还是艾布拉姆斯论及的客体论。其中的俄国形式主义、捷克和法国结构主义、英美新批评,正是此类自律性视角的代表。

平心而论,不管是他律性视角也罢,也不管是自律性视角也罢,它们之中的诸多诗学流派,由于在某一特定向度上的深入展拓,都曾为探索诗之为诗的奥秘,作出过带有突破性的贡献。关于这一点,我们只消提及如陆机的缘情说、司空图的韵味说、严羽的妙悟说、王国维的境界说等等,以及弗洛伊德和荣格的无意识论、马拉美的纯诗论、什克洛夫斯基的陌生化论、艾略特的客观对应物论等等,就足以说明问题。然而,因为这些他律性视角或者自律性视角的代表人物,在诗学研究中采用的都只是有限的,而非全面和整体的视角,他们在某一特定向度上的深入拓展,往往以忽略、甚至排斥对其他有关向度的同时兼顾,从而牺牲对诗作为生命有机体的综合把握为代价,所以,一个难以讳言的事实是,在这些诗学前贤那里,往往优长与局限同在,深刻与片面共存。

更有甚者,作为他律性视角类型的末流,如庸俗社会学的某些极端派别,由他律性视角出发,在把诗当作社会现实的反映和时代政治的体现之后,又进一步提出了"为阶级斗争服务"以及"跟形势""写中心"一类的口号,在这种情势下,诗的主体性的失落是不可避免的:诗只能充当别的什么,而不再是它自身。

同样极端化的例证,也出现在自律性视角的诗学研究中。如英美新批评的个别论著,由自律性视角出发,在把诗视为独立自足的本体存在之后,又进一步通过"意图谬误"和"传情谬误"理论,彻底割断了诗与外部世界的对象性关联,于是,得出的结论也就必然是:诗只是它自身,与一切无关。

按庸俗社会学某些极端派别的说法,诗不是它自身;反过来,按英美新批评个别论者的说法,诗只是它自身。从他律和自律的上述二律背反,不由得使人想起苏轼的《日喻》篇:

> 生而眇者不识日,问之有目者。或告之曰:"日之状如铜盘。"扣盘而得其声,他日闻钟,以为日也。或告之曰:"日之光如烛。"扪烛而得其形,他日揣籥,以为日也。

"有目者"将日喻为盘或烛,虽与他律性视角和自律性视角相似,仅只是单向度深入的有限视角,但由于他们的拟喻在某一点上确实触及了日的本体,作为"巧譬善导",尚不失其片面的深刻性。然而,一旦由盘到钟,由烛到籥,正如同庸俗社会学的某些极端派别之于他律性视角,或者英美新批评的个别论者之于自律性视角所作的发挥一样,因为完全抛开了对象的规定性,就不再用片面的深刻所能规范,取而代之的只能是整体的荒谬。

有鉴于他律性视角和自律性视角的局限性,以及由它们的二律背反造成的诗学研究的困境,能否广开思路,找到一种既可从他律和自律超脱出去,又可将他律和自律统摄起来,具有较大包容性与整合性的新的视角呢?1980年代以来国内外方兴未艾的文化大讨论,给了我们更新视角的有益启示。可以说,我们关于文化诗学的构想,就是由此出发的。

二

要想在诗学研究中引入文化视角,首先必须对中西文化概念加以检点、比较与整合,然后在此基础上,研讨诗与文化的整体关系,就诗的文化视角作出可行性论证。

在中国古代典籍中,"文"与"化"开始是作为两个独立的词分别使用的。"文"的本义,指各色交错的纹理。后由此本义,向两个方向推衍:一是指语言文字与各种符号,以及用语符形式记录的文物典籍;一是指人为的加工修饰,进而又指文德教化和美善等等。

"化"在词源上即变化、造化、育化之意,原指二物相接而改变其性态,后辗转引申,包含有教行、教化等意。

"文"与"化"二字在上下文中并联使用,较早见于《易·贲卦》:

刚柔交错,天文也。文明以止,人文也。观乎天文,以察时变,观乎人文,以化成天下。[4]

这里"人文"与"化成天下"紧相衔接,已初步显示了中国传统文化观用"以文教化"规范文化内涵的基本思路。至两汉,"文化"作为合成词正式使用。例如,刘向:"凡武之兴,为不服也。文化不改,然后加诛。"[5]王融:"设神理以景俗,敷文化以柔远。"[6]他们对文化的理解,也都是沿袭其本义,指诗书礼乐人伦道德对世俗的教化作用。

统观中国古代文化概念,虽则其义界失之褊狭,仅仅用以指称精神文化中的政治伦理文化,尚未把物质文化包括在内,然而,就其突出人作为文化主体,强调人与文化的一致性,着重文化的人文内涵这一点而论,对于我们从现代意义上重建文化概念,又多有启人心智之处。

与中国古代始终将文化视为狭义的精神和道德文化迥然相异,西方的文化概念,其初始是固着在物质生产活动的基点之上的。英语和法语中的文化一词,皆源于拉丁文 Cultura。作为动词,其原意为土地耕耘。直至 16—17 世纪,才逐渐由耕耘的本义,衍化为对树木禾苗的培养,并进而拓展为对人的心灵、知识、情操、风尚的教育等等。

19 世纪以降,西方人研讨文化的理论兴趣日见其浓厚。特别是自泰勒于 1871 年在其所著《原始文化》一书中给文化下了那个著名的定义[7]之后,各种文化学派纷纷然从不同的角度对文化加以界说。据美国人类学家克鲁伯等统计,仅仅在 1871 至 1951 的 80 年间,形形色色的文化定义就有 160 多个。然而,不管这些定义分别出自于哪个学派,也不管这些定义是如何地各执一辞,歧义纷呈,它们在考察文化的大思路上,都并未超越从物质层面到精神层面的传统走向。所不同者,这些由不同学派提供的文化定义,只是在物质与精神两端的左右徘徊中,各自做了不同的选择与强调罢了。

如果将中西文化理论打通加以比较,那么,与中国传统文化观深为契合,因而也就乐于为我们所接受和认同的,无疑应该是作为符号文化学派的代表人物的奥斯特·卡西尔的文化哲学了。在《人论》《人文科学的逻辑》等一系列著作中,卡西尔通过对符号形式的分析,表达了他关于人与文化一体性的独特理解。在他那里,人与文化是互相定义的。一方面,他认为,与其像亚里士多德那样说人是政治的动物,不如说人是符号的动物,即用符号创造文化的动物;另一方面,他又认为:"作为一个整体的人类文化,可以被称作人不断解放自身的历程。"[8] 正是基于这种一体性,卡西尔在《人论》第六章提出了可以视为其文化哲学总纲的"人性圆周论":

> 人的突出的特征,人的与众不同的标志,既不是他的形而上学本性,也不是他的物理本性,而是人的劳作(work)。正是这种劳作,正是这种人类活动的体系,规定和划定了"人性"的圆周。语言、神话、宗教、艺术、科学、历史,都是这个圆的组成部分和各个扇面。因此,一种"人的哲学"一定是这样一种哲学:它能使我们洞见这些人类活动各自的基本结构,同时又能使我们把这些活动理解为一个有机的整体。[9]

上文论及的语言、神话、宗教、艺术、科学和历史,按通常理解,它们都是文化的有机构成,但在卡西尔看来,这些文化的有机构成,同时又是"人性圆周"所包含的各个扇面。至此,卡西尔以"人的劳作"即符号活动为中介,将文化结构与人的结构彻底融为一体,从而完成他关于人即文化、文化即人的思辨论证。我们以上说的卡西尔的文化哲学,与中国传统文化观深为契合,为我们乐于认同,其契合点及认同点,便在于此。

有了卡西尔论定的人与文化一体性结构作为参照,再来研讨诗与文化的整体关系,其轮廓也就大致清楚了。从"人性圆周"看,诗是包含于其间的艺术大扇面中的一个小扇面。也就是说,诗是一种符号化的文化活动。因此,要说明诗与文化的整体关系,必须对诗作为文化这一尽人皆知的命题作出新的阐释。

我们说,诗作为文化,包含有两方面的意思:其一是说,诗无往而不在文化之中。在共时性维度上,文化构成诗的空间背景;在历时性维度上,文化又构成诗的时间背景。一个诗人,必然同时是文化人。他可以逃避现实,可以拒绝政治,可以归隐林泉或遁入空门,也可以钻入"为艺术而艺术"的"象牙之塔"。然而,有如命中注定一般,他不能须臾脱离像空气那样沐浴和浸润其全身心的,作为其时空背景而存在的文化。在他的血管里流动的是文化,在他的梦影里萦绕的也是文化。唯其如此,诗的本体就不能不受到来自文化的方方面面的规约,不能不在或深或浅的层次上烙下文化性的印记。

　　与这一结论互为因果,其二是说,文化无往而不在诗之中。这就意味着,文化不仅要作为外在于诗的时空背景而存在,而且要由外及内,化作灵感、情趣、画面以及整个有意味的形式进入诗,最终以符号构成文化意义载体,即诗的文本。在古往今来的诗坛上,多有以不食人间烟火为极至者,有以纯私人性、以赤裸裸的自我表现相标榜者,有以近于痴人说梦的超现实主义作尺度者。对于他们的诗,要按通常的社会学方法去破译,从中寻觅其抒情主体对于现实人生的注解,也许是困难的。然而,这些诗无一例外,都在其意蕴至深处,活灵灵地映现着特定的人的特定的文化心态。因而,在某种意义上,都可以把其当作"文化诗"来解读。正因为凡诗皆有这样的文化性,所以,它们一旦进入传播过程,必然或是如细流渗透,或是如大浪冲击文化的方方面面,从而使整个文化在诗的提携下得以升华,折射出文化的诗性光辉。赫士列特之所以认为:"人是诗的动物",徐志摩之所以倡扬"诗化生活",他们大概都是着眼于文化的诗性而言。

　　缘于诗与文化的上述关系,我们觉得,在诗学研究中引入文化视角是必要的,而且是可行的。从文化的角度观诗,把文化视为诗的时空背景,研究文化对诗的外在规约,这是一种外视角,一种他律性视角。反之,对诗进行文化阐释,把诗视为文化的意义载体,研究诗对文化的内在表现,这又是一种内视角,一种自律性视角。作为二者的往返流动,交叉转换,不妨说,诗的文化视角是一种由外及内,又由内及外,他律性与自律性互化互补的视角。

　　因为诗的文化视角集他律与自律于一身,历来在诗学研究中行之有效而且多有建树的其他种种视角,如他律性视角类型中的社会历史视角、反映论视角、神话原型视角、主体心理学视角和读者接受美学视角等,以及自律性视角类型中的形式主义或者结构主义视角等,它们作为题中应有之义,不但不会被诗的文化视角所排斥,相反,都可以兼容并且统摄在诗的文化视角之内。从这一意义上说,诗的文化视角是一种兼收并蓄、无所不包的广视角。

需要说明的是,诗的文化视角可以兼容并且统摄其他视角,但其他视角则不能取代诗的文化视角。这当中的原因在于,其他视角都只是单向度进行的有限视角,唯有诗的文化视角因为有广大的文化作为参照,能进行多方位的扫描,才是真正意义上的全知视角。

三

把全知的文化视角运用于诗学研究,在兼容并且统摄其他视角的过程中,实现诗的他律性与自律性的互化互补,这是我们框架文化诗学的目标所在。

为了达到这一目标,我们从卡西尔关于"人性的圆周"和包括语言、神话、宗教、艺术、科学、历史在内的各个扇面的理论图式受到启发,特提出诗的文化圈的概念,以表示诗与文化诸方面的关系,说明在这些关系中他律如何由外及内向自律转化,自律又如何由内及外向他律转化,一句话,说明他律与自律互化互补的文化机制。这个诗的文化圈的概念,是我们的中心概念,由这一概念衍化而成的诗的文化圈面结构(如图所示),是文化诗学赖以框架的逻辑支点。

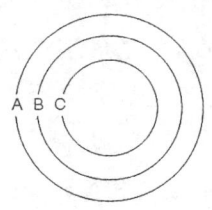

诗是一门艺术。它与作为表现艺术的音乐,与作为再现艺术的绘画,除了意象及符号形式互有不同,在表达人和文化的精神内涵方面是等无差别的。诚如意大利美学家瓜里尼所形容,它们是血缘至为亲近的同胞弟兄。基于此,我们在讨论诗的文化关系时,首当其冲需要考虑的,便是诗与艺术文化的关系。这是在诗的文化圈面结构中,与诗作为圆心最贴近,也最内里的一个圈面(图内用 C 表示)。

包括诗在内的整个艺术,与宗教、神话、历史、哲学等,同属人用符号创造的精神文化。歌德在晚年曾经不无缘由地感叹过:"直到今天还没有人能够发现诗的基本原则;它是太属于精神世界,太缥缈了。"[10]要想从各种精神现象的比较,去阐释诗的"基本原则",我们还须在优先考虑诗与艺术文化关系的前提下,同时兼顾诗与精神文化的关系。这是在诗的文化圈面结构中内外相勾连,因而颇具关键性的一个圈面(图内用 B 表示)。

上述精神文化,都在卡西尔所谓"人性的圆周"之内,它们与人本身,与人的生命存在以及语言符号,与人所创造的一切,共同构成了最宽泛意义上的人的文化。诗之为诗,归根到底是由诗的这种人文本性规定的。所以,在我们所设想的诗的文化圈面结构中的第三圈面,作为无所不包的外围圈面,便是诗与人的文化的关系(图内用 A 表示)。

艺术文化→精神文化→人的文化,这是我们按照由内及外自律向他律转化的原则所作的编排。其中的先后程序并不涉及重要与否的问题。如果按照文化对诗的制约性及其重要程度,即按照由外及内他律向自律转化的原则加以编排,上述程序应该颠倒过来。因为诗与人的文化的关系,在终极意义上规定着诗的本体,所以,这一关系对诗而言,是最基本,也最重要的关系。至于诗与精神文化的关系,诗与艺术文化的关系,仅仅分别影响到诗的本体的精神内涵与意象及符号形式方面,说到头,这两组关系只是诗与人的文化关系的延展和补充而已。

以下,我们拟按 ABC 的程序,把诗的文化圈面结构中三个圈面逐一展开,以勾画文化诗学的理论线索。

A 诗与人的文化

人是个体性的文化存在,其最深厚的渊源在于生命。从类人猿直立行走的第一天起,人的生命就已非单纯的自然现象所能涵括,而成为一种文化现象了。因此,要讨论诗与人的文化的关系,作为起点,必须从诗的生命结构说起。

毫无疑问,各种艺术都以表达人的生命为旨归,都有其特定的生命结构。然而,并非所有艺术,其结构与人的生命的对应,都处在同一水平线上。相对于造型以及叙事艺术,唯有诗和音乐,与人的生命的关系最为密切。可以说,诗与人的生命是直接同一的。我们这样断言,是因为:第一,从内涵看,诗所表现的纯然是关于人的内生命的幽深体验。诸如爱欲、焦虑、孤独、痛苦、死亡等等为人所共有的无意识"情结",可以在诗中,也只有在诗中才能得以对应的表现。高尔基将上述"情结"称为诗的"永恒"主题,是有道理的。除此之外,再如,诗更多地与青年相联系,字里行间洋溢着特有的青春气息;诗的内容不能做提要式转述,具有血肉混沌的整一感;诗的不可诠释的神秘之美;以及关于诗与酒、诗与梦、诗与谜的种种传闻,所有这一切,都无不与诗专注于表现人的内生命体验直接有关。换句话说,如果离开上述基点,所有诗的特性都是无法加以解释的。

第二,从形态看,作为生命体验的载体,诗的形态"首先是生命的形态,而且是完整无缺的生命形态。"(佩斯语)[11]苏珊·朗格在《艺术问题》一书中,把人的生命的形态特征归结为如下四个方面:动力性、有机统一性、节奏性、生长性。这四个方面如果与诗比照,可以一一加以同构对应。在各门艺术门类中,只有诗特别讲究"气韵生动",这种动力性与人的生命的动力性是同构对应的;只有诗特别强调表现的不多不少恰如其分,这种有机统一性与人的生命的有机统一性是同构对应的;只有诗特别重视情绪的内在节奏,这种节奏性与人的生命的节奏性是同构对应的;只有诗特别注意情感流结构的起承转合,这种生长性与人的生命的生长性也是同构对应的。

诗作为人的生命的同构体,它在用生命形态表现生命内涵时,面临的最大挑战来自于语言。一方面,因为"诗的活动领域是语言"(海德格尔语)[12],语言又是历史地生成的,所以,诗必须借助并且使用现成的语言符号;另一方面,又因为现成的语言,从一开始就被固着在既定的语义框架、语用意向和语法关系之中,作为推理符号,已经极度地认识化、实用化和逻辑化了,难于化作生命形态以表现生命内涵,所以,诗又必须拒绝现成的语言符号。古往今来的伟大诗人,其所以往往同时被称作语言大师,原因就在于,他们能将诗与语言的上述悖论式冲突加以超越,通过对习得而来的现成语言的生命灌注,使之挣脱认识性的语义框架、实用性的语用意向和逻辑性的语法关系,最终在与生命同构的意义上,实现语言的符号转化。概而言之,那就是:化现成语言的推理符号,为诗的语言的生命符号。这一过程,看去是因袭,实质是基于生命的原创。海德格尔如下一番话是耐人寻味的:

> 诗是给存在的第一次命名,是给万物之本质的第一次命名。诗并不是随便任何一种言说,而是特殊的言说,这种言说第一次将我们日常语言所讨论和与之打交道的一切带入敞开,因此,诗决非把语言当作手边备用的原始材料,毋宁说,正是诗第一次使语言成为可能。
>
> 诗是一个历史的,民族的源始语言。[13]

海德格尔反复强调"第一次",即我们所谓生命原创之意。

B 诗与精神文化

美国学者菲利普·巴格比在《文化:历史的投影》一书里认为:"文化包括了思维模式、情感模式和行为模式。"[14]按他解释,所谓"行为模式"是指外在的生理行为。如果对这一解释略加修正,用行为模式兼指内在的精神行为,那么,菲利普·巴格比论及的三种模式,则正好可以与传统心理学关于知情意的区分相衔接,涵盖精神文化的全部。哲学和科学是认知活动,无疑代表着精神文化中的思维模式;道德以及宗教主要是意志活动,代表着精神文化中的行为模式;诗作为原创性的生命符号,其"本职专在抒情"(郭沫若语)[15],它的精神文化内涵,则可以用情感模式进行概括。

任何一种情感,都发端于个体的主观体验。用冯特提出的"情感三维"来衡量,它们在色调(愉快——不愉快)、状态(激动——平静),以及强度(紧张——轻松)方面,都各有其个人的独特性。像这样的个人独特情感,是无法作为文化模式进入社会传播的。诗之被纳入情感模式,是因为它对个人情感进行了模式化,亦即典型化的加工,具有了某种可以为公众认同的文化共享性的品格。正如苏珊·朗格所言,诗表现的是一种"情感概念"。基于此,我们在确认诗的生命符号其精神内涵主要体现为情感模式之后,有必要就诗的情感典型化的心理机制、方式和途径,及其总体上的智慧风貌等问题依次加以论证。

谈到诗的情感典型化的心理机制,必然要涉及诗与宗教的关系。众所周知,宗教作为意志活动,它对上帝、佛抑或真主等人格神的体验,完全不是靠认知,而是靠感悟。诗受宗教影响,很大程度上也是凭借着非认知的感悟,完成其情感由独特到普遍的典型化过程。这一点,在中国古代的诗禅关系中,看得尤为清楚。如果说,诗与禅的契合点在于悟,那么,它们二者的差异以及区别点恰恰也在于悟。准确地说,虽然诗与禅都以超越不圆满的现实世界为目的,都是人的精神还乡活动的一部分,但诗建立在现实的生命体验,而禅则建立在虚妄的佛性体验的基点上,所以,不管是在致悟的本源方面,在入悟的门径方面,还是在了悟的境界方面,诗悟禅悟都是异中有同、同中有异的两种心理机制。

诗正是赖于这种与宗教相联系又相区别的感悟机制,不断发掘、改造和强化包含于个人独特感情中的普遍性内核,从而达到其典型化的目标。具体而言,这一典型化的感悟过程,在途径以及方式上,可以有表达历史意向或者构建神话原型两种不同的选择。因为从文化渊源看,诗、历史、神话三者,其初始是浑然不分的。以后虽然几经剥离,但并未切断它们之间的精神血脉:历史与神话仍然可以从两个不同的方位进入诗的本体,诗也仍然可以由两个不同的角度去表现历史或神话的文化内涵。唯其如此,所以,实现诗的情感的典型化,也就必然有两条路可走。或者在理性和意识领域,在诗与历史的关系中,通过诗的情感作为诗人的自我意识对某种历史意向乃至整个社会意识的形象显示,因情入理,以情感模式的显形式样,达到对社会必然性的预见。这是一条诗的情感由独特走向普遍的典型化之路。或者在非理性和无意识领域,在诗与神话的关系中,通过诗的情感作为诗人的个体无意识对神话原型及集体无意识的隐喻和象征表现,缘情入神,以情感模式的隐形式样,达到对人与文化的普遍性的彻悟。不可否认,这也是一条由独特走向普遍的典型化之路。所不同的是,前者是向外转,以张扬历史理性为尺度,将个体性的小我化作社会性的大我;后者是向内转,以重建神话原型为目标,把个人无意识的本我融入集体无意识的共我。法国当代诗人让·贝罗尔在来华演讲时说道:"诗,现在有两扇一直敞开的门,一扇通向理性,一扇面向非理性;一扇通向意识,一扇通向无意识。"[16]让·贝罗尔的话,实际已经隐含了诗的情感典型化的两种选择,较之我国当代诗学,只强调前者而忽视后者,在理论上似乎更具涵盖性。

  不管是对社会必然性的预见也罢,对人与文化的普遍性的彻悟也罢,它们作为诗性感悟的成果,都从总体上显示了诗的情感模式的智慧风貌。以往人们谈及智慧,大都局限在哲学认识论的范围之内,似乎智慧非哲学莫属。这在很大程度上是一种误解甚至曲解。其实,诗与哲学作为人的两大精神支柱,它们都是对未知领域的探索,都是对彼岸世界的瞩望,因而,它们都各有特定的智慧风貌。需要说明的是,诗的智慧不是通过概念,而是通过别林斯基所谓的"情致"体现出来。这种诗的情致,不来自于认识,也不能归结为认识,但其中包蕴有丰富到难以穷尽地步的认识内涵。正是在这个意义上,可以说,诗的情致是诗与哲学相反相成的产物。说它们相反,是因为诗与哲学分别代表着两种不同的文化模式;说它们相成,又是因为二者在展示历史必然的至高处,在探索人性奥秘的至深处,往往不分彼此,你我沟通。因此,我们讲诗的情致以及诗在总体上的智慧风貌,可以而且必须理解为诗的哲学化,或者哲学的诗化。

C 诗与艺术文化

根据世间万物同性相排斥异性相吸引的普遍法则,音乐、绘画等其他艺术对诗的影响,主要在诗的意象以及符号形式方面,而不在其精神内涵方面。雪莱说:"诗再现它所表现的一切。"[17]在这个简单的命题中,包藏着诗与艺术文化的关系,或者说,诗的意象以及符号形式的全部秘密。

诗与音乐是同源而生的。基于表现艺术和时间艺术的本性,诗先天与本能地倾向于音乐。如果说,远古时代诗乐一体,诗的音乐性特征,还仅仅停留于声调、节奏和韵脚等听觉意象的外在形式,那么,到了近现代,在无韵诗、自由诗以至散文诗中,上述听觉意象的外在形式,似已淡化到不复存在,诗的音乐性特征,则更多深化为对于意象的隐喻象征等内在形式系统,以及由此生发的诗的意蕴的多义性和不确定性的追求。一句话,诗通过对音乐的皈依,要使其意象符号形式的能指方面趋向无限,最终像音乐一样在时间的漂流中归于消解。

然而,诗毕竟是诗,而不是音乐。一方面它受音乐的裹挟,要在时间中作最大限度的表现;另一方面,它又不能不受绘画的牵制,不能不在平面和空间中做力所能及的再现。从这个意义上看,裴特提出的"各种艺术都倾向于音乐"的命题,不免有顾此失彼之嫌。音乐对诗的影响固然是主要的,但事实上,一切好诗不独诗中有乐,而且也都诗中有画。这里所谓画,因为它是用语言符号再现出来的,在浅表层次可以理解为诗的字行的建筑形式,诗在情感中流动的线条、色彩以及画面;而在更深入的层次,则应该理解为诗的空间感、诗的抒情主体的精神形象等等。总之,诗通过对绘画的借鉴,是要在其意象符号的能指方面在时间漂流中无限消解的同时,使其意象符号的所指方面在空间的聚合中得以有限凸现。"状难写之景如在目前,含不尽之意见于言外"。中国古代诗学的这句至理名言,表达的正是诗在审美形式方面的理想。

　　总括文化诗学的理论框架,我们可以做这样的归纳:从诗与人的文化关系看,诗的本体具有生命结构和符号功能,是一种原创性的生命符号;从诗与精神文化的关系看,诗的本体作为一种原创性的生命符号,主要表现为情感模式,通过宗教式的感悟,其显形式样向外张扬为历史理性;其隐形式样向内呈示为神话原型和集体无意识,二者从总体上构成诗的与哲学相反相成的智慧风貌。从诗与艺术文化的关系看,诗的生命符号及其情感模式,处在音乐与绘画的两面渗透之下,其意象与符号形式,随之显示出以表现为主、表现与再现相统一的特征。

四

　　在阐释了文化诗学的理论框架之后,我们还需对与此有关的方法论加以简单的说明。

　　如上所述,文化圈是框架文化诗学的基本概念。我们使用这一概念,是为了说明诗与文化方方面面的关系,揭示自律和他律互化互补的文化机制。基于此,当我们由外及内考察文化圈的时候,更多地使用的是他律向自律转化的方法。反之,当我们由内及外考察文化圈的时候,更多地使用的是自律向他律转化的方法。可以说,他律与自律在文化圈中的相互交叉以及转化,是我们研究文化诗学的一个基本方法。

为了拓展文化圈的概念,我们从当代西方艺术文化学的有关论著中,借鉴并引入了文化域、文化层和文化史的概念。

所谓文化域,指文化圈空间拓展所显示的地域、国家和民族的差异性。世界上存在着多种渊源与特色各个有别的异质文化。其中最主要的,便是以中国为代表的东方文化与西方文化。东西方文化以及诗学传统在表面的巨大反差及其在深层的内在契合,给我们提供了在文化诗学研究中进行远距离、大跨度比较的可能性。因此,东西方文化以及诗学的比较,同样是我们的一个基本方法。

如果说我们引入文化域概念,意在赋予文化诗学一种广度视野的话,那么,与此同时引入文化层概念,则意在为文化诗学提供一种深度透视。任何一种文化,都不是平面式的存在。其外显部分,是我们可以用感觉和理性加以认识的形下层面;其内隐部分,是必须用直觉和感悟才能把握的形上层面。我们在研究文化诗学时,注意由表及里,由浅入深,将形下实证与形上感悟结合起来。这种形下实证与形上感悟的结合,也是我们采用的一个基本方法。

文化域与文化层的概念作为文化圈概念在共时维度上的拓展,在研究文化诗学的方法论方面,具有可以向广度和深度延伸的意义,但要想使我们的研究同时具备一种历史的厚度,就必须将文化圈概念在历时维度上再行拓展,而引入文化史的概念。无论是中国文化还是西方文化,无论是形下层的物质文化和制度文化,还是形上层的心理文化,它们都在时间之流中,有一个生成、发展和衍化的过程。所以,我们在研究文化诗学时,常常前瞻后顾,以历史来印证逻辑的静态分析,用逻辑来概括历史的动态过程。这种历史与逻辑相一致的方法,也同样是我们的一个基本方法。

注释

[1] 别林斯基选集：第二卷.上海：上海译文出版社,1979:440.

[2] 严羽：沧浪诗话.

[3] 孟子∥万章章句上.

[4] 周易·贲卦∥象传.

[5] 刘向：说苑·指武.

[6] 王融：三月三日曲水诗序.

[7] 泰勒认为,文化是一个复杂的总体,包括知识、信仰、艺术、道德、法律、风俗,以及人类在社会生活里所得一切能力与习惯。

[8]、[9] 恩斯特·卡西尔.人论.上海：上海译文出版社,1985:288,87.

[10] 西方文论选：上卷,上海：上海文艺出版社,1963:445.

[11] 外国名诗鉴赏辞典.北京：工人出版社,1989:916.

[12]、[13] 思与诗的对话.北京：中国社会科学出版社,1991:155,135.

[14] 文化：历史的投影.上海：上海人民出版社,1987:95.

[15] 沫若诗话.成都：四川人民出版社,1987:8.

[16] 论诗∥文论报,1986-7-11.

[17] 十九世纪英国诗人论诗.北京：人民文学出版社,1984:129.

本文登载于《诗的文化阐释》陕西人民教育出版社1993年5月

在现代文本和传统趣味的夹缝里
——新诗危机简谈

谈新诗的危机,是一个喋喋数十年的老话题了。在早鲁迅有言,新诗"在交倒霉运";之后毛泽东又称:就是倒找我二百大洋,我也不看新诗。因为现代史上两位衣冠伟人这并非判词的判词,新诗的危机便似乎愈来愈成其为一种真实了。诗坛内外的众多说客,步鲁迅与毛泽东后尘,不无调侃意味地制造诸如"写诗的人比读诗的人多"之类的舆论,于是,新诗的地位更其一落千丈,由原先在人们心目中的同情或冷落对象,进一步沦为嘲弄取笑的对象。

时至今日,商品经济正用其可以量化为货币的功利主义标尺重新检点和评估形形色色的意识形态。就连多年来行情一直看好的小说、戏剧等文学品类,也时有日子难挨之叹。新诗作为"文学中的文学",其冰锅冷灶、路断人稀的惨淡光景,也就可想而知了。一般读者不愿读新诗,大多编者不愿编新诗,更有不少诗作者不愿做新诗。所谓墙倒众人推,新诗在危机中名副其实地成为了市场的滞销品,社会的奢侈品,文化的装饰品。诗坛有人说,新诗已步入谷底。我不知道对随之而来的下一程,他们还将说些什么。

作为远远地站在圈外,几十年如一日给予新诗以关注与呵护的人,我虽则不赞成时下个别论者关于新诗终将被文化市场淘汰的悲观主义预言,但面对新诗的现状,委实也难得乐观起来。在我看来,新诗的确存在着危机,这种危机的产生,和功利主义的商品经济对非功利的诗与艺术天生地有一股拒斥力自然无不关系,但最根本的原因并不在此,而在新诗自身。我以为,新诗之所以危机,从接受理论看,乃是因为它从诞生的第一天起,就不由自主地陷身在了自西方输入的现代文本和由本土培植的传统趣味两相挤压的夹缝里。此后,虽经几代人辗转努力,但终因历史负荷的沉重,以及理论导向的失误,始终未能从现代和传统的夹缝里走出。正是在这一意义上可以说,新诗的危机是其自身内部所聚焦的中西方文化冲突的产物。为了对冲突的必然性有所阐发,以下不妨就新诗的由来及其与古典诗词的关系做一简单评述。

通常将胡适在1920年出版的第一本白话诗集——《尝试集》——视为新诗的起点。其实,胡适的《尝试集》只是把古典式情趣的表达由文言转换成白话而已,还算不得纯粹的现代文本。继胡适之后,郭沫若、闻一多、徐志摩、冯至、戴望舒、艾青、卞之琳、何其芳等等一批实验者,从域外的众多诗派,引进了适合于表达现代人的情绪与感觉的一整套意象语汇,这才为新诗塑造了不论是内容还是形式都迥异于古典诗词的整体形象,从而在20世纪文学史上,为新诗开创了与小说、戏剧等鼎足而立的崭新局面。他们作为新诗拓荒人的名字,以及新诗在他们经营下所展示的历史性辉煌,人们是不会忘记的。

然而,倘若平心而论,则不管如何为新诗辩护,也难以回避如下的基本事实:拿新诗与五四以来新文学的其他品类进行横向比较,就应该承认,新诗显然是弱项。它由于缺乏在形式规范方面的定型产品,缺乏相对稳定的读者群,缺乏在岁月的淘洗下历久不衰的冲击力或者渗透性,因而,其总体实绩以及影响,都大不如小说,甚至不如戏剧。

对于新诗的危机,这还不是关键之处。除此之外,更为当紧,也更具决定意义的一点是,拿新诗与古典诗词进行纵向比较,就应该承认,新诗远未达到古典诗词的成熟程度。它虽然在五四除旧布新的大气候下,借助于平民式的白话语汇和从欧美引进的意象及文本形式,一定程度地实现了对古典诗词一统天下的冲决和突破,但在长达70余年的创新实验里,因为诗学导向上的朝令夕改,使之如长不大的孩子,始终未能建立起自己成熟的形式规范,并进而由形式规范的表层深入到民族文化心理和集体无意识的内层,从全社会的审美趣味与欣赏习惯上,动摇古典诗词赖以存在的根基,从而最终完成对于古典诗词的革命性超越和创造性转化。

众所周知,中国是一个诗的国度。上自先秦,下讫晚清,诗一直被视为文学的正宗。一部中国文学史,大体就是一部诗史。由于诗在文学以及文化生活中的这一超稳定的正统地位,在民族无意识深处,便相应地形成为一种以古典诗词为其形式规范的超稳定的审美趣味和欣赏习惯。虽则如鲁迅所言,好诗到唐代业已基本做完,其形式规范苟延至本世纪初,也早已变成束缚现代人性灵的桎梏。但全社会的审美趣味和欣赏习惯,却并未因此而略有改观。郭沫若等所从事的新诗革命,就是在这样的文化前提下发生的。较之小说革命或者戏剧革命,因为其承受的历史负荷与传统惰性要顽固和强大得多,所以,完成起来自然就困难得多。鲁迅在断定新诗"在交倒霉运"之前还有一番话,读来令人深思不已:诗歌虽有眼看的和嘴唱的两种,但究以后一种为好;可惜中国的新诗大概是前一种。没有节调,没有韵,它唱不来;唱不来,就记不住;记不住,就不能在人们的脑子里将旧诗挤出,占了它的地位。

这里,姑且将鲁迅关于"眼看的诗"与"嘴唱的诗"的优劣的议论悬置不提,单说他讲新旧诗交替时所用的那个"挤"字,就足以使人体味到新诗革命的困难程度。

正因其困难,所以,如果按正常情况,新诗革命本应以它经典式的现代文本,逐步改造全社会在诗的接受方面的传统趣味,可是多年来的事实却并非如此,而常常是社会的传统趣味一次次地颠覆新诗的现代文本。1958年前后自上而下的"新民歌运动",以及新时期之初围绕"朦胧诗"展开的诸如"懂与不懂"的纠缠,便是其中的两个显例。在这种反常的情势下,不必说新诗读者了，就是新诗人自己，有时也经不住来自传统趣味的颠覆。这中间，从新诗创作跳槽到散文、小说创作上去者有之；从新诗创作复归到旧体诗词创作上去者亦有之。凡此种种，说明了一点：新诗虽然历经了70余年的生命行程，但直到如今，它还没有在中国文化的深层扎下根来。作为一种未扎深根的存在物，新诗的不景气、新诗的危机，不就是势所必然的吗？

本文刊发于《西安日报》1997年2月4日

论诗的境界

一、诗是境界的艺术

"诗的本职专在抒情"[1]。其内容在情感和形象的统一中,以情感为主。这种情感,作为形象化的情感,表现在诗里的存在状态,及其所拥有的那种使人感动、供人沉思、令人回味的审美空间,构成诗的境界。王国维的《人间词话》开卷便说:"词以境界为最上,有境界则自成高格,自有名句。"[2]他讲的是词,其实,各类诗无不如此。从普遍的意义上可以说,诗是一种境界的艺术。

我这样说,意思是:要区分诗与非诗,只能以境界的有无作为尺度,而不应舍此从其他方面,例如是否分行,是否押韵等等加以判断。诗之为诗是有其一定的"惯例"的,正像其他文学或艺术样式也各有其属于自己的"惯例"一样。按乔治·迪基的解释,所谓"惯例",即"每一个门类系统为了使该门类所属的艺术作品能够作为艺术作品来呈现的一种框架结构"[3]。在我看来,诗的"框架结构"或者说"惯例",恰恰就在于它的境界。艾青的《古罗马的大斗技场》、屠格涅夫的《爱之路》,之所以不分行或者不押韵而被称为诗,就是因为它们有境界,展示了一种形象化的情感状态及其对应的审美空间;反之,《三字经》《百家姓》等,之所以分了行又押了韵而不能叫做诗,就是因为它们无境界,没有展示一种诗之为诗所必需的形象化的情感状态及审美空间。

如果从上述形象化的情感状态及审美空间这一宽泛意义上去理解,那么,不仅我国的古典诗歌,包括《诗经》《楚辞》《汉乐府》、唐诗、宋词和元曲等等,是境界的艺术;而且,五四以后的现代新诗,翻译过来的外国诗,只要它们确实符合诗的"惯例",展示了这样一种形象化的情感状态及审美空间,也就理所当然地应该被称作境界的艺术。

二、境界一词的由来

在我国古代文学中,诗一直居于主流地位。因此,古代文学理论便相应颇具独创性地建构起了以境界为核心的抒情诗学。正是在这个意义上,可以说,境界概念是我国古代诗学和美学的独创。下面,就来考察一下境界一词的由来。

先从"境"字说起。在古代文字中,"境"同"竟"。《说文》:"乐曲尽为竟。"段玉裁注:"曲之所止也。"以此看来,"竟"字在其原初意义上,是一个表时间的概念。但因为在我们的古代先民那里,时间与空间常常混同在一起,所以,"竟"字便由表时间的最大限度,慢慢地引申为表空间的最大范围。起初,"竟"指"曲之所止也",以后,"凡事之所止,土地之所止,皆曰竟。"这里,"事之所止",仍然是指时间;而"土地之所止",则已是指空间了。《毛传》曰:"疆,竟也。"于是,"竟"与"疆"二字就成了通假字,发音一样,意思也一样。为什么古代一国疆界之内称为"竟内",疆界之外称为"竟外"?其原因即在于此。正因为"竟"字在词义变迁中,不再指乐曲和时间的终了,而是越来越多地指土地之疆界,后人也便习惯成自然地给它加上土字旁,成为"境",成为单一的空间概念。如果说,以上所言的用"竟"表空间,表的还只是像"土地之所止"这样的具有实体性的地理和物理空间,那么,随着词义扩张,到了战国时期,"竟"字又逐步被虚化,如"荣辱之竟"(《庄子·齐物论》)、"是非之竟"(《庄子·秋水》),其中之所表,就已经不是实体的地理和物理空间,而是道德与伦理意义上的心理空间了。

发端于印度的佛教理论,是一种以构筑精神家园为目标的、非常精致的心灵哲学。它认为现世的尘俗生活是茫茫的苦海,人要想脱离苦海,只有通过对佛的信仰,由生活空间进入心灵空间,才能找到极乐的源泉。显然,这一心灵空间,因其恰恰是佛教理论精神家园所在,而具有某种本体论的意义。在佛教理论于东汉末年传入中国以后,不知是哪位翻译者,率先用"境"和"境界"之类的词,来指称在佛教理论中具有本体论意义的心灵空间。他或他们这样做,很可能是受了《庄子》以"荣辱之竟"和"是非之竟"表心理空间的启示。基于词义相似性的联想,于是,一时间,"境"和"境界"就成为当时中国佛教理论界的关键词。

　　按佛教理论的说法,人有"六根",即眼根、耳根、鼻根、舌根、身根、意根;随之便有"六识",即眼识、耳识、鼻识、舌识、身识、意识;由此又形成"六境",即色境、声境、香境、味境、触境、法境。这里的"六根"指人的感觉和思维器官;"六识"指人的感觉和思维能力;"六境"指人的感觉思维状态及其心灵空间。它们都是一一对应的,作为总体统称"十八界"。这就是佛教理论中的"境"和"境界"理论。

　　那么,佛学意义上的"境"和"境界",较之前述训诂学意义上的"境"和"境界",就其词义而论,又有什么样的联系以及区别呢?据丁福保编写的《佛学大辞典》界说:"心之所游履攀缘者,谓之境。"这是说"境"。至于"境界",《佛学大辞典》解释为:"自家势力所及之境土"。一个是"心之所游履攀缘者",一个是"自家势力所及之境土"。从字面看,二者的说法有别;究其实,它们所表述的乃是同一个意思。因为所谓"自家势力",并非指外力,而是指内力,也就是"十八界"中的"六识",亦即人的感觉思维能力。为此种感觉和思维能力所及,其"境土"构成"六境",即包括色境、声境、香境、味境、触境与法境等在内的感觉和思维天地。而这一感觉和思维天地,作为心灵空间,说到底,恰好正是"心之所游履攀缘者",换言之,即人的心灵内在功能的实现。惟其如此,所以,《佛教大系》又从另一角度,即功能的角度,对境界进行了进一步的界说:"功能所托,名为境界。"

分析到这里,可以就上面提出的问题做出我们的回答了。尽管在佛教理论传入中国之前的文史典籍中,"竟"曾经一度用以指称时间,但由于古代先民的时空合一观,"竟"的概念很快就被彻底地空间化了。基于此,我们可以这样说,无论是在训诂学意义上,还是在佛学意义上,"境"和"境界"都是作为表空间的概念被使用的。这是二者的联系,也就是词义的相似性的所在。正因为有这样的联系及相似性,"境"和"境界"进入佛教理论,才能得到中国民众的广泛认同和普遍接受。但必须指出的是,古代典籍同佛教理论赋予"境"和"境界"作为空间概念的内在规定性又是多有区别的。如果说,在古代典籍中,"境"和"境界"虽然发展到后来,如上引《庄子》的"荣辱之竟"和"是非之竟",也可以兼指主观化的心理空间,但就其基本含义而论,主要是指以客观实体呈示的物理和地理空间;那么,在佛教理论中,"境"和"境界"作为空间概念,其指称物理和地理空间的含义则完全被淘洗干净了,留下来的只是一片佛教徒们用以安身立命的,纯粹虚幻化的心灵空间。《景德传灯录》云:"一切境界,本自空寂。"其中"空寂"二字,作为对佛教理论中"境"和"境界"纯属心灵空间的概括,可谓一针见血。

笼统地说,佛教理论用"境"和"境界"表示一种心灵空间,此一判断无甚不确之处。但如果结合"六境"关于色境、声境、香境、味境、触境和法境的具体区分及其着力点加以考察,就可以明显看出,为佛教理论更多强调的,显然是"境"和"境界"用以表示由人的五官感觉总汇而成的感觉空间的一面,而不是用以表示思维空间的一面。佛教理论所强调的感觉空间,无疑属于非理性和无意识的心灵空间;在这种理论那里,即便是与法境相联系的思维空间,也因其整个地为感觉所弥漫、所渗透,只能以直觉亦即悟性的形态存在,而不带理性色彩,所以,这样的思维空间,究其实,也还是属于非理性、无意识的心灵空间。加拿大籍华人学者叶嘉莹先生曾就此作过很好的阐发。她说:"所谓境界,实在乃是专以感觉经验之特质为主的,换句话说,境界之产生,全赖吾人之感受之作用;境界之存在,全赖吾人感受之所及"。[4]叶嘉莹先生在此论"境界""专以感觉经验之特质为主",与我们以上关于佛教理论中境和境界作为心灵空间概念的非理性和无意识特征的分析是完全吻合的,可以构成互证。

以上,我粗线条地勾画了境和境界由表时间的概念到表空间的概念,由表物理和地理空间的概念到表道德和伦理空间的概念,由训诂学意义上表理性和意识的心理空间的概念到佛学意义上表非理性和无意识的心灵空间的概念的整个词义演变过程,已经为诗学的境和境界概念的产生,创设了一个必不可少的历史—逻辑前提。当汉译佛教经典把从古代典籍移植过来的"境界"一词,嫁接在佛学的理论枝干上,从而赋予其纯粹心灵化的全新内质后,他们也许没有想到,由此而结出的思想和理论果实,竟被诗学家们顺手采摘了,并进而促成了以境界为核心的古代诗学奇迹般的诞生。

三、境界的概念

在"境"和"境界"由佛学概念到美学和诗学概念的转换生成中,盛唐诗人王昌龄有其首倡之功。他在相传为他所写的《诗格》一书里,不仅有据可查地第一次以境论诗(以境论画者早在南北朝时期即已有之),而且通过其著名的"诗有三境"说,第一次对诗的境界进行了包括"物境""情境"和"意境"三者在内,至今仍颇具启示意义的类型的划分。因为这一点,我在即将讨论的境界分类问题时还要详尽地引述与分析,兹不赘。从王昌龄以降,一千多年中,诗人和学者围绕着境和境界的概念各陈己见,议论纷纷,使其内涵显得非同一般地繁富,以至于芜杂。下面,为了叙述的方便,拟分两条线索加以归纳。一条线索以作为诗的境界的基础的"物境"和"情境"为依据,力主通过对包含在其中的情景关系的阐发,来回答什么是诗的境界的问题,如皎然所谓"缘境不尽曰情"[5];谢榛所谓"作诗本乎情景,孤不自成,两不相背";王夫之所谓"情景名为二,而实不可离。神于诗者,妙合无垠"[6];和布颜图所谓"情景者境界也"(《画学心法问答》)等等,展示的便是这样的一种思路。另一条线索更多着眼于王昌龄标举的"意境",主张在"物境"和"情境"之外,即所谓"象外"来探究诗的境界内涵,如刘禹锡所谓"境生于象外"(《董氏武陵集纪》);司空图所谓"象外之象,景外之景"[7];严羽所谓"不涉理路,不落言筌","羚羊挂角,无迹可求"[8];王士稹所谓"神韵"等等,都是这方面的代表。应该说,上述两条思路对境界的探讨,各有其合理性和深刻性,也难免各有其偏于一端的缺陷。正因为如此,王夫之以后的古代诗学,才以一种殷切的期盼之心,希冀着后代学者之中有真正能以包罗万象的视野,为境界概念做出总结的人物降生。

不论从哪个意义上讲,以境界相标举的《人间词话》一书的作者,清末民初的大学问家王国维恰恰就是这样的一位总结式的人物。他通过对上自王昌龄,下至王夫之有关境界论述的批判继承,从真情真境相交融、虚实相生、"有言外之味,弦外之响"等三个层次,既全面涵盖,又重点突出地论证了境界的概念。王国维说:

> 境非独谓景物也。喜怒哀乐,亦人心中之一境界。故能写真景物、真感情者,谓之有境界,否则谓之无境界。[9]

> 何以谓之有意境?曰:写情则沁人心脾,写景则在人耳目,述事则如其口出是也。[10]

> 文学之事,其内足以摅己,而外足以感人者,意与境二者而已。上焉者,意与境浑,其次或以境胜,或以意胜,苟缺其一,不足以言文学。

——《人间词及人间词话》中之《人间词乙稿序》

　　古今词人格调之高,无如白石。惜不于意境上用力,故觉无言外之味,弦外之响,终不能与于第一流之作者也。

——同上书中之《人间词话》部分

　　现在看,王氏将真情真境相交融当作讨论境界的出发点,同时顾及虚实相生和"言外之味,弦外之响"二者,此种考察境界的思路,是非常可取的。但考虑今天论诗,不能只是着眼于古典诗词,还应该将现代新诗和翻译过来的外国诗也都包容进去,因此,就有必要对王国维的境界理论加以重新审视:第一,他将情景的景,仅仅理解为景物,并且是"真景物",而没有广义地理解为形象,不免显得狭隘了一些。第二,他由此而把真情真景相交融归结为一切境界的基石,又多少有以偏概全之嫌。因为在诗中,即便是在我国古典诗词中,写真情真景,而且做到二者交融无间者,即所谓有意境之作,毕竟只是极少数。古今中外大量的诗,尤其是现当代的新诗、外国诗,它们或者是写情而不写景,或者是也写景,但所写之景并非真景,而只是作为心灵的"客观对应物"(艾略特语),借以暗示某种情绪和情感的借景,对这样的诗,用王氏的境界说,显然是不能解释的。第三,他没有把境界一词在训诂学和佛学上用以表示空间、表示心理空间、表示非理性、无意识的心灵空间的本来意义,明晰而透彻地表达出来,从而也就容易造成概念的诸多含混及不确定之处。基于此,我认为,所谓诗的境界,应该是指诗的情感和形象在以情感为主的基础上的统一状态,亦即形象化的情感状态,以及为此种情感状态所拥有的,可使人感动、供人沉思、令人回味的审美空间。

四、诗的境界的分类

　　在以上就诗的境界概念的内涵做了新的界说之后,接着,我拟结合其外延,来谈谈诗的境界的分类问题。因此,话题还须返回王昌龄的《诗格》一书。正是在那本书里,他提出了"诗有三境"的命题:

> 诗有三境:一曰物境,欲为山水诗,则张泉石云峰极丽绝秀者,神之于心,处身于境,视境于心,莹然掌中,然后用思,了然境象,故得形似;二曰情境,娱乐愁怨,皆张于意而处于身,然后驰思,深得其情;三曰意境,亦张之于意而思之于心,则得其真矣。

这里,王昌龄将三种诗境按其各自的心灵化程度,亦即我在前文论及的虚实相生的程度,编排成一个在层次以及品位上由低到高的递进序列。在王昌龄看来,以描写景物为主的山水诗,虽然作者也须下一番"处身于境,视境于心"的"用思"功夫,而且其本身确有"极丽绝秀"的图画美,但因为其审美追求,重在"了然境象,故得形似",这种诗呈示的"物境",心灵化程度是比较低的。它带着诗赋未分家之前"赋体物而浏亮"(陆机语)的散文化痕迹,写一物止于一物,很少含蓄,绝无寄托,苏轼"赋诗必此诗,定知非诗人"的讥评也许失之过分,但确实能够击中此类诗的要害。

作为与山水诗及其"物境"的比照,那些侧重在抒写"娱乐愁怨"的"情境"诗,由于它们不停留、不满足于"物境"的展示,而能在"张于意而处于身,然后驰思"的过程中"深得其情",较多地给人以同情共鸣的余地,因此,其构成的"情境"在心灵化程度上要比"物境"高出一个层次以及品位。从王氏的行文看,二者的区别大致可以归结为以下三点:"情境"是"娱乐愁怨皆张于意而处于身",也就是诗人将自己积蓄已久的情绪展开在佛教理论所谓的"意识"以及"法境"之下加以反观的产物;而"物境"则仅仅是"张泉石云峰极丽绝秀者""处身于境,视境于心",换言之,是诗人把自然景物最具美感的部分,在"眼识"以及"色境"中进行内心观照,最终形成其表象的结果。前者是叔本华讲的"感情的直观",后者是他讲的"表象的直观"(参阅叔本华《作为意志和表象的世界》）。二者的区别，此其一也。其二，"情境"是在感情直观的基础上"然后驰思"；而"物境"是在表象直观的前提下"然后用思"。都是"思"，一个是"驰"，一个是"用"，它们在"思"亦即想象的深广程度上也是大不一样的。正因此，其三，"情境"以"深得其情"为目标，而"物境"则只以"故得形似"为满足，二者所营构的审美空间，其纵深大小，也就自然而然地各不相同。

在王昌龄那里，"意境"无疑是作为诗的三境中心灵化程度最高的一种境界被提出来的。它既是对"物境"和"情境"的承袭，又是对二者的超越。如果说，"物境""了然境象，故得形似"，其特点在于执着于物内；"情境""深得其情"，其特点在于深入于情内；那么，"意境"则是要从物内、情内超脱出来，进入一个更为广阔自由的审美空间。较之"物境"，它和"情境"一样，是要从物内走向物外，要通过感情的直观而"深得其情"；较之"情境"，它是要从情内走向情外，要将自己一己的生命体验，接通并汇入天地万物的生命本源，最终达到"则得其真"的形而上高度。显然，王昌龄认定，"物境"虽然"故得形似"，却并未"得其真"；"情境"虽然"深得其情"，也同样不曾"得其真"。可见，"真"作为诗的境界最高度的标志，只能属于"意境"一家所独有。

那么，对这一"真"字，究竟应该作何理解呢？在先秦哲学中，"真"是道家用以表达道作为人与天地万物的生命本体的专门用语。《道德经》二十一章云："道之为物，惟恍惟惚。惚兮恍兮，其中有象；恍兮惚兮，其中有物；窈兮冥兮，其中有精。其精甚真，其中有信。"[11]这大概是"真"字的最早出处。据王弼注："窈冥，深远之叹"；"物反窈冥则真"。意思是，道作为生命本体，除了"恍惚"即混沌的一面，还有"窈冥"即深远的一面。如果能进入这种混沌、深远的境地，那就得道了，即是真。与老子同而又异，庄子哲学讲"真"，虽然也与天地万物的生命本源相关，但主要是指人的自然本性，也就是生命本性。《庄子·渔父》篇云："真者，精诚之至也。"它把"真"当作礼的对立面："礼者，世俗之所为也;真者,所以受于天也,自然不可易也。故圣人法天贵真,不拘于俗。"[12]可以看得很清楚,庄子所谓"真",是与其审美自由观联系在一起的。他认为,一个人要想"真",必须"精诚之至","不拘于俗",回归自己的生命本性,亦即天地万物的生命本源。和庄子哲学非常类似,佛教理论也强调"真"。它们的"真",与天地万物无涉,专指人的"真如"本性,即存于人心中的佛性。

弄清楚了道释两家所赋予"真"的本来意义,王昌龄讲"意境"的核心在于"得其真",也就容易理解了。他要求诗人从物内走向物外,从情内走向情外,究其实,是要求诗人在超物之后进而超我,最终回归到人和天地万物的生命本体,进入"得其真"亦即得其道的形而上境界。我这样说,可以举古代诗学与画论的相关资料作为佐证。东晋诗人陶渊明《饮酒》诗云:"此中有真意,欲辩已忘言。"这两句到苏轼那里,"以为知道之言"。于此可见,"真"即道,道即"真",二者是一回事。五代画家荆浩《笔法记》提出"画者,画也,度物象而取其真。"这里的"取其真",即王昌龄所谓"得其真"。荆浩为了说明以上命题,他在同一篇文章中,还专门分析了"真"与"似"的区别:"似者,得其形,遗其气;真者,气质俱盛。"[13]看得出来,"真"在其本义上,就是指气韵生动,就是指生命。

其实,王昌龄以上就"物境""情境""意境"所作的划分,和王国维讲境界或"以境胜""以意胜""意与境浑"的三种情况是基本对应和一致的。应该说,他们关于诗的境界的分类,完全切合古典诗词的实际,而且,可以轻而易举地从许多具体文本那里,找到相应的例证,如杜甫的"两个黄鹂鸣翠柳,一行白鹭上青天。窗含西岭千秋雪,门泊东吴万里船"(《绝句四首》之三),呈现的不就是一种"以境胜"的"物境"吗?又如陆游的"死去元知万事空,但悲不见九州同。王师北定中原日,家祭无忘告乃翁"(《示儿》),呈现的不就是一种"以意胜"的"情境"吗?而李白的"故人西辞黄鹤楼,烟花三月下扬州。孤帆远影碧空尽,惟见长江天际流"(《黄鹤楼送孟浩然之广陵》),呈现的恰恰正是那种"意与境浑"的"意境"。

然而,如果我们的讨论范围不限定在古典诗词,而是将其扩展到包括现代新诗与外国诗在内的整个诗歌领域,那么,实事求是地看,除了六朝齐梁之际那些以"巧构形似之言"而著称的山水诗,纯粹表示"物境"的诗,就算在古代也是少之又少,到了现代,更可谓难觅踪迹;而真正做到"意与境浑"的所谓"有意境"之作,也并不多见。大量的诗,呈现的基本都是"情境"。惟其如此,对于我们来说,诗的境界的划分,主要是一个"情境"与"意境"的鉴别,以及不同"情境"的区分问题。且看这样两首诗:

　　白日依山尽,黄河入海流。欲穷千里目,更上一层楼。

　　　　　　——王之涣:《登鹳鹊楼》

　　君不见黄河之水天上来,奔流到海不复回。君不见高堂明镜悲白发,朝如青丝暮成雪。人生得意须尽欢,莫使金樽空对月。天生我材必有用,千金散尽还复来……

　　　　　　——李白:《将进酒》

以上两首诗,都写到黄河东流入海,都以这一壮观的景象作为表现情感的视觉画面,但可以看得清楚,王之涣写黄河,取的是关于黄河之景,表的是对于黄河之情,景是真景,情是真情,是所谓的即景生情;而李白写黄河,与写高堂明镜一样,纯系兴之所至,借题发挥,借黄河从天而降,入海而流的景观,发自己人生有限,宇宙无穷的感叹,景是借景,情是真情,是所谓借景抒情。王诗实写黄河,基本上展示了黄河的本来面目;而李诗则是虚写黄河,基于表情的需要,不免有夸大和变形的成分。因此,我以为,前一首表现的是诗的意境,后一首表现的是诗的情境。

再看下面两首诗:

　　雅典的少女呵,我们分了手/想着我吧,当你孤独的

时候/虽然我向着伊斯坦堡驰奔/雅典却抓住我的心和灵魂/我能够不爱你吗？不会的/你是我的生命,我爱你

——拜伦《雅典的少女》

我如果爱你/绝不像攀援的凌霄花/借你的高枝炫耀自己/我如果爱你/绝不学痴情的鸟儿/为绿荫重复单调的歌曲/也不止像泉源/长年送来清凉的慰藉/也不止像险峰/增加你的高度,衬托你的威仪/甚至日光/甚至春雨/不,这些都还不够/我必须是你近旁的一株木棉/作为树的形象和你站在一起/根,紧握在地下/叶,相触在云里/每一阵风过/我们都互相致意/但没有人/听懂我们的言语/你有你的铜枝铁干/像刀、像剑/也像戟/我有我红硕的花朵/像沉重的叹息/又像英勇的火炬/我们分担寒潮、风雷、霹雳/我们共享雾霭、流岚、虹霓/仿佛永远分离/却又终身相依/这才是伟大的爱情/坚贞就在这里/爱/不仅爱你伟岸的身躯/也爱你坚持的位置,足下的土地

——舒婷《致橡树》

要说是情境,这两首诗,表现的都是一种爱的情境。然而,拜伦的《雅典的少女》,纯粹是情感的直泻,诗人通过"我"的直抒胸臆,让感情无遮蔽地袒露出来,用心声内在的律动,化作节奏、旋律等听觉形象,冲击人的心灵;而舒婷的《致橡树》,更多地倾向于情感的暗示。里面也有听觉形象,但构成情境的,主要是作为情感的象征的人化了的橡树和木棉树的视觉形象。与拜伦的诗相比,它的情感,冲击力较小,而渗透性较大。我们把前者称为直泻式的情境,把后者称为象征或者暗示式的情境。

注释

[1]沫若诗话.成都:四川人民出版社,1984:8.
[2]中国美学史资料选编:下.北京:中华书局,1981:453.

[3]美学译文:三.北京:中国社会科学出版社,1984:237~238.

[4]王国维及其文学批评.广州:广东人民出版社,1983:220.

[5]、[7]中国美学史资料选编:上.北京:中华书局,1981:285,316.

[6]、[8]、[9]、[10]中国美学史资料选编:下.北京:中华书局,1981:112,278,78,453,454.

[11]陈鼓应.老子注释及评介.北京:中华书局,1984:148.

[12]陈鼓应.庄子今注今译.北京:中华书局,1983:823~824.

[13]中国美学史资料选编:上.中华书局,1981:318~319.

本文登载于《文学概论新编》(全新修订第4版)

论诗的意象空白

诗是由一个以上的意象单位组合而成的意象群落。在这样的意象群落中,由于意、象、言三者之间的组合关系和矛盾运动所产生的弹性以及张力,存在着这样或者那样的结构性空白是可能的,而且是必然的。具体地说,我们所谓意象空白,是指诗人不曾在诗的意象群落中言传,而读者却可以凭借其诗性素养,从诗的意象群落中想见和意会的那些东西。它与绘画、书法中的飞白,音乐中的休止,戏剧中的潜台词以及后场戏,电影中的空镜头,等等,同属一个道理。简单地说,它是艺术家有感于言不尽意的困惑,而在表现中采取的一种大智若愚的无言和哑默。

一切艺术都讲空白,其中,诗的空白最多也最好。如果说,与诗相对立的科学和哲学,追求理论的彻底性,总想把事情说清楚,因而,它们在对世界条分缕析的理性切割中,往往要说尽说透为止,那么诗追求审美的含蓄和寄托,力图保持事情本身和它给人的感觉在整体上那种很难说清楚的混沌状态,所以,它在对世界点到即止的直觉观照中,则往往以少说,甚至不说为妙。只要用三言两语能够把那种混沌状态传达出来,再不多费半句口舌。喋喋不休的详尽使人厌倦,而恰到好处的无言和哑默则令人神往。对于这一点,写诗的人和读诗的人都是多有体会的。

袁枚的《随园诗话》引用其同时代人严冬友的话说:"凡诗文妙处全在于空。譬如一室内,人之所游焉息焉者,皆空处也。若窒而塞之,虽金玉满堂,而无安放此身处,又安见富贵之乐耶?钟不空则哑矣,耳不空则聋矣。"[1]严冬友指出诗的妙处在于意象空白是很有见地的,但他却未能进一步就意象空白到底妙在哪里作出分析。相对于严冬友而言,圣·勃夫和惠特曼的表述要具体和切实得多。圣·勃夫认为：最伟大的诗人并不是创作得最好的诗人，而是启发得最多的诗人；他的作品的意义不是一眼就可以看出的，他留下许多东西让你自己去追索，去解释，去研究，他留下许多东西让你去完成。惠特曼说，我自己用来说明这《草叶集》的最后定本的主要的话就是"启迪"两个字。我的目的，与其说在于说明或表现任何主题或思想，不如说是在于把你，读者，引导到那一主题或思想的空气中去，——让你在那里自己飞翔。圣·勃夫所谓"启发"，惠特曼所谓"启示"，都已经相当接近于20世纪60年代兴起的接受美学关于"充满许多空白和未定点"的召唤结构的概念。在我们看来，意象空白作为诗的意象运动的产物，就其审美特性而论，就正是这样一种具有启示和启发性的召唤结构。

诗美是通过意象呈示出来的，因之，诗美无疑应该是诗的意象之美。但如果深究一下，从意象须有空白，空白即是无言和哑默，即是召唤结构的意义上看，诗美作为诗的意象之美，其极至和最高境界，恐怕应该是诗的空白之美，即我国古代诗学所谓的"无言之美""哑默之美"，或者说是召唤结构之美。

我们说，诗美在无言和哑默，美在空白。作为一条规律，只要是好诗，在其意象群落中，就多多少少都有因无言和哑默留下的空白之处。但问题在于，不同的诗人，由于其民族和时代的文化背景不同，心理结构不同，他们所创造的诗的意象以及空白，情况也就各自不同。大体归纳一下，有这么几种类型：

一种是意象内的空白。这种空白，一般总是同描述性意象和赋的手法相联系，存在于整个意象群落的内层深处。由于诗人采用客观化的描写和叙述，他只是把描述对象（景象、物象或者事象）置于某种隐隐约约的情感氛围中和盘托出，而对这种情感到底为什么产生，是什么性质，却很少透露，或者闭口不谈。于是，在诗的意象之内，便造成了一种象显而意隐的状况。换句话说，诗的象内之意或象下之意在此是空白的，留待读者在阅读中加以揣摩。这里,不妨举李白的七绝《送孟浩然之广陵》为例:"故人西辞黄鹤楼,烟花三月下扬州。孤帆远影碧空尽,唯见长江天际流。"李白在诗中融情入景,以景写情。表面看去,纯是写景,无一涉情,但所有景语皆情语也。烟花三月句,暗示远别的凄楚迷离;孤帆远影句,暗示送行的依依惜别,行行愈远;惟见长江句,暗示由分别而造成的空旷和失落之感。所有这一切,作为象内或象下之意,李白均未点明,也就是说,它们是留在意象内的空白。正因为我们在阅读中必须"思而得之",这种象内或象下之意,才显得更其真挚而且深厚。

　　第二种是意象间的空白。这种空白,存在于从一个意象到另一个意象的过渡环节。它在有的时候和描述性意象,和赋的手法相联系;而在有的时候则和拟喻性意象,和比的手法相联系。在描述性意象那里,由于诗采用蒙太奇式的意象并列,使常有的那种因果关系被人为地斩断和取消了。而在拟喻性意象那里,由于诗人采用远距离的比喻,把两个或两个以上很少相似点的意象,出乎意料地组合在一起,其中的时空间隔被人为地扩大了。于是,不管是蒙太奇式的并列也好,远距离的比喻也好,在诗的意象间,都共同地造成了一种象断而意连的状况。换句话说,诗的象间之意在这里是空白的,需要读者在阅读中去寻找线索,最终把意象串联起来。前者如臧克家的《三代》:"孩子/在土里洗澡/爸爸/在土里流汗/爷爷/在土里葬埋"诗里出现的是三个并列的意象,它们的象间之意,即诗人所要表现的中国农民对土地的感情,我们只能自己去寻觅。后者如余光中的《乡愁》:"小时候/乡愁是一枚小小的邮票/我在这头/母亲在那头//长大后/乡愁是一张窄窄的船票/我在这头/新娘在那头//后来啊/乡愁是一方矮矮的坟墓/我在外头/母亲在里头//而现在/乡愁是一湾浅浅的海峡/我在这头/大陆在那头"全诗使用了四个大跨度的隐喻,能够把乡愁与邮票,乡愁与船票,乡愁与坟墓,乡愁与海峡联系在一起的,是诗人隐而不言,但我们却心有所感的海外赤子对大陆故土的一片思恋之情。四个隐喻，层层叠加，诗人在强调故土之恋与母爱、情爱一样深挚的同时，使故土之恋具有比母爱、情爱更其内在、执着，因而也就有更其动人心魄的感染力。

  第三种是意象外的空白。这种空白，通常和象征性意象，和兴的手法相联系，存在于诗的意象群落的外部空间。细细地分析一下，里面也有两种情况。一种情况是，由于诗人在全诗结尾处，在最后一个意象，采用电影空镜头一般的象征，因而，如同踏板，一下把读者的审美注意弹送到了诗的外部空间，给人以余味不尽之感。我们看岑参的《白雪歌送武判官归》的最后几句："轮台东门送君去，去时雪满天山路，山回路转不见君，雪上空留马行处……"便是如此。另一种情况是，由于诗人以某一中心意象为辐射点，采用或是直接点明，或是复用，或是在上下文的语境中烘托的手法，把诗的整个意象群落变成一个多向度辐射的总体象征，因而，读者读完全诗，觉得诗中所写，似乎是这回事，似乎又不是这回事，在捉摸不定中，进入诗的外部空间，产生自由联想。这种情况，古典诗词中也有，但更为常见的，是在现代诗中，如艾青的《礁石》："一个浪，一个浪/无休止地扑过来/每一个浪都在它脚下/被打成碎末，散开//它的脸上和身上/像刀砍过的一样/但它依然站在那里/含着微笑，看着海洋"把礁石这一日常生活的否定性对象写进诗里，并赋予它以肯定性意蕴，说明我们面对的不是通常的描述，而是象征；不是为社会大众所熟悉的公立象征，而是仅仅被艾青一人所使用的私立象征。正因为如此，诗的外部空间就显示出无边开放的态势。每一个读者都可以根据自己的创造，对其中的象外之意进行阐释，所谓"仁者见仁，智者见智"。在这种情况下，诗的意义就不是只有固定的一种，而是有无限多样的阐释的可能性。正如艾略特在《诗歌的音乐性》一文里所言："一首诗对于不同的读者可能显示出多种不同的意义。这些意义可能都并不是作者的原意……而一个读者的解释，虽不同于作者的原意，有时却同样的得当，甚至比作者的原意更好。因为一首诗原可能存在有不为作者所自知的更多的意义。"[2]以上两类情况,有一个共同点:由于采用了象征,在诗的意象外,造成了一种象止而意生的状况。换句话说,诗的象外之意在这里是空白的,引发读者在阅读中去自由地想象和创造。

第四种是关于"直白诗"的空白。在讨论了上述三大类的意象空白以后,有必要把直抒胸臆的诗,即所谓"直白诗"的意象空白问题,作为一个特例,加以专门的讨论。

直白诗,在我国古典诗词中绝少,但也不是没有,王国维在《人间词话》中举到的那些"专作情语而妙者",就属此例。这类诗,在带有浪漫主义气质的诗人,如屈原、李白、苏轼、陆游那里,以及民间的一些爱情诗那里,我们时有所见。然而,它作为一个诗的类型,引起广泛的社会注意,则是在近代浪漫派出现之后。在西方,如拜伦、雨果、席勒、雪莱、惠特曼等的诗作,在中国,如郭沫若、徐志摩等的诗作中,不少就是直白诗。

在讲到直白诗的意象空白之前,先有一个问题需要解决,这就是:直白诗到底有没有意象?西方许多诗歌理论家认为,直白诗不描写具体的物象,因此,没有意象可言。我觉得这种看法是片面的。第一,纯粹的直白诗是极为罕见的,大部分直白诗都有意象片断。例如,它们有时也使用比喻,不管是明喻,还是隐喻,里面多少都包含着一定的情景和情貌因素。这些情景和情貌因素,虽不以完整的物象呈现,但仍可以作用于内心视觉,因而,无疑应该把它们当作意象来看待。第二,即便是不描写物象,不使用比喻,在直白诗的灵魂倾诉中,我们看到了抒情主人公的内在情事和情态。这种情事和情态,应该说,是较之情景之类更加心灵化的视觉形象。第三,除此而外,直白诗还特别讲究诗的内在节奏,诗的气势和旋律,一句话,讲究诗的情韵。这种情韵,表达和唤起的是听觉表象。从宽泛的意义上讲,它也仍然是一种意象。默里说必须"从脑子里坚决摒除意象仅仅是或者主要是视觉的认识。"他认为,意象"可以是视觉的,可以是听觉的",或者

"可以完全是心理上的"[3]。默里对意象的宽泛理解,与我们上述意见是一致的。

直白诗有意象,这是不成问题的。问题在于,像它那样以听觉表象为主的意象群落,到底能否留下空白?一提到直白诗,在人们的感觉中,似乎都是一泻无余,不留空白。应当承认,确实有这样的直白诗。但这样的诗,既然直得连个弯都不拐,既然与空白无关,与诗美无关,自然,也就算不得真正的诗。而好的直白诗,则往往直中有曲,在一泻千里的情感大潮下,留着许多迥然不同于以上三种类型的意象空白。郑文焯对东坡乐府的点评中,有一番话值得我们注意。他说:"以曲笔直写胸臆,倚声能事尽之矣。"[4]他所谓"曲笔直写胸臆",即直中有曲之意。

我们说好的直白诗,往往直中有曲。这个曲,可以理解为心曲,即内心深处的某种矛盾冲突,以及由此引起的心理上和精神上的二律背反现象。这里,我想引两位西方诗人的话作为佐证。一位是彼埃尔·勒韦尔迪,他说:"想要更好地认识自己和不断审察自己的内在潜力的愿望,想弄清楚压在自己的心头和思想上的大量无比沉重的忧虑的模糊要求,推动着诗人去进行创作。因为诗歌,甚至看上去最平静的诗歌,总是一种真正的心灵的悲剧。它的情节是深奥而扣人心弦的。"[5]燕卜荪也这样认为:"诗人应该写那些真正使他烦恼的事,烦恼得几乎叫他发疯。……我的几乎较好的诗都是以一个未解决的冲突为基础的。"[6]在我们看来,彼埃尔·勒韦尔迪和燕卜荪之所言,对直白诗是有普遍性的。我们把这种"烦恼得几乎使人发疯"的内心冲突,这种"心灵悲剧"中"深奥而扣人心弦"的情节,称为情结。

这样的情结,有纯属情绪型的,也有意绪型或者哲理型的。情绪型的情结,在直白诗中,通常表现为在色调和性质上截然相反的两种或两种以上的情绪如乱麻一般的纠葛。诗人自己不曾把它理清,也不想把它理清。在瞬间的冲动下,他就这样按其产生于内心深处混沌含糊的本来样子,端出来献给了读者。读者读着这样的诗,分不清是喜怒哀乐,还是酸甜苦辣,只觉得在其中有很多需要回味,也值得回味的东西。其所以如此,原因就在于,这种情绪型的情结,本身就是一片空白。且看《古诗源》中所录的一首无名氏留下的《箜篌引》及有关说明文字:"有一白首狂夫,披发提壶,乱流而渡,其妻随而止之,不及,遂堕河而死。妻援箜篌而歌之,作《公无渡河》之曲,声甚凄怆,曲终,亦投河而死。公无渡河,公竟渡河,堕河公死,当奈公何?"这是一首直白诗,但却是一首撼人心魄的直白诗。之所以撼人心魄,是因为它的直言而呼,自有情绪的漩涡包含在其中,或者如彼埃尔·勒韦尔迪所说,有一段"深奥而扣人心弦"的悲剧情节包含在其中。丈夫不听自己的劝阻,"乱流而渡","堕河而死"。面对此情此景,身为妻子的作者,其气恼的程度是可以想见的。然而,不管怎么说,这一"白首狂夫"毕竟是自己的丈夫,现在他死了,作者于气恼之中,又有一种揪心裂肺的悲痛,一种无限的爱怜相伴随。说不清是气,还是爱;是恼,还是痛。好像打翻了五味瓶,各种情绪交叉扭结在一起,形成了一个"剪不断,理还乱"的情绪性情结,令人在感慨之余,回味无穷。

除此而外,在直白诗中,还有一种颇具哲学意味的意绪型的情结。这种情结,常常出于诗人对自我生命本体和宇宙本体的某个方面所进行的形而上的思考。它是诗人对自身灵魂残酷拷问的产物,是诗人力图超越痛苦、又不免堕入更深的痛苦的心灵过程的记录。诗人的思考,诗人的拷问,诗人的超越和痛苦,不约而同地集中在诸如生与死、灵与肉、情与欲、人与自然、人与上帝这样一些可以称之为精神怪圈的玄学问题上。诗人满蘸着心血的思考,不可能获得终极的结果。可以说,它只是提出了问题,而没有解决问题。然而,这个被提出而未解决的问题,作为普遍地折磨和苦恼着人类的一个情结,其本身就表现为诗的意象空白。只要多多少少有过类似体验和思考的读者,在这样的情结和空白面前,也都必然会陷入哲学的沉思之中。俄国诗人丘特切夫的名诗

《沉默》,可以视为上述意绪型情结的典范之作:"沉默吧!隐匿你的感情/让你的梦想深深地藏躲/就让它们在心灵深处/冉冉升起,又徐徐降落/默默无言如夜空的星座——/观赏它们吧,爱抚,而沉默//思绪如何对另一颗心诉说/你的心事岂能使别人懂得/思想一经说出就是谎/谁理解你生命的真谛是什么/搅翻一泓泉水,连清带浊/自个儿喝吧,痛饮,而沉默//只要你会在自己之中生活/有一个大千世界在你心窝/魔力的神秘的世界充满其中/别让外界的喧嚣把它震破/别让白昼的光芒把它淹没——/静听它的歌吧,静听,而沉默"在诗人所表现的孤独体验里,涉及包括生命、语言、世界、上帝等在内的一系列形上世界的问题,诗人全身心地沉溺在里面,体味着它,把玩着它,在平静中深思,在痛苦中沉默。作为读者的我们,也情不自禁地与诗人一起守护着这一意绪型情结,深思而且沉默。

由于文化背景不同,中国人的人生哲学更多地带有入世倾向,因而,不论在古典诗词中,还是在五四以后的新诗中,很少有丘特切夫那种带着浓厚的玄学意味的直白诗。自古以来的那些诗哲(哲学家气质的诗人),他们的思考往往徘徊于形而上与形而下之间。屈原的《天问》也许是一个绝无仅有的例外,更大量的是像陈子昂的《登幽州台歌》、刘希夷的《代悲白头吟》、张若虚的《春江花月夜》那样的作品。虽然陈子昂的《登幽州台歌》被李泽厚先生认为是表现了一种"伟大的孤独感";刘希夷诗中的"年年岁岁花相似,岁岁年年人不同"、张若虚的"江畔何人初见月,江月何时初照人"等,也被闻一多先生认为表现了一种"强烈的宇宙意识",但在思辨的纯粹性方面,它们还是和西方那些以意绪型情结为其特征的直白诗有所区别。我们这样说,倒并非认为中国没有表现意绪型情结的直白诗。中国也有这样的诗,而且在某种程度上还更令人沉思回味,但应当承认,这是一种与西方人截然不同的东方式的思考。以苏轼《水调歌头·明月几时有》为例:"不应有恨/何事长向别时圆/人有悲欢离合/月有阴晴圆缺此事古难全/但愿人长久/千里共婵娟"在这里我们看到的,不是丘特切夫式的对人生的回避,而是对人生的依恋;很少宗教气息,却更多人间意味。要说其中也有内心的矛盾冲突的话,这种冲突很大程度上表现为出世与入世的冲突。因此,相对于西方的那种意绪型情结,苏轼的情结虽然没有到令人发疯的地步,但在平和达观中,却"别有一番滋味在心头"。

直白诗所表现的情结,作为供人回味和沉思的意象空白,在形态上,与前面讲到的意象空白的三种类型,有不同点,也有相同处。它既在诗的意象群落之内,又在诗的意象群落之外。如果要勉强地加以归类,可以称之为意象内外相交叉的情结空白。

注释

[1]袁枚.随园诗话(13).北京:人民文学出版社,1960:461.
[2]叶嘉莹.中国古典诗歌评论集.广东:广东人民出版社,1982:191~192.
[3]〔美〕韦勒克,沃伦.文学理论.北京:三联书店,1984:203.
[4]龙榆生编选.唐宋名家词选.上海:古典文学出版社,1956:113.
[5]法国作家论文学.北京:三联书店,1984:135.
[6]王佐良,燕卜荪,奥登,司班德.读书.1987(4).

本文刊发于《西北大学学报》(社科版)1999年第1期

谈诗的意象创造的理想状态

明人谢榛在其所著《四溟诗话》卷一,就三位中唐诗人进行过一番颇耐人寻味的比较,他说:

> 韦苏州曰:"窗里人将老,门前树已秋。"白乐天曰:"树初黄叶日,人欲白头时。"司空曙曰:"雨中黄叶树,灯下白头人。"三诗同一机杼,司空为优:善状目前之景,无限凄感,见乎言表。[1]

谢榛在此,讲"三诗同一机杼",是讨论作为比较出发点的三者之同;讲"司空为优",又是讨论作为比较归结点的三者的同中之异。关于三者之同,同在何处?谢榛不置一语;而关于三者的同中之异,又异在哪里,吝于言辞的他,在下了"司空为优"的判断之后,也只是点到即止地说了两句"善状目前之景,无限凄感,见乎言表",就打住了。至于司空曙如何"善状目前之景",其"无限凄感"又怎样"见乎言表"之类问题,谢榛皆引而不发,付诸阙如,给后世留下了体悟与解读的巨大空间。下面,我拟引入康德的最高度论以及严羽的入神说作为理论参照,尝试着对谢榛含而不露的言下之意,做一点补充性诠释。

康德是在《判断力批判》一书提出意象创造的"最高度"范畴的。他指出,诗人为了把超验或抽象事物的理性概念,"翻译成可以用感官去察觉的东西",总是"越出经验范围之外,借助于想象力追踪理性,力求达到一种最高度,使这些事物获得在自然中所找不到的那样完满的感性显现"[2]。可以与康德的最高度范畴构成互证的,是我国南宋时期的诗学家严羽《沧浪诗话》里首倡的"入神"范畴。他说"诗之极致有一,曰入神。诗而入神,至矣,尽矣,蔑以加矣。惟李杜得之,他人得之盖寡也。"[3]以上,康德讲"最高度",讲"理性概念完满的感性显现",严羽讲"入神",讲"至矣,尽矣,蔑以加矣"的"诗的极致",虽然说法各个有别,但究其实,他们都是意在展示一条通向完满的理想主义之路,或者说,其追求的都是审美意象创造的某种理想状态,亦即谢榛所谓"司空为优"的"优"。弄清楚这一点,谢榛含而不露的言下之意,也就基本了然了。

按我的理解,韦应物、白居易、司空曙诗中的三联,其机杼皆是要通过上下句的对偶,在类似于电影的平行蒙太奇的结构中,借树喻人,以"已秋"之树,暗示"将老"之人(韦应物);以"初黄叶"之树,暗示"欲白头"之人(白居易);以"黄叶树",暗示"白头人"(司空曙),从而表达诗人对个体生命在时间维度上任谁也难以逃脱的迟暮及衰老的悲剧性体验。在这一方面,三者的构思,包括选材、立意等在内,都别无二致,"三诗同一机杼",即此之谓也。谢榛的比较,便是由这"同一机杼"出发的。而在经由文本的比较之后,谢榛凭借其直觉认定,司空曙那一联,要优于韦应物和白居易的两联,其优就优在"善状目前之景,无限凄感,见乎言表"。

我们知道,诗是借由意象创造来营构供人沉思和回味的审美境界的。而意象说到底,不外乎情与景,亦即意与象两端。谢榛正是从意与象两端来考察并称许司空曙的。说"善状目前之景",显然是指其外显的象而言;说"无限凄感,见乎言表",则无疑是指其内蕴的意而言。那么,韦应物和白居易的意象创造,又因为哪方面的缺失而不如"司空为优"呢?

韦诗写"窗里人将老,门前树已秋",究竟"已秋"之树,及"将老"之人是何等样子,我们却看不清楚。主要是因为,韦诗没有抓住并在诗中突出地显示出秋之为秋、老之为老带标志性的特征,仅只用一个秋字、一个老字这样的非诗性语汇作了一般化的泛泛表述,难怪诗中之象不免显得空洞而且抽象,使人在视觉上无从把握,也就难以借助其应有的冲击力唤起读者对于诗人想要表达的迟暮及衰老的生命体验的同情共鸣。拿康德的尺度衡量，韦诗所创造的审美意象，其意的"理性概念"通过象来"感性显现"，离"完满"的最高度，尚差距甚大。换作严羽的尺度，情况也是如此，远未达到"至矣，尽矣，蔑已加矣"的"诗之极致"，即所谓"入神"的境地。一言以蔽之，其意象创造，还没有进入审美的理想状态。

白诗写"树初黄叶日，人欲白头时"，较之韦诗可谓大有改观。此一点集中体现在，它把树之"已秋"换成了"初黄叶"；把人之"将老"换成了"欲白头"，标明其已找到秋与老的标志性特征，即"黄叶"与"白头"。这不能不视为白诗在观察和表达方面的一个突破。但可惜的是，中间"初黄叶"的"初"字，"欲白头"的"欲"字，仍因其义界在时间上的诸多不确定性，而使诗中之象，轮廓有失模糊，恰如一具棱角分明的雕塑，被人在不经意间罩在了影影绰绰的纱幔之下，于是，本可以活灵活现地呈示的图景，由于纱幔的遮蔽，顿时便失去了有棱有角可见可观的真切感，进而也就不能不影响到意象所蕴含的迟暮和衰老的生命体验在向读者传播过程中的热度与强度。还用康德的"最高度"及严羽的"入神"的尺度衡量，白诗所创造的审美意象，虽较韦诗有很大的超越，但其不论在"理性概念（意）的感性显现（象）"的"完满"程度，亦即最高度上，抑或在"至矣，尽矣，蔑已加矣"的"诗之极致"亦即入神的程度上，都功亏一篑，留有一段不小的差距。由此而言之，白诗的意象创造，也还未能达至审美的理想状态。

分析完韦诗与白诗的不足，司空曙的优点便可看得一清二楚。其所写的"雨中黄叶树，灯下白头人"一联，已然摆脱了诸如"已秋""将老"之类非诗性语汇的困扰，在此基础上，还进一层掀掉了"初黄叶""欲白头"等等纱幔一般的遮蔽，使"黄叶树""白头人"的形象从文本由对偶形成的平行蒙太奇中脱颖而出，在树与人的两相映衬对照下，建构成具有强大视觉冲击力的所谓"目前之景"。不仅如此，而且它又颇具创意地将"黄叶树"置于暮秋冷飕飕的"雨中",将"白头人"置于深夜昏沉沉的"灯下",此一背景的移置转换,立即把诗的悲剧性气氛渲染到极致。读者面对着这样并列的两个镜头:一边是黄叶树在冷雨中飘零;一边是白头人在寒灯下煎熬,那种生命在迟暮与衰老过程里无可奈何的悲切和凄凉之感,顿时间便从心头油然而生。司空曙短短的两句十字,使其如谢榛所言,在成就了"善状目前之景"的象的外观的同时,也获得了"无限凄感,见乎言表"的意的内涵。这样的意象创造,作为"理性概念完满的感性显现",作为"至矣,尽矣,蔑已加矣"的"诗之极致",无疑代表着一种堪称最高度或者入神的审美理想状态。

需要说明的一点是,以上用以比较的三位中唐诗人,就其人其诗的整体而论,不论是白居易,还是韦应物,他们二位在唐诗发展史的地位,皆高出于司空曙之上。但若是仅仅就"同一机杼"的三个具体文本而论,那么,在审美意象的创造上,在"理性概念的感性显现"上,在向"诗之极致"的攀登上,在最高度或入神的理想状态的实现上,应该说,谢榛言之成理,确实以"司空为优"。

注释

[1]四溟诗话·薑斋诗话.北京:人民文学出版社,1961:12.
[2]朱光潜.西方美学史:下卷.北京:人民文学出版社,1964:399~400.
[3]历代诗话:下.北京:中华书局,1981:687.

第三辑
一得诗品

现代新诗部分

诗的幻觉、想象与情感

　　与苏轼在《江城子·乙卯正月二十日夜记梦》一词的后半阕,写夜来梦见十年前亡故的妻子王氏,表现的只是片断性幻觉略有不同,下附郭沫若《天上的市街》,表现的基本是整体性的幻觉,构成为一种幻境。写于1921年10月24日的这首诗,很可能是诗人在当晚凝视夜空的产物。作为瞬间的感觉错乱,它呈示为浑然如整体的诗的幻境。若是仅仅由局部观之,这首诗没有一丁点儿感觉错乱的成分,一切都有如人世间实际存在的那样;然而,也正因此,转而由整体观之,它们作为无限扩放了的感觉错乱,才显示其进入幻境的程度之深。诗的幻觉,是由第一节"远远的街灯"与"天上的明星"二者的混淆开始的。在此基础上,诗又随之虚拟了空中"美丽的街市""浅浅的天河"以及"骑着牛儿来往"的"牛女"等情状,从而呈现出一个天上人间的幻境。先是由人间构想天上,进而又将天上写成人间。诗中五次出现的"定然"二字,把明明是莫须有的幻境,当做实际存在的真实世界来加以判断。特别是最后两句:"不信,请看那朵流星/是他们提着灯笼在走",其历历在目的画面,其坚信不疑的语气,作为灵光一闪,在将整个幻境推向极致的同时,也恰好从或另一侧面说明了诗人特定瞬间在无意识状态的沉迷。弗洛伊德所谓"诗的白日梦",大概也不过如此吧?

　　我们讲诗的幻觉或幻境,换一种说法,即诗的变形。诗是变形的艺术,没有变形,就没有诗美可言。综合中西方关于诗的变形的心理学研究,我在《中国当代诗学论》一书,曾经梳理出这样的一条线索:变形→想象→情感。我以为,正是情感的驱动,激发了诗的想象;又正是想象的创造,造成了诗的变形。变形最早是物理学概念,如果说,物理学讲的变形,是外在的力起作用的结果;那么,诗的变形,则显然是内在的力(可以名之为心力)起作用的产物。这种内在的心力,就表层而论,是诗的感觉错乱;就内层而论,是诗的想象创造;就深层而论,则是诗的情感驱动。试拿郭沫若早期的诗与其晚期的诗进行比较,我们便会发现情感、想象和变形三者的因果关系。早期的诗,如《天上的市街》已见前引,而晚期的诗,且不提那些旧体诗词的奉和之作,即便是出版于20世纪50年代,因官方和媒体交相炒作而曾在一时间红得发紫的诗集《百花齐放》,也颇能说明问题。现将该集内《石蒜》一诗作为陪衬照录如后:

> 我们是野草,花和叶不能见面/秋天抽出花梗开出红花如团/筒状花裂成六出,花蕊挺出花间/花谢后标出浓绿的叶片如蒜//我们全身都有毒,但请不要害怕/我们的用处很多,看你怎么用法/可以催吐,治癣,并医治无名肿毒/把浆汁涂入泥壁中还可以防鼠

同出于郭沫若一人之手,为什么《天上的市街》表现整体性的幻境,显得如此诡谲奇丽?而《石蒜》前一节虽则看似平平,却多少还能看得下去;而后一节则像如今频现于报端的广告文字,不仅绝无情感与幻觉可言,充斥于其间的也只是庸常生活里的那种实用理性,读来令人昏昏欲睡。将两者作一比较,打眼望去,似乎是变形亦即感觉错乱的幅度大小之别;仔细想来,分明是想象创造的力度强弱之别;而归根到底,实乃情感驱动的热度高低之别。写《天上的市街》的时候,虽然五四已过去两年有余,但全国上下仍处在由这一运动引发的除旧布新的氛围之中。郭沫若又正当青春期,其情感之丰沛、想象之活跃,使作为《女神》作者的

他，自然而然便充当了那个奔腾激荡的伟大潮流的代言人。而写《百花齐放》的当儿，郭沫若居庙堂之高，已身不由己，五四时期那颗"感于哀乐"的心，即便在极"左"路线才刚刚露头的20世纪50年代中期，也早就显出疲惫、委顿的迹象。在这样的精神状态下，自然也就谈不到什么情感的驱动、想象的创造和变形亦即感觉的错乱了。于此可见，变形→想象→情感作为诗的创作规律，即便是对于如郭沫若此等新诗大家，也是不能有所例外的。个别论者在言及这一"郭沫若现象"时，曾以诗人心理的老化予以解释。究其实，此中之因果缘由，若不做"知人论世"的考察，又岂可以一个"老"字草草了断？

附原诗如下：

  远远的街灯明了/好像是闪着无数的明星/天上的明星现了/好像点着无数的街灯//我想那缥缈的空中/定然有美丽的街市/街市上陈列的一些物品/定然是世上没有的珍奇//你看，那浅浅的天河/定然是不甚宽广/我想那隔河的织女/定能够骑着牛儿来往//我想他们此刻/定然在天街闲游/不信，请看那朵流星/是他们提着灯笼在走

        ——郭沫若：《天上的市街》

一次罕有其匹的灵魂拷问

闻一多的《口供》,称得上是一首奇诗。之所以这样说,不仅是因为其形式:包括独特的建行和排列、整齐而又多变的押韵等等;而主要是在于它的精神内涵,通过灵魂拷问所达至的、那种在古今中外的诗作中罕有其匹的人性深度。

诗的第一句突兀而起:"我不骗你,我不是什么诗人",一下子便把读者推向匪夷所思的困惑之中。困惑就困惑在,早在写这首《口供》之前,闻一多就以其诗集《红烛》而蜚声诗坛。为什么这么一位被社会所公认的著名诗人,却在其《口供》的开头,言之凿凿地声称"我不是什么诗人"呢?闻一多这样讲,是故作惊人之语吗?显然不是;是其自律太过严苛吗?也不完全是。那么,诗人所言究竟是因何而起呢?

为了阐明个中缘由,我们不妨从写在《口供》前几年的《诗人》一诗的第三小节说起:"又有些人比我作一座遥山/他们但愿远远望见我的颜色/却不相信那白云深处里/还别有一个世界——一个天国"。其言下之意,明眼人一看便知。闻一多认为,诗中"别有""一个天国",而诗人则应该是"天国"的一位臣民。此一想法,与柏拉图对其"理想国"以及要将诗人逐出理想国的表述无疑是一致的。正因此,当闻一多从"天国"臣民的高度检点自身时发现,"我"纵然具备不少为诗人所应有的心理禀赋。例如,爱"白石的坚贞"、爱"青松和大海"、爱"鸦背驮着夕阳,黄昏里织满了蝙蝠的翅膀"之类的美景、爱"英雄"、爱"高山"、爱"一幅国旗在风中招展"、爱"从鹅黄到古铜色"的各色"菊花",还甘于清贫自守,以至把"一壶苦茶"当做"我的粮食"等,一句话,我是一个求真的我、向善的我、爱美的我,可是,在不间断的精神反思中，闻一多又发现，自己的灵魂深处"还有一个我"，与上述那个追求真善美的我炯乎有别，这个我多少显得卑微、龌龊，就像诗中所写："苍蝇似的思想，垃圾桶里爬"。对于闻一多而言，前者固然是真实的，后者也同样是真实的。恰恰是上述两个我、尤其是后一个我的发现，才使这位心灵完美主义者，最终作出了"我不是什么诗人"的自我判断。

　　同闻一多写作《红烛》和《死水》几乎同步，顶多略早几年，奥地利精神病科医生、心理学家弗洛伊德出版了《精神分析引论》（1915—1917）、《超越快乐原则》（1920）、《自我与本我》（1923）等一系列著作。这些晚期代表作的先后问世，标志着由其开创的精神分析理论作为深度心理学的庞大体系的最终完成，因之，便从西方到东方再到中国大陆，相继刮起了一阵阵强大的弗洛伊德旋风。正是在这些著作中，弗洛伊德把其前期提出的意识—前意识—无意识亦即潜意识的精神分析三层次论，深化和改造为超我—自我—本我的人格分析三层次论，而且还进一步指出，超我体现理想和道德的原则；自我按超我的意向监管本我，遵循现实的原则；而本我则基于其本能和欲望的驱使，奉行快乐的原则。至今尚无资料证明，闻一多接触并阅读过弗洛伊德的此类著作，但他作为跨洋过海的赴美留学生的一员，作为"睁开眼睛看世界"（毛泽东语）的人文知识分子中感觉敏锐、思想活跃的一员，在弥漫全球的此种学术氛围下，直接或间接地接受过弗洛伊德的思想影响，恐怕应该是在所难免的事情。《口供》一诗在详尽地表现那个趣味高尚、志向圣洁的"我"的同时，一言带过地提示了"还有一个我"，虽然字里行间并未言明在"垃圾桶里爬"的那些"苍蝇似的思想"，究竟是什么样子，但从中我们依然可以对应地看见弗洛伊德所谓超我与本我的影子。其实，由本我的本能和欲望所激发的那些"苍蝇似的思想"，作为人皆有之的性情之常，其本身并没有那么可怕，那么肮脏。人性中固然有崇尚英雄气质和君子风度，或者说神性的一面，也难免有作为动物性遗留的魔性的一面；有虎气，也有猴气；恰如普天之下有阳光也有阴影一样。"一阴一阳之谓道"，说明人性的两面性是不以个人意志为转移的一个普遍规律。闻一多在诗里对"还有一个我"的渲染，究其实，只不过为了倡导读者"认识你自己"，借以引起他们的灵魂震撼罢了。

　　需要说明的一点，闻一多是否受到过弗洛伊德的影响，这对《口供》一诗的产生，并非决定性的因素。问题的关键在于，诗人在这个过程中所呈示的自审意识的高度自觉性。我之所以将《口供》称为罕有其匹的灵魂拷问，是因为，在我的阅读范围内，我不敢说类似这样的灵魂拷问，在整个世界绝无先例可循，但在中国自古及今的诗歌史乃至文学史中，恐怕是独一无二的。仅仅凭借这一点，闻一多及其《口供》，就值得大书特书。也许正因为有《口供》在先，才有了他在昆明面对枪口、慷慨赴死的最后一次演讲。所谓无私者无畏，闻一多便是最好的例证。

　　附原诗如下：

　　　　我不骗你，我不是什么诗人/纵然我爱的是白石的坚贞/青松和大海，鸦背驮着夕阳/黄昏里织满了蝙蝠的翅膀/你知道我爱英雄，还爱高山/我爱一幅国旗在风中招展/自从鹅黄到古铜色的菊花/记着我的粮食是一壶苦茶//可是还有一个我，你怕不怕/苍蝇似的思想，垃圾桶里爬

　　　　　　　　　　——闻一多：《口供》

《黄鹂》:一个悲剧性的自我预言

都说徐志摩的诗以旋律的轻盈流转、画面的明艳俏丽著称,这一特点,我们在《雪花的快乐》《莎扬娜拉》《再别康桥》《偶然》等众多诗作中已多有体认。但以我之见,最能代表徐志摩的上述风格者,则似乎非《黄鹂》一诗莫属。仅仅是两节、十行,加上标点也不过百字的小诗,竟活脱脱地勾勒出黄鹂这一充满动感、又充满朝气的小精灵的意象。有如惊鸿一瞥,其周身上下,可以说,每一个细胞都洋溢着生命的意味,让身为读者的我,顿时眼前一亮,以至于终生难忘。

然而,在细细品读之下,却不禁鼻根发酸,我在其动感和朝气的背后,又生出一丝莫名的感叹。因为在无意识深处,我将《黄鹂》一诗与其作者徐志摩联系到了一起,由黄鹂的"翘着尾尖,它不作声/艳异照亮了浓密——",想到同样也"像是春光,火焰,像是热情"的徐志摩,及其在20世纪20—30年代之交,奔走于北平、上海和硖石等地,忙碌于诗坛、校园及编辑部几端的年轻身影;进而由黄鹂的"一展翅/冲破浓密,化一朵彩云",想到徐志摩在写完这首诗之后两年,亦即1931年的11月间,为赶赴北平参加林徽因的一场关于中国建筑艺术的演讲,免费搭乘中国航空公司的邮政专机从南京起飞,结果由于在山东上空遭遇浓雾,而致机毁人亡,于是,年仅三十五岁(按阴历计算)的诗人,也竟然如同黄鹂那样,"飞了,不见了,没了——"。

徐志摩的死,与《黄鹂》所写简直一般无二。尤为诡异的是,其中还有颇多巧合,如失事的飞机名为"济南号",失事的地点正好也就在济南附近;包括徐志摩及机长在内的三位死者,皆是35至36上下,都在"春光""火焰"和"热情"般的年龄;如此云云,不一而足。按谶纬之学的说法,这是"诗谶"无疑。然而,如果拨开种种偶然性巧合的迷雾,在相隔八九十年后的今天,我却更倾向于从诗人感情与精神生活的某些带规律性的方面,把这首诗当做最终可以得以验证的预言来看待。

我在《诗的文化阐释》一书中提出,由诗与哲学的相摩相荡而形成的诗的智慧风貌,主要体现于彻悟和预见两个环节。这里不谈彻悟,只说预见。以往人们在论及诗与哲学的智慧风貌时,总觉得诗比哲学低一个层次。其实,哲学可以做到的,诗也同样可以做到。尤其在人的感情与精神领域,诗对未来的预见甚至比哲学更具实生活的可验证性,徐志摩的《黄鹂》便是一例。

我这样说,有资料为证。综合《徐志摩年谱》(陈从周编撰)所提供的其本人的文章或谈话的摘录,以及至亲好友的回忆片断,对于诗人的感情与精神生活的标志性特征,可以归纳为以下几点:第一、想飞是徐志摩平生最大的愿望。他发表于1926年4月19日的一篇名为《想飞》的散文,将此一愿望做了再清楚不过的表达。文中写道:"是人没有不想飞的,……凌空去看一个明白——这才是做人的趣味,做人的权威,做人的交代。这皮囊要是太重挪不动,就掷了它,可能的话,就飞出这圈子,飞出这圈子!"看看,为了实现想飞的愿望,诗人甚至已作好"掷了""皮囊"的准备。这在徐志摩并非说说而已,他想飞的愿望一直在追求和实行之中。他跟他的弟子们讲,自己第一次坐飞机,从巴黎到伦敦,因天气恶劣,在机上大晕,一路吐的不停。即便如此,诗人仍以飞行为乐。但凡出行,只要有可能,他总是把乘飞机当作第一选择,以便感受那种"带着我的灵魂","从白云里钻出","又躲在黑云去"的"快活"。

第二、徐志摩为什么老是"想飞"? 其中,有其虚和实两方面的考量。从虚的方面,亦即审美方面说,是因为,诗人认定,"这世界是太脏了,什么地方都是可丑的",生活于其间的人—如"金丝雀",被"拘禁"在"空气的牢笼里"。正因此,要想享受身心自由的那份"欢喜",就必须坐上飞机,如"闪亮的彗星一样","在天空中游荡"。

第三、从实的方面,亦即实用功利方面说,为生计、为家庭、为爱情,徐志摩需要经常性地乘机飞来飞去。因其与张幼仪的离婚以及与陆小曼的结婚,父亲一气之下,断绝了对他的一切经济资助。而陆小曼的大手大脚,更使其入不敷出,必须多处兼职授课。因此,他的日程总是安排得满满的。就在空难发生之前,原本在沈阳的女友林徽因,又被徐志摩接回北平。一方面是与陆小曼的婚姻黄灯频闪,一方面是与林徽因的恋爱旧情复燃。加之,前妻张幼仪在离异之后,始终尽心尽力地为其照料父母与孩子,这除了给他平添难言的愧疚和不安以外,还提醒作为独子的诗人,尤须时不时地赶回硖石的家,以略尽对于二老的孝心。于是,周旋于三个女性之间的徐志摩,也就不能不如穿梭般,来回不停地飞行在太空之中。

我倒不是说,坐飞机多了,一定会出事,但以数学的眼光看,这方面的概率必然会大许多。我称《黄鹂》为悲剧性的自我预言,其依据即在于,这首诗集中反映了诗人的崇尚、喜好与追求,体现了他精神生活方面的某些带规律性的趋向。徐志摩的好友陈梦家之所以说,《黄鹂》"很像是志摩一生的写照";对其有提携之功的蔡元培先生在为他所写的挽联里之所以说:"谈诗是诗,举动是诗,毕生行径都是诗,诗的意味渗透了,随遇自有乐土;乘船可死,驱车可死,斗室生卧也可死,死于飞机偶然者,不必视为畏途"。其原因也就在于以上之所论。

附原诗如下:

　　一掠颜色飞上了树/"看,一只黄鹂!"有人说/翘着尾尖,它不作声/艳异照亮了浓密/像是春光,火焰,像是热情//等候它唱,我们静着望/怕惊了它。但它一展翅/冲破浓密,化一朵彩云/它飞了,不见了,没了/像是春光,火焰,像是热情

　　　　　　　　　　　　——徐志摩:《黄鹂》

臧克家的土地情结

臧克家的《三代》一诗,最吸引我的眼球处,是其意象及语言形式。作为以不同方式与土地打交道的三代人(孩子、爸爸和爷爷)的不同意象,犹如三个光秃秃的桥墩,因尚未铺设桥面,互不关联、各自独立地矗在那里,构成了一道平行蒙太奇式的诗的景观;其语言与此相呼应,那种排比并且对仗的排列与分行句式,在稍嫌拘谨的同时,又给人以在新诗中颇为罕见的整饬之美。初读之下,怀疑是汉俳,继而思之,则分明是马致远《天净沙·秋思》一类元人小令的现代再现。

不错,作为新诗中的小令,《三代》的确是一个小制作,全诗加在一起,总共才二十一个字。但细细地品味,却感到沉甸甸的,有一种大的精神含量蕴蓄在里面。被称为"农民诗人"的臧克家,显然是要在近于微雕的意象构成和类乎尺幅的文字框架里,通过农民与土地的关系以及二者的情感血脉的浓缩表现,展示在传统农耕文化的大语境下,以农民为母体和主体的中国人心目中的土地情结,以及由此衍生而来的家国情怀。从这一角度讲,《三代》一诗不愧为小制作、大含量,真正的以小见大者也。

以上我说,诗中孩子、爸爸和爷爷的意象,因其没有关联词加以串通,各自是平行独立的。这句话,仅仅由意象及语言形式观之,肯定没有错,但它却忽视了三个意象皆以土地为辐射源,皆以土地为聚焦点此一内设的机关,这恰恰正是诗人的用心所在。臧克家所写的一家三代,实际恐怕远不止孩子、爸爸和爷爷三者,但在经过诗的净化处理后,他们作为男性继承人的家族谱系由此得以凸显,一举而成为男权社会中亿万中国家族的典型代表。诗人描写这样的三代,他们虽有不同的存在方式,如位于画面中心的爸爸,"在土里"汗流浃背地劳作;下一辈的孩子,"在土里"滚来滚去地玩耍;而上一辈的爷爷,则已离开人世,"在土里葬埋"。但作为共同点,他们一家三代都在与土地打交道中存在,所谓生于斯、长于斯、劳作于斯、埋葬于斯,不就是这么回事吗？臧克家由此启示我们,中国家族的血脉遗传,与其说是生理学意义上的基因或者血型,还不如说是文化—心理学意义上的土地情结,亦即他们与土地之间留存于无意识深处的那种"剪不断、理还乱"的情感关系。

中国农民,广而言之是所有中国人的这种对土地的依恋和热爱之情,从积极方面看,与他们的家园观念乃至国家观念是一脉相通的。对于中国人而言,土地—家园—祖国,是以土地为原点辐射出来的系列概念。土是家的所在;而国则是家的延伸。中国农耕文化的家国同构,正是其区别于中亚的游牧文化及西方的海洋文化的标志性特点之一。正因此,在中国人的无意识里,爱脚底下的土地,就是爱灵魂中的家园;爱灵魂中的家园,就是爱母亲般的祖国。也正因此,这种土地情结,以及与其同根而生的家国情怀,常常可以在国家危难之际,激发出中国人保家卫国的爱国主义的精神火花。

但若是换一个角度,从消极方面看,上述这种对土地的依恋和热爱,也可以进一步发展以至膨胀为对土地的崇拜。而崇拜土地本身,又常常是保守、狭隘和封闭的小农意识的核心。尤其在今天,此种小农意识及其伴生观念,诸如"安土重迁""安土乐天"等,有可能危及我们的现代化、城市化的大业。近年来频频发生的拆迁事件,当然主要是因相关管理部门的暴力执法引起,但与房屋原住户的上述伴生观念也不无关系。这一点,值得我们深长思之。

附原诗如下:

孩子／在土里洗澡／爸爸／在土里流汗／爷爷／在土里葬埋

——臧克家:《三代》

一只为土地而歌唱的痴情鸟

艾青的《我爱这土地》,写于 1938 年 11 月,当时正值抗日战争的战略相持阶段,这首诗表现了诗人的我誓与祖国大地同生死、共存亡的爱国主义激情。

在情感表现上,它采用了隐喻与直白相结合的手法,以及倾泻与凝聚相统一的节奏。开始,诗先通过"假如我是一只鸟"的隐喻,令人意想不到地突然发作,紧接着,便按鸟的口吻加以诉说:"我也应该用嘶哑的喉咙歌唱"。那么,为谁歌唱?或者歌唱什么呢?似乎是为了回答此一疑惑,随之,诗又用一连串排比,进行大幅度的情感倾泻,将鸟的歌唱和诸如"土地",以及跟"这土地"密切相关的"河流""风""黎明"等联系在一起,在字里行间激起一波又一波爱国主义的情感之流。诗并未就此打住,接着,在一个破折号之后,还进一步以低沉的声音表白:"然后我死了/连羽毛也腐烂在土地里面"。至此,终于完成了这一为祖国的土地而不惜歌唱至死的痴情鸟的意象创造。

如果说,之前围绕鸟的意象的隐喻和排比,更多是激情的倾泻,那么,到最后用以收煞的两句直白:"为什么我的眼里常含泪水/因为我对这土地爱得深沉……",则更多带有将激情向理性化的高度提升的"诗眼"的意味。诗人在自问自答中,把情感凝聚于一个焦点,那就是作为抒情主人公的"我"对"这土地"的深沉的爱。全诗于此戛然而止,充满力度,且富于变化。这不就是苏东坡所谓"行于所当行,止于所不得不止"吗?

顺便说一下,类似《我爱这土地》那样的情感倾泻和思想直白,在艾青的众多诗的文本,尤其是晚年的文本中,是难得一见的。由此表明,艾青除了以象征主义为其主流特征的一面之外,也还有浪漫主义的另一面。这一点,值得艾青研究者注意。

附原诗如下:

假如我是一只鸟/我也应该用嘶哑的喉咙歌唱/这被暴风雨所打击着的土地/这永远汹涌着我们的悲愤的河流/这无止息地吹刮着的激怒的风/和那来自林间的无比温柔的黎明……/——然后我死了/连羽毛也腐烂在土地里面//为什么我的眼里常含泪水/因为我对这土地爱得深沉……

——艾青:《我爱这土地》

礁石：一个原创性的私立象征

诗的第一段,更多展示的似乎还是礁石作为海边常见的石头的那种物态:海浪无休止地扑向礁石,可每一个浪都在它脚下,被打碎、散开。但在进入第二段之后,礁石却于不经意间,逐步地被人性化了,头两句写礁石的"脸上和身上","像刀砍过的一样",虽则刻画的还只是其在海浪冲击下洞洞穿穿的模样,可经过拟人化的处理,已不再是礁石作为石头的物性再现,而多少带有了某些人生意味;到最后两句,写礁石在历经磨难之后,却"依然站在那里/含着微笑,看着海洋",就完完全全地变成了一位气度不凡的精神斗士。

由此判断,诗人写它,不是为写礁石而写礁石,而是要用它来写礁石以外的别的什么。我们知道,礁石在实际生活里,是否定性的物象。因为它对海上的航行者,无论是船工还是乘客,都意味着一种生命的威胁。然而,到了艾青笔下,这一否定性的物象,却一变而为肯定性的意象。寓于礁石的感情在总体色调方面的上述变化,更进一步说明,我们面对的不是"赋诗必此诗"(苏轼语)式的原物描摹,而是"言在此而意在彼"的象征,此其一也;其二,它作为象征,并非凡人皆知其象征意义的"公立象征",而是仅仅被艾青一人所使用的,独具原创性的"私立象征"(瑞恰慈语)。正因为如此,诗的意义空间就显示出无边开放的态势,也就是说,这块礁石到底象征什么,其意义可以任凭读者在因人而异的"具体化"(英加登语)过程中,去自由地加以想象和创造。所谓"仁者见仁,智者见智",即此之谓也。只要你言之成理且持之有据,你赋予的意义,就都能够成立。

基于以上论述,若是结合艾青命途多舛的坎坷人生,我们完全有理由认为,这块礁石,很大程度上构成的是诗人及其生命状态的自我象征。艾青在20世纪30年代,赴欧洲学艺有成,用他自己的话讲,是刚刚"吹着芦笛"归来,然而,却因其向往光明,讴歌太阳,被国民党政府当做危险分子抓捕入狱,亏得多方营救,才得释放。投奔延安后,又赶上整风,虽遭点名批判,但所幸未带帽子。新中国成立后,稍稍放松了几年,可在1957年的那场运动里,终而至于陷入网罗,以右派分子的戴罪之身,流放至新疆长达二十余年之久,直到上世纪70—80年代的拨乱反正中获得平反,复归诗坛。这前后近半个世纪的人生磨难,并未使其意气消沉。恰恰相反,诗人尽管"脸上和身上","像刀砍过的一样",但他"依然"像礁石一般"站在那里","含着微笑",以一种达观、进取的心态,热爱并钟情于诗和生活,创作出《墙》《古罗马的大斗技场》《光的赞歌》等一连串名篇,步入其诗歌生涯足以与20世纪30年代相媲美的第二个春天。《礁石》一诗,写于1954年7月。如果说,此前的经历,比如国统区坐牢及延安挨整,皆在诗中有如"一个浪,一个浪""无休止"地扑打那样,得到象征性的体现,这都可以理解;那么,此后的经历,包括被打成右派、被发配新疆等,在其写《礁石》之初,原本是不能事先预知的,然而,诗的魅力恰恰就在于,它通过礁石所呈示的自我象征,几乎和神明的预见家一般无二,其字字句句无不在艾青后半生得以确证,这不能不说是一个诗的奇迹。

附原诗如下:

一个浪,一个浪/无休止地扑过来/每一个浪都在它脚下/被打成碎末,散开//它的脸上和身上/像刀砍过的一样/但它依然站在那里/含着微笑,看着海洋……

——艾青:《礁石》

借以"认识你自己"的镜子

和艾青的《礁石》《酒》《回声》等诗作一样,其《镜子》一诗看去也颇像一个谜语。诗的内文是谜面,而诗的标题则是谜底。法国后期象征主义大师马拉美说,诗应恒为一谜。他所谓谜,显然是指诗中谜一般的暗示。从法国学艺归来的艾青,在将谜一般的暗示改造和创造成诗的象征方面,青出于蓝而胜于蓝,较之他师从的法国象征主义,似乎具有更多可供玩味的魅力。其高妙之处在于,那些象征性诗作,往往能在吟咏某物时别有所指,而且多有所指。仅仅带暗示地吟咏某物,还只是谜;能在吟咏某物之外,别有而且多有所指,就已经不是谜,而是诗的象征了。因为它们如古代诗学所论的"兴",言发于此而意归于彼,其蕴涵的象征意义,已大大地溢出谜语本身,指向了无限开放的外部空间。

我以下要论及的《镜子》便是如此。诗的开头两行:"仅只是一个平面/却又是深不可测",刚破题便标出了一个互不兼容的悖论。明明说"只是一个平面",却怎么又能"深不可测"呢?反之,既然"深不可测",又为何"只是一个平面"呢?这是很典型的二律背反,也是我之所以称之为像谜又不是谜的关键所在。那么,这个平面的"深不可测"处究竟何在?接下来的两小节,可以视为就此作出的回应:"它最爱真实/决不隐瞒缺点//它忠于寻找它的人/谁都从它发现自己"。古希腊哲人有鉴于人性的复杂多变,大声地发出"认识你自己"的呼吁。可时至今日,作为万物灵长的人类,又有多少个体真正认识了自己呢?其中的难点是,人们往往不敢真实地面对自己、尤其是面对自己的缺点。此处所谓"缺点",应该理解为灵魂的阴暗面,即无意识深处隐藏着的那个更多动物性残余的本我。大概正因为如此,诗人才象征性地设计了一种"最爱真实/决不隐瞒缺点",而且"忠于寻找它的人/谁都从它发现自己"的参照物——镜子。然而,人性的痼疾恰恰在于,本可借以"发现自己"的镜子,却总是被人以这样那样的理由予以排斥。诗中根据人对待镜子的不同态度,区分出以下三种类型:第一类是那些无法意识到自己有缺点的自恋者或者自炫者,他们"喜欢它",是"因为自己美";第二类是轻度自闭者,他们"因为它直率"而采取"躲避"的做法;除此而外,更有第三类的重度自闭者,他们基于某种天生的攻击和破坏本能,甚至过激地"恨不得把它打碎"。实际上,那些轻度以及重度自闭者,与第一类自恋者或自炫者一样,都属于自我意识缺失者。要说有什么差别,只在缺失的程度,而无关乎其他。匈牙利学者拉兹洛认为,人区别于动物,因为人有自我意识。由此而观之,上述三类人自我意识的缺失,究其实乃是其人性的缺失。说到这里,我不由得想起鲁迅笔下的阿Q。以上三类人在固守其人性亦即国民性弊端这一点上,与整日陶醉在精神胜利之中的阿Q并无二致;而艾青和鲁迅在诊断并疗治人类的文化—心理疾患方面,也有其异曲同工之妙。所不同者,鲁迅使用的镜子,是在悲喜剧的交叉中,多少显得夸张乃至变形的哈哈镜;艾青使用的镜子,则是以其像谜又不是谜的象征方式,朴素迷离般进入人性纵深的内窥镜。

关于镜子,理论界乐于以此为喻,用来说明文学对社会生活的反映。例如,恩格斯、列宁都曾分别把某些现实主义作品称作镜子。所谓的"镜子"说,即由此而生。然而,恰如西谚所指出,任何比喻都是蹩脚的。理论中的镜子之喻,虽则在强调文学最终要反映社会生活这一点上多少有其正确性,但由于它只是从比喻的意义上,将镜子看作可以照影的"一个平面",因而无法区分镜子作为物的被动反映和作家作为人的能动反映,也因而难免带有机械的、形而上学的缺陷。可是艾青写的《镜子》就不一样了。它虽然"仅只是一个平面",似乎与平常的镜子一般无二;但同时它作为象征,"却又是深不可测",能够如前所述,从人性的至深处,帮助人"发现自己"。正是由此获得的象征意义的辐射力和纵深感,使其一举超越物质平面,而成为某种立体的精神存在。所以,理论在比喻意义上使用的镜子与诗在象征意义上创造的镜子,是绝对不可同日而语的。

附原诗如下:

仅只是一个平面/却又是深不可测//它最爱真实/决不隐瞒缺点//它忠于寻找它的人/谁都从它发现自己//或是醉后酡颜/或是鬓如霜雪//有人喜欢它/因为自己美//有人躲避它/因为它直率//甚至会有人/恨不得把它打碎

——艾青:《镜子》

大跨度隐喻中的乡愁冲动

德国浪漫主义诗人诺瓦利斯将哲学视为"怀着乡愁的冲动去寻找家园"的一种精神活动。诺瓦利斯这样说,自然亦无不可。但我认为,如果以此来定义诗和文学,似乎要更为合适得多。因为哲学的家园纯属心理思辨的产物,有时难免失之抽象、玄奥;而文学的家园则是在审美的维度上,在与其他艺术形式的交相融合下营构的,有声有色,如乐如画,更显得感性直观,更具魅力,无疑也就更符合家园的本义。

家园一词,作为家和故园二者的合成词,可以分本来意义与引申意义两层去理解。在本来意义上,它是指跟自己有血缘关系的亲人的居所,指人的籍贯或出生地,这是实体的家园,也有人称之为生命的原乡;在引申意义上,它又是指人的神情所属、梦魂所系、心魄所存的地方,用海德格尔的话讲,即人"诗意地栖居"的地方,这是虚拟的家园,或者说诗意的家园。

在很多诗人那里,家园的上述两重意义,是相互割裂的。基于种种原因,他们往往避实就虚,于实体的家园之外,另辟蹊径,重新设计和虚构了能寄托并安妥其灵魂的诗意家园。例如,白居易所谓"无论海角与天涯,大抵心安即是家";拜伦所谓"我愿意在沙漠中卜居,只要有一颗美丽的心灵做我的牧师",说的便是这种情况。

与白居易以及拜伦的情况不同,在余光中的《乡愁》一诗里,家园的两重意义是正相一致的。且看诗的最后一小节:"而现在/乡愁是一湾浅浅的海峡/我在这头/大陆在那头"。作为一名海外游子,大陆既是余光中保存着其血缘亲情和儿童记忆的实有的出生之地,也是他日思夜想、魂牵梦绕的诗意的栖居之所。两者的合一,使诗的抒情,一方面因其实有所指,令人倍感亲切;另一方面又因其余意绵长,叫人玩味不尽。尤为难得的是,全诗四小节,使用了四个大跨度的隐喻,在最后一小节把乡愁喻为"现在"既阻隔又联系着"我"与"大陆"的"一湾浅浅的海峡"之前,前面三小节依次把乡愁喻为"小时候"既阻隔又联系着"我"与"母亲"的"一枚小小的邮票";"长大后"既阻隔又联系着"我"与"新娘"的"一张窄窄的船票";"后来"既阻隔又联系着"我"与"母亲"的"一方矮矮的坟墓"。由于这四个隐喻在并列之中的逐层叠加和依次递进,诗人在强调自己对大陆的家园之情和母子之情、夫妻之情一样深厚、一样真挚的同时,使其家园之情具有了比母子之情以及夫妻之情更内在、更执着,因而也更动人心魄的感染力。自上世纪 50 年代以降,在台湾诗坛,以写乡愁著称的佳作举不胜举,但最数余光中的这一首为人所称道。其原因就在于,它通过精巧的构思,以颇具原创性的意象,在大跨度的隐喻及其预留的空白中,既丰满又含蓄地完成了对于乡愁母题的抒写。

附原诗如下:

小时候/ 乡愁是一枚小小的邮票/ 我在这头/ 母亲在那头// 长大后/ 乡愁是一张窄窄的船票/ 我在这头/ 新娘在那头// 后来啊/ 乡愁是一方矮矮的坟墓/ 我在外头/ 母亲在里头// 而现在/ 乡愁是一湾浅浅的海峡/ 我在这头/ 大陆在那头

——余光中:《乡愁》

对比与回环

曾卓的《我遥望……》一诗,其表现手法的特异之处,在于对比与回环。我们不妨先从对比说起。全诗两小节,写了两个遥望,在对比中,暗示诗人的我在青年时期和老年时期的不同心态,从而寄托了抒情主人公对时光荏苒、岁月流逝的感慨。年轻时的遥望,因为如日中天,更多地表现为对于未来的憧憬与幻想。好比初次下海的水手,于千里万里之外,眺望异国的港口,在热烈奔放的情怀中,透出涉世未深的些许稚气,充满了渴求建功立业的进取精神,和准备劈波斩浪的青春气概。年老时的遥望,由于老之将至,则更多地表现为对于往事的回首和对于生命的回味。用60年的奋进及苦斗,在经历了一场场狂风暴雨和惊涛骇浪之后,终于到达了既定的人生目标——那个当年曾为之激动不已的、如异国一般遥远的港口。回首往事,人生是充实的,自然会涌起一种欣慰与自豪之感。但回味生命,匆匆而来,又匆匆而去。"我"的青春、"我"的梦幻,连同"我"记忆中的故乡,都已迷失在岁月的烟雾之中,不可追寻。于是,正所谓"夕阳无限好,只是近黄昏",在欣慰与自豪之余,不免又掺入了一丝若有所失的惆怅和悲凉。

再来看看回环。如果诗的情绪表现,仅仅停留在上述对比的层面,即便较之古往今来那些感叹时光荏苒、岁月流逝的平庸之作,已构成一定的超越,但仍无多少创意和深度可言。曾卓此诗的好处在于,诗人写青年时期遥望老年,老年时期遥望青年。前一个遥望,是快节奏的巡礼,是渴望由幼稚走向成熟;后一个遥望,是慢速度的检点,是希图由衰老回归青春。这样,两个遥望的对比,在诗人的无意识深处得以沟通,形成一种情感之流的往复回环。自然界和人类社会的生命运动,就其整体而论,有如太极,都是周而复始的。诗人所表现的情绪回环,在客观上,在形式上,呈示为对于生命圆圈的一种象征。遗憾的是,生命圆圈的回环性,只存在于自然界和人类社会的整体。就每个具体的个人而言,生命是一去不复返的。青春伴随着幼稚,成熟意味着衰老。也即是说,成熟与青春难得两全。《我遥望……》一诗作为生命的咏叹调,其形而上层面的深刻意义,就在于表现了难得两全而又希图两全的心灵困惑。

附原诗如下:

当我年轻的时候/在生活的海洋中,偶尔抬头/遥望六十岁,像遥望/一个远在异国的港口//经历了狂风暴雨,惊涛骇浪/而今我到达了,有时回头/遥望我年轻的时候,像遥望/迷失在烟雾中的故乡

——曾卓:《我遥望……》

一出诗的悲喜剧

在1957年的反右斗争中,小苗刚露尖尖角的青年诗人流沙河,由于在《星星》杂志发表的组诗《草木篇》而获罪,成为文学界最年轻的右派分子之一。在未戴帽子之前,有一段时间,他跑到西安避风。一次去临潼游玩,听见身后一女子操四川口音与人说话,因为怀疑是同乡,他便转过去询问,结果竟非常幸运地认识了这位后来成了他患难与共的妻子的成都姑娘。对于流沙河来说,1957年是一个大悲大喜之年。悲的是戴上了一顶右派帽子,折腾了他整整二十年的时间;喜的是收获了一份意外的爱情,为其整个后半辈子的生活找到难得的依托。下面我要解读的《哄小儿》一诗,其特有的悲喜剧色调,便是由1957年的大悲大喜埋下的伏笔。

流沙河在"文化大革命"之中,因为老账新算,又被打成牛鬼蛇神而关进牛棚。个人受尽苦楚不提,还连累整个家庭,使不懂事的孩子也由于自己遭到社会的唾骂。为此,做"爸爸"的他,以一片负疚之心,从"棚中牛"一变而为"家中马",在"门一关",才"有自由"的"小小屋中","笑跪床上四蹄爬",并招呼"乖乖儿,快来骑马马!"诗人的幽默还不止于此,他与孩子居然玩起了"打游击"的游戏,用一种颇具喜感的四川方言,跟孩子讲:"爸爸驮你打游击/你说好耍不好耍"然而,当时毕竟是文化大革命的所谓"红色恐怖"时期,流沙河又不能不告诫孩子,并加以表白:"莫要跑到门外去/去到门外有人骂/只怪爸爸连累你/乖乖儿,快用鞭子打!"体味这首《哄小儿》的情感色调,要说是幽默,它是近于悲愤的幽默;要说是欢笑,它又是含着眼泪的欢笑。对于这样一种分不清是甜酸苦辣的多色调的复杂情感,也许只有将其置于文化大革命的大背景下,结合流沙河的个性及其自 1957 年以来悲喜交集的独特经历,才能够予以正确的解读。

附原诗如下:

爸爸变了棚中牛/今日又变家中马/笑跪床上四蹄爬/乖乖儿,快来骑马马//爸爸驮你打游击/你说好耍不好耍/小小屋中有自由/门一关,就是家天下//莫要跑到门外去/去到门外有人骂/只怪爸爸连累你/乖乖儿,快用鞭子打

——流沙河:《哄小儿》

谈舒婷诗的爱情观念
——以《致橡树》和《神女峰》为例

舒婷是新时期众多诗人中一位相对纯粹的抒情诗人。她多次表示过,她不善思辨,也不爱议论。这一点,我们可以由其诗作获得确证。在那里,舒婷歌咏的对象十有八九是爱情:从爱的寻觅到爱的期待,从爱的表白到爱的思恋,围绕着爱情母题而展开的各式情境,都能在其诗中找到对应的体现。基于此,能否进而推论说,舒婷作为纯粹的抒情诗人,究其实,乃是一位纯粹的爱情诗人。

我们讲,舒婷是纯粹的爱情诗人,这里所谓纯粹,意思是:第一,她以女性的专注,很少涉及爱情之外的其他母题;第二,更重要的,她在爱情诗里,又以女性的纯真去表现,很少理性的介入、意识的浸润。正因为有以上两点,所以,舒婷的爱情诗给我们呈示的,是一个几乎没有思辨杂质的、单一而且纯正的爱情空间。她好像是天生为爱而存在的女性,好像是专门为爱而歌唱的诗人。

我们这样概括舒婷,并不是说,她的爱情诗,全都是非理性、无意识的。事实上,除了上面列举的诸如爱的寻觅、爱的期待、爱的表白、爱的思恋等等情境以外,我们在舒婷的爱情诗里,还发现少数观念性较强的沉思之作。例如,《致橡树》和《神女峰》,便属此类。要论情境,这两首诗表现的就是一种大有别于寻觅、期待、表白和思恋之类的、爱的思考的情境。

先看《致橡树》。在我国古代,不论是奴隶社会、封建社会,皆是男权社会。男性是权力中心,也是话语中心。此种文化—心理定势,折射到爱情观内,使爱情这一本应是男女双方平等的感情交流，变成为不平等的依附与被依附的精神关系。男之于女，往往是三妻四妾式的爱的赐予，骨子里是性的掠夺；女之于男，则只能是从一而终的爱的牺牲，实际上是性的奉献。正因为是不平等的，在这一精神关系中，男性无疑是主人，而女性必然是奴隶。不同于男性所扮演的坐着赐爱的角色，女性扮演的，通常是跪着求爱的角色。此一点，我们从《红楼梦》所描写的几组爱情，如尤二姐与贾琏、尤三姐与柳湘莲，以至于林黛玉与贾宝玉的爱情中，可以看得分外清楚。流风所及，即便到了今天，看电影《人生》里的刘巧珍，看电视剧《渴望》里的刘慧芳，她们作为20世纪80年代的女性，还不就是这等跪着求爱的角色？

而舒婷表现在《致橡树》里的爱情观，和上述传统女性的爱情观根本不同。它通过对"借"男性的"高枝炫耀自己"的"攀援的凌霄花"，以及"为绿荫重复单调的歌曲"的"痴情的鸟儿"的断然否定，认为在"伟大的爱情"中，女性不是附属，不是陪衬，而是和男性一样人格独立的人。而人格的独立，则意味着不仅是对自己，更重要的是对对方的各个方面，包括隐私在内的尊重。用《致橡树》里的话说："我必须是你近旁的一株木棉／作为树的形象和你站在一起"；"根，紧握在地下／叶，相触在云里"；"分担寒潮、风雷、霹雳"，"共享雾霭、流岚、虹霓"；"仿佛永远分离／却又终身相依"。舒婷的上述平等宣言，可以看作是对以男性为权力和话语中心的传统爱情观的一次挑战。

在爱情观念上，舒婷的《致橡树》无疑是反传统的，但是，其爱情观又不等同于西方女权主义的爱情观。女权主义的奋斗目标在于，将权力—话语中心由男性转移到女性方面，也即是说，她们要让作为"第二性"的女性成为新的权力—话语中心。正是在这一关键点上，舒婷的《致橡树》，显示了与女权主义迥然相异的观念特色。诗中有一段话格外耐人寻味："你有你的铜枝铁干／像刀、像剑／也像戟／我有我红硕的花朵／像沉重的叹息／又像英勇的火炬"。这里，不仅见不到让女性凌驾于男性之上的狂妄与牵强,而且它通过"铜枝铁干"和"红硕的花朵"两个隐喻的对比,充分强调、凸显了男女双方互斥互补的性别特征。

综上分析可见,舒婷在《致橡树》中表达的爱情观,既反对传统,又不盲目追逐新潮。此种男女各自独立,而又互相依偎的平等爱情观,显示了舒婷对爱情这一母题的基于人性和人道主义的理解与思考。

再谈谈《神女峰》。如果把《致橡树》一诗视为舒婷通过橡树和木棉树的隐喻,所正面表达的关于男女人格独立及性别平等的爱情宣言,那么,女诗人在相隔几年后写的另一首诗《神女峰》,则已从理想的层面进入现实的层面,在由神女峰作为中心意象构成的整体性象征中,已更多包含有爱的历史反思与文化批判的意味。

数千年一贯制的男权社会,使传统的爱情观在家庭伦理关系以及婚姻的责任和义务的承担方面,呈现出严重失衡的状态。此种爱情观,往往不追究男性的过失,而只是一味地对女性提出要求。男性的眠花宿柳被看作风流,而女性的稍有越界则被当成淫荡,当成大逆不道。表面上似乎在讲究贞洁,实际上宣扬的是反人道的禁欲主义。理学家朱熹称,饿死事小,失节事大,体现的正是这种禁欲主义的要求。在这样的要求下,妻子只能作为丈夫的性奴而存在。即便独守空房,也须以理制欲,让生理欲望的本我,严格地听命于封建伦理的超我的控制。所谓神女峰,在以男性为权力—话语中心的封建社会中,说到底,就是贞节牌坊,就是女性作为性奴的象征。对于这一点,只消读读唐人刘禹锡的七绝《望夫石》:"终日望夫夫不归,化为孤石苦相思。望来已是几千载,只似当时初望时",便可知以上所言之不虚也。

而舒婷的《神女峰》一诗,大不同于刘禹锡的《望夫石》。女诗人在对巫山神女峰从一个崭新的角度加以审视和观照之后,提出了一种灵与肉、心理与生理、本我与超我相和谐的、全新的爱情观。大概是在坐船顺江而下或溯江而上的旅程中,乘客们见到蠹立于江边的神女峰,纷纷在甲板向这一已"在悬崖上展览千年"的贞洁女神举手"挥舞"起"各色花帕"表示敬意时,却有一只不知是"谁的手",实际上应该是作为抒情主人公的我的手,因为想起了什么,于刹那间"突然收回","紧紧捂住自己的眼睛"。当身为看客的"人们四散离去",这个"谁"却"还站在船尾",一任"衣裙漫飞,如翻涌不息的云",伴随着"高一声/低一声"的江涛声,陷入无尽的沉思之中。

女诗人究竟想起了什么呢?诗的第二节依稀地透露了她此时此刻的心声:"美丽的梦留下美丽的忧伤/人间天上,代代相传/但是,心/真能变成石头吗"。神女峰于长达"几千载"的男权社会,被定格为贞节牌坊,但在女诗人看来,这对男性也许是一个"美丽的梦";而之于女性,却只是其从生理到心理备受折磨而"留下"的"美丽的忧伤"而已。下面,我选录了出自女性之手的一首晚唐五律:"欲下丹青笔,先捻宝镜寒。已惊颜索寞,渐觉鬓凋残。泪眼描将易,愁肠写出难。恐君浑忘却,时展画图看。"(薛媛:《写真寄外》)据该诗尾注,薛媛的丈夫叫南楚材,他出外游历到颖地,受县令眷顾,欲将女儿嫁予他。于是,南楚材流连忘返,乐不思归。薛媛得知此事,对镜写真,连同上录五律,一并寄去。南楚材自觉惭愧,终于回来与妻子相守到老。应该说,薛媛在男权社会无数名为"苦相思"、实是活守寡的怨妇中,算是幸运的。但即便如此,诗里所写的"索寞""凋残""泪眼"和"愁肠"等,就已经足以对所谓"美丽的忧伤"作出注释了。所以,尽管有关神女峰的传说"人间天上,代代相传",可处身于由改革开放引发的思想解放的大潮流中的女诗人,却不由得发出了"心/真能变成石头吗"的疑问。

正是经由不断的自我追问,一种被人和人性解放的"洪流"煽起的"新的背叛"的爱情观,在女诗人心中逐步形成,并且变得轮廓明晰起来。诗的结尾两句:"与其在悬崖上展览千年/不如在爱人肩头痛哭一晚",作为全诗"诗眼"之所在,这一身心与共、灵肉交融的新的爱情观的提出,其审美意义在于,它一举改写了延续"几千载"的、已然老化了的公立象征,使神女峰由"在悬崖上展览"的贞洁女神,还原成一个充满人情味的、活生生的民间少妇形象。

舒婷《致橡树》(参见本书第174页)。

附原诗如下:

　　在向你挥舞的各色花帕中/是谁的手突然收回/紧紧捂住自己的眼睛/当人们四散离去,谁/还站在船尾/任衣裙漫飞,如翻涌不息的云/高一声/低一声//美丽的梦留下美丽的忧伤/人间天上,代代相传/但是,心/真能变成石头吗//沿着江岸/金光菊和女贞子的洪流/正煽动新的背叛/与其在悬崖上展览千年/不如在爱人肩头痛哭一晚

　　　　　　　　　　——舒婷:《神女峰》

充满孤独感的情绪暗示

顾城的《远和近》一诗,虽仅是两节、六行,却通过空间距离"远和近"的倒错以及对比——明明是近在眼前的"我","你看我时"却"很远";而明明是远在天边的"云","你看云时"却"很近"——意在表现一种现代人心灵的孤独感。诗以上述"反常合道"(苏轼语)式的抒写启示我们,此种孤独感,是由人与人之间关系的疏远造成的,它应该并且只能在人与自然关系的亲近中才可得以消解。

那么,这一远一近之倒错的背后,究竟是什么在起作用呢?也就是说,为何人与人关系会疏远?为何在人际关系疏远的同时,人与自然的关系倒反而会亲近起来?这首诗正是在充满孤独感的情绪暗示里,体现着诗人对特定历史时期人的生存境况,包括人与人的关系、人与自然的关系等等的哲学思考。尽管他并未将思考的结果明示于读者,而只是留下了一篇巨大的空白。但我们在对空白加以填充的过程中,完全可以作出"具体化"的解读。其间,有文化大革命之前和之中极"左"路线统治所遗留的政治原因,也不能排除文化大革命之后,在改革开放新时期伴随着各行各业的大发展而滋生的拜金主义等经济原因。正是基于此类原因,人与人关系疏远了,人与自然关系亲近了。这一远一近,互为因果,揭示了人和人性异化的社会文化—心理主题。

顾城在《远和近》的诗中所表现的人的孤独感及异化主题,显示出现代主义的创作特征。这样的特征,在西方现代派文学里比比皆是,而对我国新时期的诗以及文学而言,则无疑具有首创性。

附原诗如下:

你/一会看我/一会看云//我觉得/你看我时很远/你看云时很近

——顾城:《远和近》

一个诗的寓言文本

不同于西方商业型和开放型的海洋文化,我国的传统文化是一种农耕型和封闭型的内陆文化。如果说,《山民》一诗所写的"大海",可以视为海洋文化的象征;那么,其中的"山",则无疑是闭关自守、与世隔绝的传统内陆文化的象征。

韩东写《山民》,可能是受了古代愚公移山传说的启示。所不同者,愚公发动子孙移山,只是为了从山区走向平原,更好地进行农耕劳作;而韩东笔下的"山民",其所思所想,则是要从山区走向大海,接受海外的文化洗礼。其间的差异,显然是历史在进入新时期之后,由改革开放潮流所孕育的一种崭新的文化观念。

尽管诗的最后,山民尚未将从山到海的念想付诸实行,还只是停留在为"他的祖先没有像他一样想过"而感到"遗憾"上。这除了说明传统文化历史负荷的沉重之外,也说明改革开放的有待进一步深入。然而,山民的"遗憾"本身,作为新观念萌动的标志,它所体现的文化批判及文化开创意义,就已经是不可低估的了。

附原诗如下:

　　小时候,他问父亲/"山那边是什么"/父亲说"是山"/"那边的那边呢"/"山,还是山"/他不作声了,看着远处/山第一次使他这样疲倦//他想,这辈子是走不出这里的群山了/海是有的,但十分遥远/他只能活几十年/所以没等到他走到那里/就已死在半路上/死在山中/他觉得应该带着老婆一起上路/老婆会给他生个儿子/到他死的时候/儿子就长大了/儿子也会有老婆/儿子也会有儿子/儿子的儿子也还会有儿子/他不再想了/儿子也使他很疲倦//他只是遗憾/他的祖先没有像他一样想过/不然,见到大海的该是他了

——韩东:《山民》

古代诗词部分

一首撼人心魄的直白诗

《古诗源》中收录的一首无名氏留下的《箜篌引》，尽管它直白到几乎未加任何修饰，但千古之下，读来仍如重锤敲击，独具撼人心魄的力量。这是因为，它的直言而呼，多有情绪的深流及漩涡包蕴于其中，或者像彼埃尔·勒韦尔迪所说，它作为"真正的心灵的悲剧"，有一段"深奥而扣人心弦"的"情节"隐含在里面。《箜篌引》前的说明文字，恰好印证了这一点。丈夫不听自己的劝阻，"披发提壶，乱流而渡"，"遂堕河而死"。面对此情此景，身为妻子的诗作者，其气恼的程度是可以想见的。然而，无论怎么说，这一"白首狂夫"，毕竟是自己的丈夫。现在他死了，妻子于气恼之中，又别有一种揪心裂肺的悲痛，一种莫可名状的爱恋相伴随。说不清是气，还是爱；是恼，还是痛。好像打翻了五味瓶，各种情绪交叉扭结在一起，形成了一个"剪不断，理还乱"的情绪性情结。为抒发这一情结，妻子于是"援箜篌而歌之"，"曲终，亦投河而死"。这首《箜篌引》及其蕴涵的情绪性情结，令人不免在感慨之余，回味无穷。

所谓情绪性情结，是我在《中国当代诗学论》一书论及直白诗的意象空白时提出来的。作为接受理论的核心范畴，伊瑟尔讲召唤结构，特别强调文本的空白。一切艺术都应留空白，其中，数诗的空白最多，也最好。诗的空白，除了广泛地存在于意象之内、意象之间和意象之外，还以情绪性情结的形态，存在于类似《箜篌引》这样撼人心魄的直白诗中。如前所析,好的直白诗往往表现为在色调和性质方面截然相反的两种或两种以上的情绪如乱麻一般的纠葛。对这样的纠葛,连诗人自己也不曾理清,似乎也不想理清,所以,在瞬间的冲动下,他们就按其产生于内心深处混沌一团的原生状态,和盘托出献给了读者。读者读着这样的诗,分不清喜怒哀乐,也尝不出酸甜苦辣,只觉得在里面有许多需要回味、也值得回味的东西。其所以如此,原因就在于,由此种纠葛形成的情绪性情结,其本身就是一片有待读者用自身的想象去加以填补的空白。

附原诗如下:

　　有一白首狂夫,披发提壶,乱流而渡。其妻随而止之,不及,遂堕河而死。

　　妻援箜篌而歌之,作《公无渡河》之曲,声甚凄怆,曲终,亦投河而死。

　　公无渡河/公竟渡河/堕河公死/当奈公何?

　　　　　　　——无名氏:《箜篌引》

陶诗所呈示的生命本真
——从《饮酒》之五和《挽歌诗》说起

金代诗人兼学者元好问,在论及陶渊明时有两句诗:"此翁岂作诗,直写胸中天";刘熙载的《艺概》也说:"诗可数年不作,不可一作不真。陶渊明之庚子距丙辰十七年间,作诗九首。其诗之真,更须问耶?"元好问及刘熙载在这里所谓"胸中天"、所谓"真",都是指陶诗呈示的生命本真。

我们不妨先从《饮酒》之五说起。诗是在自问自答中开始的,为什么"结庐在人境,而无车马喧"呢? 给出的回答只有五个字:"心远地自偏"。接下来,诗没有去写"心"如何才能"远",而是通过"采菊东篱下,悠然见南山"这样一幅主体的陶然心态与客体的悠然氛围浑融一体的画面,对"心远"二字作出了具体化的阐释。正因为主客体之间的和谐,已达至好似主体在客体中消失,因而,主体对客体的观照,是纯粹的"以物观物"的所谓"无我之境",所以,陶醉于其间的主体,才会对"此中真意",有"欲辩忘言"之感。据说,有人曾以为刻本有误,建议将"悠然见南山"一句,订正为悠然望南山。果若如此,则不仅诗味顿失,而且"无我之境"也就荡然无存了。个中的道理在于,"见"是随意的,尤其是人在东篱而见南山,更带无心一瞥的意味,恰如老友之相聚,无须张望,亦不待多言,偶尔一瞥之下,彼此皆可心领神会。一旦改为"望"字,就分明端着主体的架子,而且具有明显的目的性。当此之际,主客体既已分立,二者浑融一体的画面,便自然会在顷刻间归于消失。

如果说,《饮酒》之五"采菊东篱下,悠然见南山""此中有真意,欲辩已忘言"等句,呈示的是一种诗人在远离尘世的乡野生活中陶然、悠然的生命本真,那么,以下要介绍的《挽歌诗》,呈示的则是诗人另一种状态的生命本真。

诗中表达了陶渊明在自身大归之前,对行将到来的死亡以及葬礼的悬想或者预体验。开篇"荒草何茫茫"及以下十来句,不仅交代了出殡的时间、地点,而且还如临其境般渲染了送葬的整个萧条的气氛,以及在"幽室"被封闭之后,无论"贤达"都将"千年不复朝"的无奈感叹。随后四句:"向来相送人/各自还其家/亲戚或余悲/他人亦已歌",更是对送葬者因与自己关系的亲疏有别而表现出的不同态度,作了恰如其分的描写。特别是最后"死去何足道/托体同山阿"两句,作为诗眼所在,可以说是诗人的死亡观的一个总结式的表述。

我们在这里,姑且不说古往今来表达此种关于自身死亡预体验的诗人是何其罕见,单就其对死亡畏惧感的消解,对死神降临所表现的超乎寻常的平静与坦然,对周围的人情世故的洞若观火,对死亡作为"托体同山阿",亦即人与自然一体化或者说"天人合一"的欣然认同而言,恐怕非"识其安身立命处"之人,非大彻大悟者,是绝对写不出这样呈示生命本真的好诗来的。我们读这样的诗,如同揽镜自照,可以从诗人和盘托出的生命本真中,看到你自己,并通过反思,进一步迈入存在论哲学意义上的"澄明之境"。

陶渊明不是哲学家,但如果就其在求真的维度上努力地呈示生命本真,最终给人以某种"存在之思"的启迪这一点而论,他和哲学家完全是相通的,甚至可以说,他也是一位哲学家——一位诗人气质的哲学家。据都穆《南壕诗话》所载,东坡称"采菊东篱下/悠然见南山",为"知道之言"。无独有偶,冯友兰先生的《中国哲学史新编》在评述老子哲学时,也间及陶渊明的《饮酒》之五,指出"这首诗并未提到老聃,也未提到《老子》,可是讲的完全是老意。"一个"知道之言"、一个"老意",智者所见略同,都对陶渊明在诗中呈示的生命本真做出了哲学意义上的极高评价。

附原诗如下：

结庐在人境，而无车马喧。问君何能尔，心远地自偏。采菊东篱下，悠然见南山。山气日夕佳，飞鸟相与还。此中有真意，欲辨已忘言。

——陶渊明:《饮酒》之五

荒草何茫茫，白杨亦萧萧。严霜九月中，送我出远郊。四面无人居，高坟正嶕峣。马为仰天鸣，风为自萧条，幽室一已闭，千年不复朝。

千年不复朝，贤达无奈何。向来相送人，各自还其家。亲戚或余悲，他人亦已歌。死去何足道，托体同山阿。

——陶渊明:《挽歌诗》

在轻喜剧情境中的苦涩与悲凉

贺知章的七绝《回乡偶书》,是一首值得玩味的诗。从表面看,诗似乎只写了诗人"回乡"的一个寻常场景:他由于"少小离家",虽则"乡音未改",但在与当地"儿童相见"时,仍因为"不相识",而被当成了外来"客",笑着问他是由哪里来的。如果仅止于此,再别无他意,上述场景不过是发生在老人与小孩之间的一个多少带点轻喜剧意味的情境而已。但是,当我们对这首诗于细读之中反复玩味,却发现在其表面轻松,或者说在其轻喜剧情境的背后,还包蕴着些许的苦涩与悲凉。

为了说明苦涩与悲凉的缘由,我们不妨就贺知章"回乡"之事,做一点历史的检索。据相关史料载,贺知章,字季真,越州永兴人。自擢升进士,长年在京城为官。他是肃宗做太子时的宾客,又累迁礼部侍郎,兼集贤殿学士,颇得玄宗信任,可谓开元至天宝数十年间的朝廷重臣。在诗坛,贺知章自号"四明狂客",与李白等合称"饮中八仙"。到晚年,他请求以道士名义告退,获玄宗恩准,特赐其家乡所在的镜湖一曲,以为最终的归宿之地。玄宗还赠以御制诗,并令朝臣举办史无前例的欢送仪式,为之饯行,一时间传为盛事。然而,就是这样一位越中名士,在其告老"回乡"时,当地儿童居然"相见"而"不相识","笑问客从何方来"。隐含在其中的情感悖论在于,自己不管是就出生地,还是就归宿地而言,都名正言顺地是越州的主人,可基于"少小离家",长年在外,倒反被诚实无欺的儿童误认为"客"人。于是,在主客易位的现实面前,纵然迎接他的是笑吟吟的儿童,却使其这一前来寻觅和投奔灵魂栖息地的"回乡"者,由于未被小乡亲认可,仍难免在内心深处,因精神家园的失落而涌起一种苦涩与悲凉之感。

如果我们作进一层的反思,贺知章其所以会遭遇主客易位的尴尬,缘由很简单,是因为自"少小离家"到"老大"而"回",中间相隔了数十年之久。在此数十年间,我"鬓毛"已"衰",无可奈何地"老"了。因此,与其说贺知章是为主客易位而苦涩与悲凉,倒不如说,他是为一去不复返的时间,自然也是为一去不复返的生命而苦涩与悲凉。正是渗透在轻喜剧形式下的对于生命悲剧性的此一体验,使这首诗并未停留于"欢愉之辞"的浮面,而进入"穷愁之言"(王国维语)的内层,具有了较之一般"回乡"诗远为深刻得多的悲剧性的生命内涵。这大概便是贺知章简简单单的一首七绝,历经千载而传唱不衰的原因所在吧?

附原诗如下:

少小离家老大回,乡音未改鬓毛衰。儿童相见不相识,笑问客从何方来。

——贺知章:《回乡偶书》

"情中景"和"景中情"
——谈李白七绝的赠友之作

曹丕称:"文人相轻,自古而然。"如果说在别人那里,此话屡试不爽,而李白则无疑是个例外。在其一生中,李白交友甚伙,而且不论这些人出身贫富、位阶高下、文墨多少,他一概以诚相待。在《李白集》内,有名有姓的赠友诗多得难以数计。如《戏赠杜甫》《送孟浩然之广陵》《闻王昌龄左迁龙标遥有此寄》《赠汪伦》等,都是脍炙人口的佳作。

其中,《戏赠杜甫》一诗,我在后文拟将其和杜甫的《赠李白》放在一起,以专题加以讨论,此不赘。余下三首,若是按王船山关于情景关系之所论,在写法上可归为两类:《闻王昌龄左迁龙标遥有此寄》与《赠汪伦》两首,皆系因应突发之事的急就章,前者因听到王昌龄突然被贬谪贵州而起,后者因看到汪伦突然赶来为自己送行而发。诗人情之所至,如有神助般催生出奇想妙喻,由情而生景,因而属王夫之所谓"情中景"一类;《送孟浩然之广陵》一诗,则是李白在黄鹤楼下,送孟浩然乘船东下扬州,因久久凝神于江面上的"孤帆远影",当即目会心之际,由景而生情,应该是王夫之所谓"景中情"一类。

接着,我们就来具体地解读一下上述三首、两类赠友诗的"情中景"或"景中情"。先从《闻王昌龄左迁龙标遥有此寄》谈起。此诗的标题已将其写作缘由说得非常清楚。李白听闻王昌龄贬谪到黔南,出于对好友的牵挂,写了这首诗寄去。当时,正值"杨花落尽"的初夏,在一片子规"行不得也哥哥"的哭啼声中,王昌龄迈过"五溪",而踏上贬谪之路。李白虽远在天边,但对其因贬谪遭遇的政治迫害,以及贬谪地的荒僻和艰险,感同身受,忧思如焚。于是,在情急之中忽发奇想,愿将自己的一颗"愁心"寄与"明月",让它"随风"一直去到好友所贬谪的"夜郎"以"西"。我说是"奇想",是因为,通过此一表现,顿时历历在目地幻化出一幅愁心与明月普照、诗人与好友同行的图画。这幅图画,作为李白之于王昌龄的友情的"客观对应物",亦即如上所述的"情中景"。

李白与王昌龄的友情,是两位号称七绝圣手的名人间的精神交流;而《赠汪伦》一诗所写的李白与汪伦的友情,则是诗坛明星与其布衣之交间的日常往来。李白在皖南农村,结识了一位叫汪伦的农民朋友。在其即将坐船离开当地之时,汪伦以足踏地为节奏而歌唱、匆匆地赶来为他送行。此举大出李白的意料,于是,李白在感动之余,就地取材,指着也许是身边的一潭深水,随口吟出"桃花潭水深千尺,不及汪伦送我情"的佳句。与《闻王昌龄左迁龙标遥有此寄》的奇想作比,我将"桃花潭水"两句称之为妙喻。它妙就妙在,诗没有一般性地用"如同""好像"之类字样,把"深千尺"的"桃花潭水"与"汪伦送我"之情等同起来,而是在设喻之后更进一层,说前者"不及"后者。这样,便将"桃花潭水深千尺"此一"情中景"所包含的情感意味,挖掘并开拓至一个新的纵深,使生活在尔虞我诈的关系网内的我们,从中体验到一种难能可贵的友情以及人性的温暖。

如果说,以上两首诗的奇想妙喻,代表着李白诗风敏捷、飘逸的主导侧面,作为一个具有个性的多样性和丰富性的伟大诗人,其诗风也还有含蓄、深厚的另一侧面。这另一侧面,我们在《送孟浩然之广陵》一诗及其所表现的"景中情"里,看得尤为清楚。对于年齿少长于自己的诗友孟浩然,李白除诗艺上的推崇,更多的是精神和人格方面的仰慕。孟浩然的"红颜弃轩冕/白首卧松云/醉月频中圣/迷花不事君"(见李白五律《赠孟浩然》)的人生经历及处世态度,因其与自己的脾性恰相投合,李白一直是心向往之的。正因此,二人的交情在盛唐的诗人群中,可谓非比寻常。

也正因此,当孟浩然顺江东下之时,李白专程赶至黄鹤楼前的码头为其送行,并非虚应故事,而纯是实情所致。作为在此一场景的即兴之作,《送孟浩然之广陵》全篇二十八字,除过第一句在交代事由的过程言及的"故人"二字,淡淡地透露了两人的关系,其他文字无一涉情,几乎皆是对送别之事及其场景的实际陈述与描绘。然而,诗的妙处也恰恰在于,无一涉情,却又字字含情。因为正如王国维所言,内中的"一切景语皆情语也"(王国维语),所以,较之那些专以情语而取胜者,倒反而益发地耐人寻味。第一句"故人西辞黄鹤楼",作为交代性文字已如前述,可"故人"的称谓还是为后文的情感表现埋下了伏笔;第二句"烟花三月下扬州",被《唐诗三百首》的编者称为"千古丽句",它实写孟浩然出行的时间及去向,似乎仍是在交代,但由于我与"故人"的别离,恰在"烟花三月"的仲春时节,于是,"以乐景写哀,以哀景写乐,一倍增其哀乐"(王夫之语),由此便反衬出码头远别的不胜凄楚迷离;第三句"孤帆远影碧空尽",实写载着孟浩然的船只,在江面由近而远,变大为小,最终那个黑点在蓝天的大背景上归于消失,由此却暗示了身为送行者的我的惜别依依,挥手劳劳,伫立良久,望眼欲穿;第四句"唯见长江天际流",实写我只见长江在天边浩浩荡荡地奔流,由此却暗示我与"故人"的别离在内心造成的空旷和失落之感,尤其是"唯见"一说,分明是在暗示读者,除了眼前唯一能见到的长江之外,我心中的一切皆已不复存在,别无所有。以上所作的种种解读,李白在诗里均未点明,也就是说,它们作为"景中情",皆是留在意象内的空白,必得让读者自己通过诸如伏笔、反衬和暗示等"思而得之"。惟其如此,流荡于其间的情感才显得更加含蓄而且深厚。《送孟浩然之广陵》一诗被论者称为"送别诗之祖",原因就在于其"情意悠渺,可想不可说"。

　　王夫之在论及南朝齐代谢朓的名诗《之宣城郡出新林浦向板桥》中的"天际识归舟,云间辨江树"两句时,说其字里行间"隐然一含情凝睇之人呼之欲出"。其实,此话若移用于李白的诗,似乎更觉合适。我们在"孤帆远影碧空尽,唯见长江天际流"所蕴含的"景中情"里,不是也影影绰绰地有"一含情凝睇之人呼之欲出"吗?无须多加论证,李白这两句,无疑是从为其一向所崇拜的谢朓那里脱化而来的。但由于李白的诗,纯属触景生情的即兴之作,是在感兴的无意识状态完成的,一点借鉴的痕迹亦无从寻觅,因此,与其说它是对谢朓的脱化,不如说是李白的创造;也因此,它比谢朓的原句,更能显示抒情主人公的情感状态,因而,也更具感人于肺腑之区的魅力。

不管是《闻王昌龄左迁龙标遥有此寄》与《赠汪伦》的"情中景",还是《送孟浩然之广陵》的"景中情",它们作为处理情景关系的两种模式,虽然各有侧重,也各有特色,但都有一个共同点,那就是达成了情景交融。如果说,"情中景"通常是真情借景相交融,那么,"景中情"则无疑是真情真景相交融。也许正是基于此,后者才真正称得上王国维所谓的"有意境之作"。

附原诗如下:

    杨花落尽子规啼,闻道龙标过五溪。我寄愁心与明月,随风直到夜郎西。
      ——李白:《闻王昌龄左迁龙标遥有此寄》
    李白乘舟将欲行,忽闻岸上踏歌声。桃花潭水深千尺,不及汪伦送我情。
      ——李白:《赠汪伦》
    故人西辞黄鹤楼,烟花三月下扬州。孤帆远影碧空尽,唯见长江天际流。
      ——李白:《送孟浩然之广陵》

由错觉勾起的乡情

　　李白的《静夜思》，乃唐诗中的千古绝唱。从其最后一句"低头思故乡"可知，这首诗表现的是游子的思乡之情。但与通常的乡情诗不同，其情感表现的特异之处在于，诗人的乡情，并非一直浮现在清醒的意识表层，恰恰相反，它是在触景生情的刹那间，突然从无意识深处被激活和唤醒的。在绝大多数诗人那里，往往会从明月的团圆，想到故乡的团聚，可以说，这是一条习惯性思路。可李白没有遵循此一思路，他其所以从"明月"一下子跳想至"故乡"，是由"床前明月光，疑是地上霜"这个"疑"的错觉搭桥加以过渡的。我们可以这样去设想诗的情境：李白住进一家小旅馆，正在酣睡，可夜半一丝凉气袭来，于是，将醒未醒的他，在睡眼蒙眬中，看到床前白晃晃的一地月光，就条件反射般产生了"疑是地上霜"的错觉。

　　接下来的问题是，为什么看到白晃晃的月光，不是产生疑是地上糖，而偏偏是产生"疑是地上霜"的错觉呢？这是因为，尽管糖和霜二者都以白色呈现，但糖不带寒气，不具什么节令感；而霜则与寒气相逼伴随，具有明显的节令感。如众周知，霜是秋天的标记，而秋天则意味着寒冬即至，一年将尽；进而言之，则意味着返乡团聚之日的临近。正因此，这才有了诗的后半部分："举头望明月，低头思故乡"。到这里，原先因忙于奔波而遗忘在无意识深处的乡情，已被完全激活和唤醒。当此之际，别的游子都已踏上归程，或即将踏上归程，而李白自己却还羁縻于旅途，在孤独凄清、寒气逼人的月色里，饱受乡情的煎熬。关于这一切，诗中未用一个字直接说出，然而，因为诗通过"霜"的中介，把"明月"和"故乡"串联在了一起，所以，李白作为游子的心理活动，便在不言中自然而然地暗示出来了，显得明白而又含蓄。最上乘的诗，有别于深入深出或浅入浅出者，更不同于"以艰深文浅陋"的浅入深出者，而皆有深入浅出的好处。我说《静夜思》明白而又含蓄，即指其深入浅出而言。它之所以成为从大师级的学者到幼儿园的孩童都喜欢的千古绝唱，其原因很大程度上就在于此。

《静夜思》所写的"床"，据论者考证，可能是胡床，即民间所称之马扎。但我以为，床本有二解，还是按平常供睡眠用的床去释义，似乎更切合《静夜思》一诗的实际。如果是马扎，则抒情主人公的我应该坐在那里，而坐在那里，就不太可能有因睡眼蒙眬而产生"疑是地上霜"的错觉。这么一来，包含在其中的诗意也便荡然无存了。

附原诗如下：

床前明月光，疑是地上霜。举头望明月，低头思故乡。

——李白:《静夜思》

一首真正意义上的"诗史"之作

尽管自晚唐孟棨以"逢禄山之难,流离陇蜀,毕陈于诗,推见至隐,殆无遗事"为由,首先将杜甫的诗命名为"诗史"之后,历来对此多有传承及祖述者,但质疑之声确也一直不绝于耳。除明人杨慎外,最具影响力的,如王夫之以《石壕吏》为证,称其"于史有余,于诗不足";钱钟书也认为,"诗史"之说乃"一偏之见"。平心而论,我对王夫之就《石壕吏》所作的批评大体是认同的,而且,我觉得"诗史"的概念,从其一提出就存在义界不清的弊端,应该予以正名。然而,即便如此,我还是要在论及《羌村三首》之一时,将其与"诗史"相联系,先对此一概念进行理论方面的梳理,进而在其作为主体的心灵史和情感史,及其之于社会公众心理与时代精神潮流的典型性等等意义上,展开对该诗的解读。

中国的"诗史"概念,之有别于西方的"史诗"概念,虽然二者都是诗和史在互斥互补中的纠结,但"诗史"侧重于诗心和诗情的主观表现,而"史诗"侧重于史实与史料的客观叙述。抒情文学与叙事文学,亦即诗与小说的分野即由此而来。所以,要厘清"诗史"的概念,就必须强调诗在以下三方面的特性:其一,诗是我写的,又是写我的,诗的主客体合一的自我表现特性,决定了在"诗史"中写历史和故事,就应该而且只能是写我的历史、我的故事;其二,从诗的抒情特性出发,"诗史"写我的历史、我的故事,就应该主要写我的心灵和情感历史中的心灵和情感故事,简而言之,即我的心事和情事;其三,基于诗的情感既独特、又普遍的典型化特性,"诗史"写我的心事和情事,要想在精神流通领域,具有让读者感同身受的功能,就应该将其心灵的情感表现,尽可能地与社会的公众心理以及时代的精神潮流相沟通,使自己在某种程度上成为其忠实的代言者。

之前，人们在论及杜甫的"诗史"时，作为文本实例，一提便是"三吏""三别"。如果用以上的尺度来衡量，其中如《石壕吏》一类的诗，由于它写的纯是别人的故事，而作为抒情主人公的我，充其量只是故事的旁观者以及记录者，因此，你可以称之为用韵文写的报道或小说，但不能叫作"诗史"。王夫之评它"于史有余，于诗不足"，其依据就在这里。而我在下面要分析的《羌村三首》之一，情况则正好相反。作为这一乱世还家故事的主人公，不是别人，恰恰是抒情主人公的我，也就是杜甫自己。这首诗大约写在唐肃宗至德二年，即公元757年。而在此前的两三年间，据诗人传记资料载，杜甫从安史之乱初陷身叛军占领的长安，到只身逃出，投奔驻在凤翔的肃宗，被任为左拾遗，做一个御前从八品的谏官，再到因上疏营救罢相的房琯而触怒肃宗，几受刑戮，在遭贬斥后，放还回鄜州，想借一匹马而不得，只好徒步行走了六百多里，才回到羌村的家。这中间，历经艰险，屡遭磨难，真可谓九死一生。然而，杜甫在《羌村三首》之一中，却并未为上述一长串经历进行过程性的铺排，而把几乎全部笔墨，都用在了回家之后自己与妻儿以及邻居那种特定条件下的心灵及情感关系的表现，即我所谓心事和情事的细节描写上。为说明这一点，且看我们在下面的逐句解读。

"峥嵘赤云西"四句，在诗的一开始，就先是为大家营造了一种归客还家的热烈气氛。在火红的晚霞像山峦般在西天汹涌起伏的日落时分，柴门鸟雀声声，迎来了千里之外的归客。可是，与此种户外热烈气氛形成鲜明对照的，是室内的"怪""惊"，还有"拭泪"的特写镜头："妻孥怪我在，惊定还拭泪"。本来亲人归来，妻儿应欢呼雀跃才是，但在这杀人如麻、血流遍地的乱世，而且他们先前从各种渠道得到的消息都传杜甫已经不在人世，正好又值此日色暗淡的薄暮时分，所以，面对蓬头垢面的诗人，一家大小才有了"怪"和"惊"的特殊反应。这一镜头"反常合道"，再真实不过地表现了乱世还家我与妻儿的心灵及情感状态。在评点此两句时,杨伦说:"摹写入神";沈德潜说:"先惊后悲,真极"。为什么这样说呢？下来的两句作出了回答:"世乱遭飘荡,生还偶然遂"。当此飘荡乱世,充满了种种死亡的可能性,而生还反倒是偶然中的偶然。诗人对个人生死命运及其与时代和社会的必然性关联的这一认知,无疑是一种大彻大悟。然而,其彻悟,却又包含着如许的悲凉与无奈。随之,诗的镜头又转向了门外:"邻人满墙头,感叹亦嘘唏"。四邻八舍在入夜之后还趴在墙头,并非为看热闹,而是要将乱世中人的怜悯、同情以及关爱之情,献给从鬼门关爬过来的这位千里归客。此组摇镜头绝对必要,因为它接通了纯私人的情绪感应与全社会的精神潮流的联系。所谓人同此心,心同此情,即此之谓也。随着时间的推移,从黄昏至夜半,邻人渐渐散去,孩子也已入眠,此时,又一个特写镜头定格在我们面前:"夜阑更秉烛,相对如梦寐"。诗人的妻子,似乎还未从将信将疑的心态转换过来。老两口儿只是一根接一根点燃蜡烛拿在手里,纵有千言万语,也不知由何说起。你看着我,我看着你,恍恍惚惚,恰如在梦中一般。其间的心事和情事,真是"剪不断,理还乱,别有一番滋味在心头"。

通过以上对《羌村三首》之一及其典型化细节的解读,我们在这幅用文字绘就的乱世还家图中,不仅看到了杜甫一家的心灵及情感生活的真实,而且还以小见大,因微知著,进一步看到了从贞观之治的高峰跌落下来的唐代社会千家万户在安史之乱中的心灵及情感生活的真实。正是在这样一个宏大叙事的背景下,我认为,《羌村三首》之一,确实堪称为一首难得的"诗史"之作。

附原诗如下:

峥嵘赤云西,日脚下平地。柴门鸟雀噪,归客千里至。妻孥怪我在,惊定还拭泪。世乱遭飘荡,生还偶然遂。邻人满墙头,感叹亦嘘唏。夜阑更秉烛,相对如梦寐。

——杜甫:《羌村三首》之一

杜甫的"生平第一快诗"

我在论证《羌村三首》之一为真正的"诗史"之作时，心目中，原本是把《闻官军收河南河北》《江南逢李龟年》等杜诗名篇也包罗在内的。我的意思是，无论是《闻官军收河南河北》所表现的荡气回肠的快意，还是《江南逢李龟年》所表现的抚今追昔的沉痛，在安史之乱结束前后的唐代社会，都称得上既独特、又普遍的典型情感，很大程度上，体现了那个特定历史时期的社会心理和时代精神。

下面，我们就来谈谈《闻官军收河南河北》的情感表现。据《中国史纲要》载，爆发于公元755年的安史之乱，把国家拖入了一场空前的浩劫，不仅包括首都长安在内的整个北方，尤其是两河（河北河南）的大多数土地陷于叛军之手，而且成千上万老百姓被驱上流浪之路，田园荒芜，生灵涂炭，使鼎盛已极的大唐王朝，其经济和社会生活，处在崩溃的边缘。一直持续到公元763年，即唐代宗广德元年正月，由于叛军首领史朝义自缢，其属下几个主要将领相继降唐，这场延续八年之久的大动乱才告结束。杜甫的《闻官军收河南河北》一诗，便是在这样的背景下写成的。

恰如标题所明示，这首诗表现的是流落至川中一隅的诗人，听到官军收复两河失地的好消息之后，发自内心的一种快意。全诗的情感色调相对单纯，从头到尾，始终沿着快意同向展开，在结构上采取单向直线方式，直截了当，酣畅淋漓，顺流而下，一气呵成。杜甫一生所作，大多是对乱世的悲吟，而此诗却一反常态，以节奏的欢快著称，正因此，在杜诗研究中，被称为"此老生平第一快诗也"。

也许是一个诗学的规律吧，先是由韩愈提出，千载后又由王国维作了进一步阐发的"欢愉之辞难工,穷愁之言易好"的命题,作为对诗的生命内涵在色调方面的总体把握,确有其无与伦比的深刻之处。绵延数千年的中国诗史,之所以被一些论者视为一部愁史、一部泪史,其缘由即在于生命本身的悲剧性。当然,这并不是说,其间全然找不到抒写欢愉的篇什。事实上,这样的篇什历朝历代皆有,但由于它们大多停留在非生命体验的形而下层面,因而绝少感人之作。例如孟郊的七绝《中科后》中"春风得意马蹄疾,一日看遍长安花"两句,不管是就其构思的巧妙,还是就其修辞的新颖而言,都堪称抒写欢愉的绝妙好辞。可是,当我们追溯其欢愉的源头,仅只是因为中科,便难免生出小家碧玉之叹。然而,我们正讨论的《闻官军收河南河北》一诗,绝对是超规律的例外。它也表现欢愉,却感人至深。如细加体味即可发现,其感人之处在于欢愉,又不完全在于欢愉。准确地说,那是从生命体验最内里、最敏感、亦是最关紧要处涌流而出的一种快意之感。当时,杜甫一家与北中国无数父老乡亲一起,因战乱而流落在外,他们在听到官军收复两河失地之后所激起的快感,是作为长久积压于内心之苦痛的一个大宣泄、一个大补偿而被表现在诗中的。因而,要说它是快感,是宣泄和补偿了大苦痛的快感,是以大苦痛为背景,以大苦痛为基色的快感,是最终嚼得出大苦痛滋味来的快感。简而言之,即所谓痛中之快和痛后之快,一言以蔽之,即痛快。从美感的角度讲,它是快感,却并非如优美一般单一的快感,而是像崇高、像悲剧那样,由痛感转化而来、与痛感相伴而生的快感。《杜诗详注》云,此诗"于仓促间,写出欲歌欲哭之状,使人千载如见";《读杜心解》亦称:"公凡写喜,必带泪写,其情弥挚";皆可谓至言。

  需要说明的一点是,这首诗虽然如前所论,在痛快之感的表现上,属单向直线结构,但意象安排却直中有曲:一二句写主体之我的情状;三四句由我而及于妻儿;第五句写准备合家庆贺;第六句写还乡的打算;第七八句写想象中的还乡路线及其暗含的快意。尽管皆是围绕着快意,但八句四层互不重复,给人以层层叠加、步步深入的感觉。其所以能如此,很大程度上得力于一些关键词的妙用,如"忽传""初闻""却看""即从""便下"等,它们犹如关节和韧带,保证了诗的情感流结构的血脉贯通。《唐诗三百首》的编者孙洙说,《闻官军收河南河北》"一气旋折,八句如一句,而开合动荡,元气浑然,自是神来之笔"。他讲"一气旋折",即指此诗单向直线结构内意象安排直中有曲的诗美特征。

附原诗如下:

剑外忽传收蓟北,初闻涕泪满衣裳。却看妻子愁何在,漫卷诗书喜欲狂。白日放歌须纵酒,青春做伴好还乡。即从巴峡穿巫峡,便下襄阳向洛阳。

——杜甫:《闻官军收河南河北》

关于"落花时节"的意象分析

　　论及杜甫的"诗史",除上述《羌村三首》之一、《闻官军收河南河北》外,还必须提到《江南逢李龟年》一诗。尽管它只是七绝一类的小制作,但就其所包蕴的历史意涵及精神容量而言,却不可等闲视之。清人邵长蘅称:"子美七绝,此为压卷";《唐宋诗醇》则进而评说:"悄然数语,可抵一篇《琵琶行》矣"。他们虽然并未把《江南逢李龟年》与"诗史"相联系,但诸如"压卷""抵一篇《琵琶行》"之类赞语,作为对以"诗史"名世的杜甫的一首七绝的评价,本身已经包含有我在以上所强调的那个意思。

　　这首诗写于唐代宗大历五年,即公元770年,也是杜甫逝世的那一年。那一年暮春,杜甫在湖南潭州偶遇同样在流亡途中的李龟年。关于李龟年的生平事略,现已无从查考,只知道他是盛唐开元至天宝年间红极一时的一位著名乐人,因此而深受视音乐为生命的唐玄宗的赏识。据《明皇杂录》载,李龟年"特承顾遇,于东都大起第宅,膺侈之制,逾于公侯"。安史之乱起,李龟年流落江湖,每遇良辰美景,就为人唱上数阕,四座皆感慨系之,莫不掩面而泣。正由此,李龟年从红极一时到流落江湖的遭遇,不单单是某个个体的荣辱,很大程度上,已成为盛唐由盛而衰的一种象征性符号。杜甫正是有感于此,才写下这首堪称安史之乱前后近百年的心灵史和情感史的"诗史"之作。

　　诗的前两句写的是杜甫对自己与李龟年往昔在长安旧交的回忆:因为李龟年是乐人,除了"岐王宅里寻常见"作为视觉的回忆之外,更有"崔九堂前几度闻"的听觉的回忆。而诗的后两句,写的则是杜甫自己与李龟年如今在潭州偶遇的现况:"正是江南好风景",是写偶遇的地点——以风景好而见称的"江南";"落花时节又逢君",是写偶遇的时间——正当"落花时节"的人间四月。表面看去,杜甫抚今追昔,由偶遇的现况勾起旧交的回忆,再从旧交的回忆导入偶遇的现况,写回忆有如耳闻目见,写现况点出时间地点。叙事的诸要素皆备,四句从前到后,也合于起承转合的程序,整首诗颇似一则平实而又平淡的记叙文。然而,诗的魅力恰恰就在于,它在平实的外表下,能叫人思之再三,感觉到其饱满的内在蕴蓄;在平淡的节奏中,能让人体味不尽,品尝出那份来自岁月深处的历史的悲凉与沉重。难怪清代黄生这样说:"今昔盛衰之感,言外黯然欲绝,见风韵于行间,寓感慨于字里,即使龙标、供奉操笔,亦无以过。"

　　杜甫的这首诗之所以能获得如此高的评价,其至为关键处,在于第四句里"落花时节"的意象。一方面,它是朱熹在《诗集传》中讲的"赋",是"铺陈其事而直言之也",换句话说,它是实写,是所处季节的即景之笔;但另一方面,它又是朱熹讲的"兴",是"先言他物以引起所咏之词也",或者说,它又是虚写,是意在言外的象征。正因为它在手法上,亦赋亦兴,即所谓"赋而兴也",其意在虚虚实实、影影绰绰之间,所以,我们才可以对此一意象进行多层面的意义解读:首先,杜甫在湖南潭州之偶遇李龟年,恰在江南花谢花飞的"落花时节",此其一也;其二,李龟年当年青春年少,名动京师,如今垂垂老矣,流落江南,已到"落花时节";其三,不止是李龟年,身为抒情主人公,杜甫自己也已由志存高远的一介青年,变为身心交瘁的老翁,处在随时都可能撒手而去的"落花时节"(事实上,杜甫正是在写下此诗后不久,即与世长辞);最后,子民百姓引以为自豪的大唐王朝,几经战乱,盛极而衰,从贞观到开元的繁华胜景,皆已烟消云散般一去不复返,随之而来的,只能是与风雨相伴的"落花时节"……前面我们说,李龟年是一个符号;分析至此,可以进一步说,"落花时节"也是一个符号。此诗将李龟年安顿在"落花时节"的背景下,使其作为"诗史"本来所具有的历史感,因为两个符号的重叠,而益发显得苍茫而且深邃,不由人为之黯然神伤。

还须指出一点,落花作为意象,并非普通的意象,而是一种源于集体无意识的原型意象。在这方面,它与流水的原型意象,有相同处,亦有不同处。说其相同,是由于二者皆是对于人的生命在时间维度上流逝、飘零或凋谢的一种象征,因而,它们在诗中常常在一起连用;说其不同,流水的原型意象更带普遍性,不仅古今皆然,而且中西相通;但落花似乎只为中国的诗所用,更何况因其带有某种阴性特征,而较多地用于女性,用于春天,尤其是暮春的特定节候。《红楼梦》中曹雪芹为林黛玉代写的《葬花诗》,即是最足以说明问题的一个典型例证。

附原诗如下:

  岐王宅里寻常见,崔九堂前几度闻。正是江南好风景,落花时节又逢君。

         ——杜甫:《江南逢李龟年》

两首各自为对方画像的赠友之作

前面,我们通过对李白三首七绝的阐释,分析了他与孟浩然、与王昌龄、与汪伦之间的交情。其实,要论交情的深厚,在当时的文人圈中,恐怕莫过于李白与杜甫二人。他们基本上同处一个时代,面临的社会环境大致相同,经历的生活道路也大体相近,而且相互往来频繁,情谊深笃。李白大杜甫十二岁,两人的关系,颇似长兄与小弟之间的兄弟关系。其交情,不仅在盛唐诗坛,甚至在中国绵延数千年的诗歌史上,都绝对算得上一段佳话。杜甫现存的诗里,有三十多首是写给李白的,可谓一往情深;李白赠予杜甫的诗,虽然有名目可查者仅为《沙丘城下寄杜甫》《鲁郡东石门送杜二甫》及《戏赠杜甫》等三首,但并不因为数量上的相对较少,而影响到包蕴于诗中的情感含量。关于这一点,可从他们各自为对方所写的两首七绝予以证明。

我说的两首七绝,一首是李白的《戏赠杜甫》,一首是杜甫的《赠李白》。后者的真伪,不成其为问题;而前者则多有争议。虽然《本事诗》及《酉阳杂俎》早已载之,但《唐宋诗醇》仍是以"白集无是"为由,认为将此诗归于李白名下,系"流俗传闻之说"。我在这里采用郭沫若《李白与杜甫》一书经考证以后提出的看法,确认其为李白所作。

有意思的是,两首赠友诗,看其内容,在很大程度上,乃是各自为对方画像之诗。如若是一般的画像诗,并无细读的必要。其不一般之处在于,李白与杜甫二人长年相处,各自皆像熟悉自己一般熟悉对方。正因此,他们为对方以文字描绘的画像诗,不屑于在外表层面巧构形似之言,而是如同高明的人物画家,能抓住对方三两个带标志性的特征,非常生动传神地勾画其精神状态。

为印证这一点,不妨先从杜甫的《赠李白》说起。在诗里,杜甫仅用"飘蓬""未就丹砂""痛饮狂歌""飞扬跋扈"等关键词,把李白屡受朝廷排斥,像蓬草漂泊无依,想炼丹却又不成,整天在痛饮狂歌中打发光阴,个性张扬放纵,很难见容于世的一代诗仙形象,活生生地凸显在了我们面前。再看李白的《戏赠杜甫》一诗。如果说,上述杜甫为李白的画像,属于多少显得夸张的写意一类;那么,李白为杜甫的画像,在开玩笑式的幽默中,倒不无严格的写实意味。饭颗山头,烈日当空,杜甫戴一顶竹笠,有气无力地走来。才几天不见,你怎么瘦成这般模样?肯定是写诗写得太辛苦了。短短的二十八字,既有人物,又有场景,还有对话,于不经意间,为我们塑造出杜甫这位诗圣"语不惊人死不休"的形象。一个飘然欲仙,豪迈到近于放浪;一个踏实为人,严肃到近于拘谨。诗仙与诗圣的两种自我,两种人格面貌以及生命状态,对比何其鲜明。

更有意思的是,李白与杜甫作为盛唐诗坛的两大巨星,在写诸如此类的画像诗时,似乎为适应对方的特征,都放弃了自己的主流风格,而选择以对方的笔调进行写作。杜甫其人其诗,向以平实见长,因而,李白的《戏赠杜甫》,便以杜甫式的平实,来写平实的杜甫;反之,李白其人其诗,则更以豪迈著称,于是,杜甫的《赠李白》,便以李白式的豪迈,来写豪迈的李白。从中,我们不是可以悟出点什么来吗?第一,李白与杜甫之间的相知之深,的确非寻常可比。如若不然,又怎能写得如此入木三分?有人曾以为李白《戏赠杜甫》的后两句含"讥议之词",这显然是把幽默混同于讽刺了。李杜之间,如同杜甫可以略带夸张地说李白"飞扬跋扈"一样,李白也可以半开玩笑地说杜甫为作诗而熬瘦自己,由此正好说明二人的相互信任。第二,李杜的诗作,虽则各有其主流风格,如李白的豪迈飘逸、杜甫的沉郁顿挫,但是,他们作为伟大的诗人,其风格都是多样统一的,除了主流的那个侧面之外,也还有很多非主流的侧面。也就是说,他们拥有多副笔墨,想怎么写,就怎么写,已达至"从心所欲而不逾矩"的自由状态。要说李杜伟大,或许这正是其伟大的体现之一吧?

附原诗如下:

饭颗山头逢杜甫,头戴笠子日卓午。借问别来太瘦生,总为从前作诗苦。

——李白:《戏赠杜甫》

秋来相顾尚飘蓬,未就丹砂愧葛洪。痛饮狂歌空度日,飞扬跋扈为谁雄?

——杜甫:《赠李白》

谈柳宗元《江雪》一诗的"有我之境"
——兼与李白《敬亭独坐》相比较

王国维在《人间词话》所论的"有我之境"和"无我之境",虽则不应视为鉴别诗词高下的标尺,但却可以当作解读诗词情感表现的一个重要的观察点。下面,我想就柳宗元《江雪》一诗呈现的是"有我之境",还是"无我之境",谈谈我对相关问题的几点思考:

首先,是《江雪》所描写的寒江独钓的画面是否真景物的问题。王国维论境界,在强调"真感情"的同时,也非常强调"真景物"。那么,什么是"真景物"呢?王国维没有讲,但我们可以借用清人章学诚在《文史通义》中关于"天地自然之象"与"人心营构之象"的区分,以及刘熙载在《艺概》中关于"按实肖象"与"凭虚构象"的区分来作出回答。在我看来,王国维所谓"真景物",应该是"天地自然之象",或者说是"按实肖象"。如果据此衡量,那么,柳宗元《江雪》中的寒江独钓图,因其展示的是这样一幅景象:飞鸟无影,人踪绝灭,万籁俱寂,风雪弥漫,一位身披蓑笠的老翁,与孤零零的小舟为伴,独自垂钓于寒江之上,按常规常理判断,属于不论自然界抑或现实界都不实际有、也不可能有的景象,所以,它肯定不是"天地自然之象",而是"人心营构之象";不是"按实肖象",而是"凭虚构象"。也即是说,它不是"真景物",而是艾略特讲的为情感寻找的"客观对应物",即借景。

其次,随之而来的问题是,柳宗元为什么要通过"人心营构",也就是"虚构",创造出这样一幅自然界或者现实界不实际有、也不可能有的寒江独钓图呢?或者换一种问法,当此"鸟飞绝""人踪灭"的深山严冬,这位"孤舟蓑笠翁"独自垂钓"寒江",他到底在钓什么呢?可以肯定地说,他不是在"钓雪",也肯定不是在钓鱼。如果经由"互文本性"的联想,我们就会不由自主地由眼前的"蓑笠翁",而想起当年垂钓于西渭之滨等待风云际会的姜子牙,进而再由姜子牙想起诗人柳宗元在写这首诗前后,被流放至湘桂一带的心路历程。于是,你便会蓦然领悟到,这位"孤舟蓑笠翁",在很大程度上,乃是诗人的自我象征。他垂钓于风雪寒江,与其说是在钓鱼,不如说是在急切地期盼着重新被朝廷起用,从而得以"兼济天下"的政治前程。《江雪》的妙处在于,寓动于静,以静写动。正如诗的前两句所写:"千山鸟飞绝,万径人踪灭",四周的环境处于绝对的静态;而诗人的内心,基于其潜在的目的性,则显然处于绝对的动态。于是,外界的静和内心的动,由于两者生命节奏的反差,在诗中产生了巨大的张力。王国维讲,"有我之境,于由动之静时得之",其所指,便应该是上述这种状况。也因此,它给人的感觉,绝非"人唯于静中得之"的"无我之境"的"优美",而是"有我之境"的"宏壮"。如果换成李泽厚先生的话,即"伟大的孤独感"。

  再次,我们可以拿柳宗元的《江雪》与李白的《敬亭独坐》作以比较。李白在该诗写道:"众鸟高飞尽/孤云独去闲/相看两不厌/只有敬亭山"。就其所写的环境的安静而言,它与柳宗元的《江雪》,可以说并无二致,换言之,二诗表现的都是人的孤独感。但李白通过"相看两不厌"式的人与自然的和谐,表现出一种孤独中的安闲和安适,即所谓孤闲与孤适之感;而柳宗元诗中的人与自然是分立的,甚至是对立的,表现出一种孤独中的傲岸及忧愤,更多孤傲及孤愤之感。由此观之,李白的《敬亭独坐》,呈现的是"人唯于静中得之","以物观物,故不知何者为我,何者为物"的"无我之境";而柳宗元的《江雪》,呈现的则是"于由动之静时得之","以我观物,故物皆著我之色彩"的"有我之境"。两首诗写得都很美,但《敬亭独坐》之美,是一种

"优美";而《江雪》之美,乃是一种"宏壮"之美,也就是壮美。

附原诗如下:

千山鸟飞绝,万径人踪灭。孤舟蓑笠翁,独钓寒江雪。

——柳宗元:《江雪》

说说《江花》一诗的声音模式

作为咏物诗,元稹的七绝《江花》写江花在江风的鼓荡下,从枝头被吹落,忽上忽下,最后坠入江流的飘零过程,其旨归肯定不止于江花本身。苏轼有言:"赋诗必此诗,定知非诗人",元稹身为苏轼的先辈,又怎会不解个中的道理?若是按习惯性思路,他写江花的随风起落,恐怕更多是要用以象征包括自己在内的官场中人,亦即仕人的地位、命途乃至于身家性命的无所皈依和不由自主。简而言之,是意在通过对江花飘零的瞬间展示,表现一种人的生命本体的飘零感。但以我看来,这只是《江花》一诗的第一个层面,而且是明眼人一看皆知的最浮表层面的意味所在。如果其蕴含仅仅停留在此,这首诗也就不值得去作更深入的研究。

在经过再三的吟咏和玩味之后,我发现,《江花》的内里,似乎隐含着一个或许连作者自己也不一定意识到的声音模式。全诗四句,每句都有一个江字。起句"日暮嘉陵江水东",江是第五个字;承句"万片梨花逐江风",江是第六个字;转句"江花何处最肠断",江是第一个字;合句"半落江流半在空",江是第三个字。倘若将其在字里行间错落有致、反复闪现的轨迹,放在坐标图纸上加以描摹,正好构成一个倒过来的S型。有趣的是,这一声音模式颇似诗中所写的江花,眼看着就要落入江流了,江风突起,一下又被高高地抛向半空,等江风稍歇,它又如自由落体一般,慢慢往下坠落。据此可否认定,这个倒S型,作为声音模式,在由听觉唤起的形式层面,已经构成了江花因江风吹拂而上下翻飞的一种象征呢?综上所论,声音模式象征着江花的飘零,而江花又象征着人生的飘零。有了这两个层面的象征，对于强化诗的情感氛围与暗示效果，无疑起到了推波助澜的作用。

对于此一声音模式，有人也许会说，这是诗人在语言修辞上作了精心选择与安排的产物，我却不这样认为。毫无疑问，诗的创作需要技巧。但技巧的使用，不能刻意为之，而只能如黄庭坚所言，"不烦绳削而自合"，否则，就会背道而驰，产生反效果。黄庭坚在论及"不烦绳削而自合"的命题时，举的多是陶潜、李白和杜甫这样的诗坛大家的例证，元稹就整体而论，当然不在其列。可《江花》一诗及其声音模式，仍应被视为"不烦绳削而自合"的创造。我们可以这样去设想，如果元稹在创作此诗之际，只是一味地斟酌该于何处安顿"江"字为宜，写出来的便肯定不是现在这个样子了。

黄庭坚虽在千年之前，提出了"不烦绳削而自合"的命题，但他却并未对为什么可以，以及怎样才能"不烦绳削而自合"之类问题做出回答。为了回答这类问题，我们不妨借鉴西方格式塔心理学的相关研究成果。考夫卡的"完形"理论指出，艺术品作为一个有机整体，即"完形"，或者按德语音译称为"格式塔"。此种"格式塔"应具有这样的特点，"它不仅使自己的各部分组成一种层序统一，而且使这统一有自己独特性质"。之后的埃伦茨威格在《艺术的潜在次序》里，又将精神分析的无意识理论引入格式塔心理学，认为艺术品要成为有机整体，即"格式塔"的"完形"，仅仅在理性领域无法做到。"艺术创造是在心理的、深邃的、无意识层次上获取营养的。艺术家比起一般人更善于自由地驾驭自己受压的内驱力，而且能在这过程中用神奇的审美欣赏次序及和谐来引导它们。"这也就是说，艺术家一旦在灵感激发下出现创作冲动，其无意识的自组织、自整合功能将被充分调动起来，从而在艺术家自身都无法意识到的情况下，完成艺术品作为有机整体的"格式塔"之"完形"创造。今天，我们倘若用格式塔的无意识"完形"理论，来解读黄庭坚的"不烦绳削而自合"一说,那么,元稹《江花》中的声音模式,便可获得顺理成章的解释。

  附原诗如下:

    日暮嘉陵江水东,万片梨花逐江风。江花何处最肠断?半落江流半在空。

——元稹:《江花》

《夜雨寄北》的情感流结构

这是身处巴山的抒情主人公给远在北方的妻子回复的一封诗简。诗的前两句"君问归期未有期/巴山夜雨涨秋池",于一问一答间,就开门见山说明了诗简的主要内容。你问我回家的日期,我却定不了日期。因为我所在的巴山一带夜雨滂沱,江湖水位暴涨,以至于道路都被隔断了。回不了家,肯定是令人不快的。为了安慰妻子,同时也安慰自己,以便使精神得以平衡,我在诗简中设想,什么时候我回家与你团聚了,我们一起在深夜的"西窗"之下,剪着烛花,再来回忆当时因为"巴山夜雨"而回不去的那些时光。

从以上所述的内容看,此诗表现的是旅途受阻的苦恼之情。但在表情的手法上,诗却采取了艺术辩证法的相反相成的方式。明明是眼前因旅途受阻而多有不快,却硬是要宕开一笔,在时空转换造成的间隔中,去想象日后回家团聚时在西窗一边剪烛夜话,一边回首往事的那份愉悦。如此一来,情感也就被渲染得更其深沉浓郁。

与此相对应,诗的情感流运用复式曲线结构:由如今的不能回归,想到此后的一定能回归;再由此后的一定能回归,忆及如今的不能回归。情绪也因之而由悲到喜,再由喜到悲,在悲喜两端的往复回环中,诗的结构作为情感的外轮廓,自然而然地画出一条曲折的波纹线,三转四折,起伏跌宕,于顿挫之中,显得摇曳多姿。

为配合情感流的复式曲线结构,诗的时空随之而几经转换,先是在巴山之夜遥想西窗之夜;接着又在西窗之夜"却话""巴山之夜"。体现于语言,"巴山夜雨"一词不避重复地两度使用。前一个"巴山夜雨"无疑是现实的时空,而后一个"巴山夜雨"则是想象的时空。一虚一实的闪回与映衬,极尽诗的跳跃之能事。尽管对于此种重复的修辞手法,历来不无持否定意见者,甚至有人批评说:"两叠巴山夜雨,无聊之甚",但这类不识诗为何物的非专业性议论,大可不予理会,因为有关此诗及其时空处理的眉批和点评,更多的还是由衷的肯定与赞许。如《唐诗绎》称,"预写归后追叙此夜之情,是加一倍写法";《札补》云:"眼前景反作日后怀想,意最婉曲";《唐人绝句精华》也指出其"如此作法,……诗家谓之顿挫者是也"。它们所谓"加一倍写法"、所谓"婉曲"、所谓"顿挫",究其实,皆是指"两叠巴山夜雨"所蕴含的诗意所在。

附原诗如下:

　　君问归期未有期,巴山夜雨涨秋池。何当共剪西窗烛,却话巴山夜雨时。

——李商隐:《夜雨寄北》

《天净沙·秋思》的意境创造

马致远的《天净沙·秋思》是一首小令,但就其所创造的真情真景相交融的意境而论,却完全可以媲美于李白、王昌龄等人的盛唐绝句。周德清的《中原音韵·小令定格》誉之为"秋思之祖",实在是有道理的。下面,我拟从四个方面来探究其意境创造。

一、虚实相衬的意象并列。前三句中九个实词,把九种景物在未用任何一个关联词的前提下排在一起,构成了一种被后来的电影理论称之为"平行蒙太奇"的意象并列。其中,第一句里的"枯藤""老树""昏鸦",与第三句里的"古道""西风""瘦马",是诗人在旅途上所见所闻的秋天的实景;而第二句里的"小桥""流水""人家",在既往的鉴赏文字中,一直也当秋天的实景看待。但仔细想来,却觉得与一、三句的色调以及氛围多有不合,似应指诗人由眼前的实景而勾起的记忆中所思所念的家园的虚景。如果说,实景让人心生凄恻,虚景不由感觉温馨,那么,虚景穿插于实景之间,从反衬的审美效果看,便使本已凄恻的秋日画面因此而显得倍加凄恻。

二、背景的色调及气氛渲染。第四句"夕阳西下",既是交代诗所抒写的情事的发生时间,又是对这段情事在色调与气氛方面的一种渲染。如果说此前三句,由眼前的旅途见闻而想起心中的家园记忆,已多少触及"秋思"亦即情事的主题,此处则又进一步,将上述由两层实景夹一层虚景的秋日画面,整体性地移植到"夕阳西下"的大背景下,由于黄昏黯淡的光影及清冷的气氛的双重作用,画面的凄恻便一变而为如寒冰一般的彻骨的悲凉,从而将"秋思"的主题渲染得轮廓初现,几欲呼之而出了。

　　三、情感的灌注和串联。以上九个意象在虚虚实实间的并列，以及"夕阳西下"的大背景渲染，因它们尚缺少情感作为生命素的灌注和串联，严格说来，还不成其为完整意义上的意境。但通过末句"断肠人在天涯"所透露的信息，一下子把沦落天涯的游子的那种"断肠"之情，既作为生命素灌注到上述黄昏的秋景之中，同时又作为必不可少的线索提供给了读者，使他们有可能凭借自身的想象力，串联起所有看似无关的意象，最终形成融秋景与乡情于一炉的"秋思"意境。需要强调的是，有无此一线索，情况是大不一样的。宋人范温称："古人律诗，亦是一篇文章，语或似无伦次，而意若贯珠。"范温说的是"律诗"，其实小令也一样。关于这一点，我们只需将同是元代的另一诗人白朴的同一曲牌之作，与马致远的《天净沙·秋思》作以比较，就可说明问题。白朴的《天净沙》写道："孤村落日残霞，轻烟老树寒鸦，一点飞鸿影下。青山绿水，白草绿叶黄花。"白朴的此首小令，虽则在意象的并列方面与马致远所作并无二致，但效果大为不同。因为情感的灌注和串联的缺失，那些意象充其量只不过是与意境的整体无所关涉的散金碎玉而已。而马致远的《天净沙·秋思》，由于情感在给画面以生命灌注的同时，又以其内在线索串联起全部意象，因之，作为小令的主题的"秋思"之意，便"若贯珠"一样，在"似无伦次"中，给人以只为意境所独具的浑然一体的生命之感。

　　四、最后的点睛之笔。前面为叙述的方便，将"夕阳西下"和"断肠人在天涯"两句，分别加以讨论。这里，我想把它们合在一起，为小令意境中的"秋思"主题做一个小结。就字面而论，"夕阳西下"，就是日子到头了，就是日暮；"在天涯"，就是路子到头了，就是途穷。小令于其结尾处，亦是整个意境的点睛处暗示读者，当此日暮途穷之际，身为"断肠人"的游子，包括自己在内，不可再羁縻旅途，应尽快回归家园。《天净沙·秋思》之所以被誉为"秋思之祖",其深长的意味当在于此。

　　附原诗如下:

　　　枯藤老树昏鸦,小桥流水人家,古道西风瘦马,夕阳西下,断肠人在天涯。

　　　　　　　——马致远:《天净沙·秋思》

外国诗部分

如何使爱情由瞬间化为永恒
——谈《公园里》的视听形式

当闪婚闪离正在被看作当下青年人,尤其是白领一族的婚姻常态,当离婚率的居高不下,越来越成为有损家庭及社会稳定的一种隐患时,读读上世纪法国的一位杰出诗人普列维尔所写的《公园里》一诗,也许能受到一定的启示。基于根深蒂固的误解,国人总以为,西方由于婚恋观念过分强调生理性的需求,而缺乏足够的精神支撑,致使其家庭伦理体系陷入某种混乱。殊不知,恰恰是这么一位来自西方、来自被称为浪漫之乡的法国诗人,却以富含纯正而典雅的古典意味的视听形式,在电影长镜头般画面的渐次推移和顶针式修辞的反复缠绕中,给我们诗意地演绎了爱情如何由瞬间化为永恒的完美一幕。

爱情与婚姻的美满,历来是衡量人的幸福指数的一个最重要的指标。正因此,人类在婚恋问题上,固然反对感情已然破裂却仍要求一方或双方从一而终的僵化和专制,也反对甚至更反对因为感情的不够专注,以及家庭责任感的缺失而造成的闪婚闪离。事实是,不论在东方还是西方,也不论在古代还是现代,人们都希望爱情能得以保鲜,使初恋之际忘情拥吻的美好瞬间,能取得某种超时空的永恒意义,也就是普列维尔在《公园里》一开始所言的"一千年一万年/也难以/诉说尽"的"瞬间的永恒"。词义上的"永恒",即"一千年一万年",即时间的无限长;而时间的无限长,在诗中，通过"在冬日朦胧的清晨／清晨在蒙苏利公园"两句间的一个转折，最终由空间的无限大来予以体现。当诗的结尾处，那对青年男女"你吻了我／我吻了你"，他们在瞬间的忘情拥吻，被定格于超时空的宇宙背景，其爱情便化为了永恒，或者说，取得了堪称为"永恒"的意义。

诗人赋予文本"瞬间的永恒"的此一主题，是由其特定的视听形式暗示出来的。在诗的后半部分，整个画面的转换，有如巴赞的一组渐次推移的电影长镜头：开始是两个嘴巴的特写："你吻了我／我吻了你"；随之是清晨公园的近景："清晨在蒙苏利公园"；继而是巴黎的中景："公园在巴黎"；接着是地球的远景："巴黎是地上一座城"；最后是苍茫浩瀚的宇宙的大远景："地球是天上一颗星"。诗就是这样，通过画面像电影长镜头般由近而远、由小而大的渐次推移，在越来越广大的时空背景下，表现出相爱瞬间的永恒意义。

与这种视觉画面渐进式的平稳过渡相对应，诗的后半段，在语言修辞方面，采用了顶针的方式，即前一句的后一二字，恰是后一句的前一二字。此种顶针的修辞方式，进一步增强了长镜头中画面转换和推移的连续性，在读者的感觉中，爱情化瞬间为永恒，并非一步登天式的人为拔高，而是如同棉线的缠绕一样，在句句相随、字字不离的听觉节奏中，给人以自然而然、不着痕迹之感。

一个视觉画面，一个听觉节奏，此二者在诗的形式内的相辅相成，使其包蕴的"瞬间的永恒"这一爱情主题，得以完美体现。前者的渐次推移，后者的反复缠绕，在视听感觉层面，似乎充满了化瞬间为永恒的动感，然而，那一对忘情拥吻的青年男女，他们其实都是一动不动地站在原地，真正运动的只是诗的画面和诗的节奏而已。作为"有意味的形式"，其微妙处在于，它借助视听感觉的运动，造成了瞬间与永恒二者的叠合，让人觉得，只要你以一颗诚实的心去相爱，那么，瞬间即是永恒，或者反过来说，永恒就在瞬间。

除以上所论,还有一点需要指出:《公园里》通过顶针所显示的听觉节奏,不知法文原诗是如何用语音加以表达的,但毫无疑问,中译者在修辞方面的灵心妙手,应予高度肯定。不然,该诗在翻译成另一种语言之后,难以想象会有如此这般的感染力。
　　附原诗如下：
　　　　一千年一万年／也难以／诉说尽／这瞬间的永恒／你吻了我／我吻了你／在冬日朦胧的清晨／清晨在蒙苏利公园／公园在巴黎／巴黎是地上一座城／地球是天上一颗星
　　　　　　——普列维尔:《公园里》

诗的召唤结构中的叙事性空白

钱钟书曾就中西诗作过一番比较。他认为，中国诗以含蓄著称，而西洋诗则以坦率见长。即便在中国诗里算得坦率者，比起西洋诗来，仍然显得含蓄。钱先生此话自然是不错的，但这仅只是就一般的情况而论。应该说，在西洋诗里，也不乏因其空白而多所含蓄，而特别地耐人寻味之作。例如奥地利诗人弗里德的《归化》，即是一例。它是一首抒情诗，但其抒情是通过一个相当别致的叙事框架来完成的。我说它别致，是因为里面的故事，诗人写出的极少，而我们想到的却很多。也就是说，它所留的空白，需要经由我们作为读者的具体化来一一地加以填补。

全诗三段，每段三行七字，用意象并列的方式，向我们展示了都以白、红、蓝为基色的三幅图画。诗的第一节："白手／红发／蓝眼睛"，用白、红、蓝三色暗示，故事的主人公是一位白种青年；第二节："白石／红血／蓝嘴唇"，仍用白、红、蓝三色暗示，这位白种青年已在战场喋血负伤；第三节："白骨／红沙／蓝天空"，还是用白、红、蓝三色暗示，这位白种青年客死他乡、露骨于野。因为诗中屡屡闪现的白、红、蓝三色，既是构成美国星条旗，也是构成越南地理环境的三种底色，所以，上述这位白种青年的遭遇，肯定与美国侵越战争有关。从表面看，《归化》一诗只是由白、红、蓝三色构成的画面的空白陈列；而在具体化的填空之后，则可以理解为美国青年士兵在越南战场从入伍到阵亡，以至于连遗体都无法归葬家园的故事叙述；进而言之，在这样的故事框架下，流注于其间的是诗人对战争中无辜牺牲者的含泪的同情，以及对一切侵略战争无声的谴责与抗议。

论及弗里德的《归化》，自然会想到贾岛的五绝《寻隐者不遇》:"松下问童子/言师采药去/只在此山中/云深不知处"。与《归化》将美国士兵的入伍阵亡事由皆隐而不言相类似,《寻隐者不遇》也把抒情主人公的"我"向童子发出的问话一概省略了。两首诗都因其在故事或对话叙述中的空白,构成伊瑟尔所称的"召唤结构"。但二者同中又有不同,如果说,贾岛的《寻隐者不遇》只是日常交往中一个场景的小品式书写;那么,弗里德的《归化》则是关于历经两次世界大战的西方人反战思潮的宏大叙述。既是对于一种社会思潮的大叙述,又是仅只是 21 字篇幅的小制作。用以小见大来概括《归化》一诗,应该是非常合适的。

附原诗如下:

　　白手/红发/蓝眼睛//白石/红血/蓝嘴唇//白骨/红沙/蓝天空

　　　　　　　　　　——弗里德:《归化》

第四辑
野圃诗吟

新诗 11 首

风的墓志铭

从海洋
到陆地
风说
我是自由的

开始
遇见了岸——
一个土黄色的派对
风招着手,唱着歌
一任青春飘逸

不久
遇见了树——
一次绿色的嬉戏
风告别枝叶的纠缠
留下声声叹息

随之
遇见了墙——
一番白色的狙击

风寻找各种缝隙突围
呼号中透出凄厉

接着
遇见了楼——
一场灰色的角力
风倒下了又爬起
浑身布满血迹

最后
遇见了山——
一方青色的墓地
风已无力前行
就地化作凝冻的空气

从海洋
到陆地
一个自由的流浪儿
在这里安息……

墙

我们生活在城市
每天面对的是墙

才生下来的时候
一个劲儿地哭,可哭声
总也穿不透眼前的那堵墙

在幼儿园的小院
铁环刚刚转动
一下就撞上不远处的围墙

好不容易上学了
又是教室白晃晃的墙
隔断了妈妈歌曲似的目光

结婚以后才明白
所谓的家,无非是
拥有四堵属于自己的墙

如今垂垂老矣
几十年见过的墙
一堵堵砌入昏花的眼眶

我们生活在城市

终生面对的是墙……

（以上两首，由前川先生翻译并收入1995年日文版的《长安诗家作品选注》）

乌云之歌

朋友,请不要一见乌云
就皱起你的双眉

是的,在云的家族中
它也许是最丑的一位

一张阴沉的脸
一摊浑浊的水

年轻人不喜欢它
因为它常和风雨伴随

小孩及老人也不喜欢它
因为它总是把欢乐与梦打碎

然而,今天我要说
乌云自有乌云的美

它袒露得不加修饰
它诚实得无所忌讳

发作时带电带火
悲愤处有血有泪

别怪它遮天蔽日
制造阴暗的氛围

人世间一旦没有它
又如何逃避烈日的淫威

当你面临着六月之火
当你陷身于三伏之围

朋友,请欢迎它吧——
这呼风唤雨的权威

两个我

不知从什么时候起
一个我变成了两个我

一个是火,热烈骚动
一个是水,宁静淡泊

火鼓动我前行
水导引我退却

水与火的战争
进与退的困惑

总盼着火煮干水
到头来水浇灭了火

都怪我为自己
设计了牢笼和枷锁

于是,我被囚禁了
囚禁我的是另一个我

火

有一团火
在背后
紧紧追踪着我

要么掉过头去
纵身一跳
在毕剥作响的火中燃烧
烧的连灰烬
都不剩一点

要么远远地躲开
到见不着火的地方
做一个
关于火的梦……

　　（以上两首,发表于 1994 年 10 月 14 日《西安日报》）

无花的梦

在花未开时节
他睡着了
没有香味,没有色彩
做的是一个无花的梦

等他醒来
花开的正红
他恨花
为什么那样
招人喜欢,又惹人爱宠

掐下来一朵
放在手中
他将花压碎、揉烂
为的是
先前那个无花的梦

地图上的家园

就从这里出发
沿着毛细血管似的
铁路干线
我又回到了
我的故乡——
那个生我养我的家园

在蔚蓝的东海之滨
在杭嘉湖平原的金色边缘
在九百六十万分之一的地图上
它
仅只是一个小小的圆圈

在那个小小的圆圈内
我看到了
家门口的那条小溪
小溪上的那座小桥
小桥边的那个少年

这就是我
和我的家园
我把它失落了
在九百六十万分之一的地图上
在那小小的圆圈里边

种子

是春天的风
将一粒种子
播撒在我的梦里

把残存的血
挤出来
给种子洗礼

将不老的心
煅成灰
为种子培基

可是,它会发芽吗
在这片
死一般荒凉的梦地

我怕种下了花
收获的
却是刺和蒺藜

墓志铭
——十四行诗为金铮而作

他与戏剧的不解之缘
实在是一种天意或宿命
他为世界制造喜剧[1]
自己却把悲剧主角担承——
太多太多的坎坷和泥泞
消磨了他的绝世才情
生命在一串串的故事里
来不及燃烧就化成灰烬
也许是因为嗜酒如命
他终生保持灵魂的透明
大概是由于疾恶如仇
他临死依旧双目圆睁[2]……

请记住这位中国犹太人
他的名字叫做金铮

注释

[1] 金铮在20世纪80—90年代曾长期主编《喜剧世界》杂志,颇获国内读者好评。
[2] 1996年10月8日我去北京牛街殡仪馆向金铮遗体告别,见他口眼未闭,双目圆睁。

迎春花

在灰暗的天穹下
荒凉的土坡上
一枝青软
几点嫩黄
很小很羞涩
却很黄很暴力
以全生命之火
引爆雁塔晨钟
并进而撞醒
北中国
仍在冬夜暖气旁
打盹的
那个
怏怏的春天

读《论语》有感

孔子之前无孔子,
所以才有了孔子;
孔子之后无孔子,
因为已有了孔子。

旧体诗 46 首

无题

探岳归来意兴浓，
云山万壑点拨中。
此行更欲向何处，
笑指昆仑第一峰。

同窗大婚

了却终身事一宗，
三更灯火五更钟。
欢颜留待到明日，
白首媪看白首翁。

韩城印象

地连秦晋阔,
河下渭华流。
鱼跃龙门处,
一骑惊五洲[①]。

[①]出生于陕西韩城的司马迁,为世界文化名人。

读司马堂前碑石

雅健雄深谁与伦？
文章司马空前尘。
一腔幽愤向天诉？
史记不单为写真。

司马坡远眺

黄流一抹水天同，
满目苍烟夕照中。
何处野烧亮望眼？
谁家归雀啼秋风？
若非魑魅喜人过，[①]
岂有文章哭路穷。[②]
俯首且听坡下水，
声声太息为迁公。

[①]"魑魅喜人过"系套用杜甫《天末怀李白》成句。
[②]"哭路穷"典出《世说》，言阮籍每至岐路口则恸哭不止。

贺友人七十大寿

人间开口笑难逢，
转瞬已成白首翁。
相庆更约耄耋后，
玉盅满溢葡萄红。

送老友西行

夜来一雁飞,
独自悄然归。
为送西行客,
草根皆泪垂。

附注:正月初五晨,接宏宝短信,告我抒雁已逝。一日之内皆惶惶然,至晚间足成五绝一首,寄西行之老友。抒雁以《小草在歌唱》一诗闻名,其读者多为底层工农大众。诗中所言"草根",即此之谓也。

为纪念抗战胜利 70 周年而赋七绝二首

金陵血案已封尘,
卅万游魂气未伸。
忍将恩仇付一笑,
扶桑又见磨刀人。

无可选择是比邻,
一衣带水相依存。
世人皆道和为贵,
不弃干戈弭战尘。

孙杨

孙杨被指话题王，
呼号夺金傲且狂。
霸气一旦淘洗尽，
泳池何处觅孙郎。

抗日神剧

忽闻枪子能拐弯,
又见弹弓可射天。
最是出人意料处,
手雷藏在裤裆间。

反腐种种

四菜一汤设上线,
庆生须至古稀年。
执行与否且不论,
一款一条挺在前。

佳人

才子佳人模式旧，
婚姻纯为稻粱谋。
只须宝马并豪宅，
老弱病残一网收。

真爱

爱字何须挂在口,
一枚真爱植心头。
灵犀赖以贯双爱,
一笑一颦爱意稠。

穷怕

夫被双规妻续案,
谁说女子不如男?
前仆后继为何事,
穷怕一言惹笑谈。

据报载,某落马局长交代,在其被审查后,妻不避风险,继续招揽生意。之所以然,曰幼时穷怕矣。闻此消息哭笑不得,题诗一首以寄感慨。

贫困县

只为获批贫困县,
八荒四野闹喧天。
批文一下利多至,
嫖赌吃喝不差钱。

夜读陆诗有感

两宋痴情唯放翁,
终身不忘九州同。
断肠最是示儿语,
一咏一吟一泪崩。

习马会

一握惊天习与马，
恩仇欲泯待年华。
炎黄血脉亲情在，
两岸终开并蒂花。

拼酒

为助故人谈兴浓,
引觞不惧酒来疯。
迎风一醉倒何处?
自在高天厚地中。

为纪念老舍先生而作

五十年间常叩问，
先生水下可安魂？
痴心欲唤先生起，
续写北京风味醇。

秋日遣怀二首

其一

客舍古都感岁华，
秦腔越调两相杂。
此心但得常安妥，
处处无家处处家。

其二

一别镜水近七旬，
日对南山影伴身。
纵有乡思频入梦，
不辞长做关中人。

忆亡友抒雁

难得其人存大爱,
帝差此子下瑶台。
世间多有不平处,
小草一章未尽才。

黄叶树二题

其一

窗下巍然列两行,
枝青叶绿郁苍苍。
晚来瑟瑟秋风起,
满树青苍一夜黄。

其二

银杏谁家满院栽,
牵枝带叶出墙来。
金黄一抹浓如酒,
分付路人共遣怀。

梦回故园

江南无地不风景,
一路悠悠策马行。
镜水稽山次第过,
绿荫深处是兰亭。

玉兰

春风二月斲轮手,
玉刻冰雕挂满头。
最是销魂香一缕,
若无若有梦中流。

赠内

眼角深纹鬓角灰，
半生风雨两依偎。
一时未见忧思起，
路口门前望几回。

亡母 30 周年祭

旧照深藏数十载，
拈出为探亡母来。
泪睛纵有恍惚处，
绝胜幽明隔墓台。

516 忆文革 50 周年

十年一觉文革梦,
半是无知半是疯。
双目微启大觉后,
烂柯何以话青葱?

观音禅堂行(二首)

赴禅堂途中

立冬一至风即狂,
落木萧萧遍地黄。
欲赏残秋何处觅?
且看古庙观音堂。

题古银杏树

帝后手植史不载,
暑寒身历心将空。
秋来满挂黄金甲,
不尽禅机此树中。

街头即景

亦无风雨亦无晴,
天任毒霾自由行。
昼起难得日悬顶,
夜来不见秋月明。
街头剩有口罩女,
素裹红妆颇吸睛。
心疼最是保洁员,
吐雾吞云入肺经。
忽闻小报发奇文,
言称专家作鉴定:
中国之霾气平和,
非酸非碱呈中性。
主管本自不作为,
更多舆论设陷阱。
殊不知茫茫两界活人难,
善自珍摄最当紧。

毒霾

毒霾跨省且连年,
百姓举头问上天。
自在呼吸尚不保,
谈何一梦圆人间?

无题

地阔天空一鸟笼，
茫然四顾霾伏中。
休言万物人为贵，
一例皆成跟屁虫。

悼霍公松林

四库会通集大成①,
三书谨守称专能②。
程门立雪多才俊,
赓续唐音赖后生③。

---

①四库,指四库全书。
②霍先生有言,其一生做了三件事,读书、教书、写书,是谓三书。
③霍先生将其书斋命名为"唐音阁"。

春分

风卷落英减却春,
惜无黛玉葬花人。
三分容色水流去,
何处香丘可纳魂?

地铁电缆案

电缆案源自奥凯,
层层筛选称名牌。
几多隐密几多事,
当唤包卿转世来。

忠实周年祭

陈生掷笔赴天庭,
挽手路遥谒柳青。
彼岸师生相聚日,
史诗共议新模型。

花痴

可怜绝世好颜值,
晓露欲滴五彩枝。
拂面红尘为猎色,
喜听人唤老花痴。

自嘲

半生活在苟延中,
年迈七旬一老翁。
独往独来斗室内,
但求无过不求功。

悼学仁师姐

张学仁先生于我,亦师亦姐。惊闻师姐去世,不胜悲切,赋五绝以寄哀思。

五月朔风起,
君行何太急?
世无长姐在,
前路草离离。

亡友金铮 20 周年祭

之一

天资地育一奇才,
疑是拜伦转世来。
若许早生千百岁,
或随李杜耀诗台。

之二

犹太原根华夏栽[①],
一生襟抱未尝开。
嫁衣尽为他人制[②],
僵卧牛街不自哀[③]。

[①] 金铮先祖为犹太人,自康熙年间落户中土,改信伊斯兰教,俗称蓝帽回回。

[②] 嫁衣云云,谓其几十年如一日主持《喜剧世界》《艺术界》等杂志编务,培植了一大批文艺人才。

[③] 北京牛街有一回民殡仪馆,金铮死后曾停柩于此,我与金铮告别亦在此。

电视剧版《白鹿原》人物论（组诗九首）

其一　白嘉轩

独木强撑仁义村，
礼崩乐坏道何存？
抗婚偏是自家女，
鞭刺难收浪子魂。

其二　朱先生

充饥最喜包谷糁，
论道不嫌假语村[①]。
只语退敌循旧例[②]，
收徒为匪惊后尘[③]。

[①] 贾雨村为《红楼梦》中人物，由其来演说红楼故事，用的是贾雨村言，谐音即假语村言。在此谓朱先生以乡村之俚俗语言论道，如以鏊子烙锅盔比喻白鹿原在两党争斗中的乱局即是一例。

[②]《西厢记》《三国演义》中均有文人以一口说辞劝退数万大军的描写。

[③] 指朱先生收曾是土匪的黑娃作为自己的关门弟子。

其三　田小娥

为佑黑娃不顾身，
破窑谁可救风尘？
镇妖塔下哭幽咽，
敢是小娥拭血痕。

其四　白孝文

悖论缠结果与因，
种瓜得豆费沉吟。
孝文自是白家后，
不类嘉轩类子霖。

其五　鹿子霖

原上能人数子霖，
为求食色颇劳心。
命途多被聪明误，
家破人亡泪满襟。

其六　黑娃

黑娃落草在山林，
红白居间不与群。
铁汉莫夸身板硬，
一生俯首两钗裙①。

---

①两钗裙指田小娥、高玉凤。

其七　鹿兆鹏

心志趋时做派新,
绝情冷对房中人。
糟糠跺脚悬梁去,
革命只图主义真。

其八　鹿三

惯见主奴矛与盾,
鹿三一改旧模本。
锋头初试血如注,
点点滴滴为报恩。

其九　白灵

白鹿原头白鹿魂,
如魔似幻现真身。
白灵一死精魂丧,
祸起萧墙剿匪人[①]。

[①] 白灵在小说中被赋予白鹿精魂之象征意涵,她的死很大程度贯注了陈忠实先生对白鹿原及其折射的乡土中国的历史思考。小说写白灵死于党内路线斗争的迫害,而电视剧则写白灵为国民党剿匪部队的流弹所毙。此一改动在主题意涵的导向上,具有某种标志性的意义:一方面,它代表电视剧主创对中国现代史主流史观的认同和回归;另一方面,它有可能挤压小说原著所力图表现的历史与道德的二律背反的宏大主题留给读者的思考空间。

终南

啸傲王维醉李白,
几多逸兴埋其间。
未曾抛却此山去,
半为诗佛半为仙。

牛背梁一览

山系归秦岭,
水流入楚江。
四围高挺处,
牛背驮夕阳。

无题

年过七旬日半落,
平生趣事已无多。
有诗一卷临窗诵,
口角噙香心气和。

长安秋雨

湿透长安半个秋，
滴答声里雨无休。
上苍乱点风云谱，
直把秦州当广州。

出门难

人行道上车填满,
斑马线前我过关。
处处围拦无路走,
长安居大出门难。[①]

[①]"长安居大"句,典出《幽闲鼓吹》,云白居易应举之初,以诗谒名士顾况。顾问名姓,曰:"长安米贵,居大不易。"后披卷至"野火烧不尽,春风吹又生"句,则赞曰:"道得个语,居亦易矣。"

痴人说梦

一卷读来数十春，
窗前灯下影随身。
惟求宝黛长相伴，
同做红楼梦里人。

附 录

谈小说的可读性

记得1970—1980年代之际,小说曾经是非常走红的。报刊每有新作问世,人们都是争相传阅,先睹为快。现在刚刚步入中年的那一代人,在其三观形成之初,从小说那里学到的东西,恐怕比从政治、道德和历史的教科书上学到的要多得多。当时的一些优秀小说,可以毫不夸张地说,确实是人生的启蒙教师。

时隔仅仅10余年,小说花开花落,已经失去往昔作为主流意识形态的辉煌,而越来越成为边缘化的存在。当年如《班主任》《乔厂长上任记》,或者《人到中年》那样的"轰动效应",已难以寻觅了。如果再有人旧话重提,把小说认作某种高台教化式的"载道"与"警世"文字,也就难免不遭到人们的隔世之讥。

小说的边缘化,与处在转型期的社会大气候多有因果关联。但除此而外,小说自身的可读性也是不容忽视的一个方面。随着商品大潮的涌动,后现代文化的萌发,社会大众对于精神和艺术产品,日见其注重感性平面可供娱乐消费的价值。正是这样的氛围中,影视等大众媒体以及所谓的"地摊文学",以铺天盖地之势,向包括小说在内的整个纯文学发起了挑战。而当此之时,小说的作者却把自己的着力点,更多地放在深度模式的构筑或者现代技巧的探索上。一方面是社会大众从一次性消费观念出发要求小说的可读,另一方面是小说作者沉溺于意义的追寻或技巧的实验,影响和妨碍了小说的可读;一方面是大众媒体以及"地摊文学"的极端媚俗,另一方面是小说自身的过分脱俗。源于此,小说被挤到社会文化圈的边缘地位,应该是可以理解的。

我这样立论,是从1980年代后半期到1990年代前半期小说的整体而言。在个别作者和作品那里,情况偶有例外。例如,王朔的小说、贾平凹的小说,上海、北京等地流行的"新市民小说",便时不时地在冷落的文坛内外造成某种火爆的景观。对于上述其人其作,你尽可以持视而不见,甚至嗤之以鼻的态度,事实上,他们的小说确实也多有可疵议之处。然而,此类作品及其作者注意小说的可读性这一点,无论如何是值得我们重视与深思的。时至今日,小说要想与形形色色的俗文化相抗衡,或者进而言之,要想在社会主义精神文明建设的大格局中找到自己的位置,注意其自身的可读性,已经成为一切专业和业余的小说作者必须面对,而且刻不容缓的课题了。

注意小说的可读性,不是媚俗,而是通俗,也即是说,使小说艺术与大众趣味相沟通。由这个"通"字生发开去,我以为,可读的小说,首先要有一个好故事,并且故事要讲得富于魅力。不管怎么讲,小说总归是讲故事的艺术。现代主义的意识流也罢,生活流也罢,它们的反传统,也只是把以往小说讲故事的传奇模式,在色调上作了淡化处理,在叙述上作了结构性调整而已。色调再淡化,也还是有一个故事,而且究其实,它们调整叙述结构,也还是意在把故事讲得更具现代魅力。完全忽视故事及其叙述的小说,无论在中国还是在西方,也无论在现在还是在将来的读者那里,都是站不住脚的。因之,作为小说首当其冲考虑的应是其故事性,包括故事本身的生动完整,以及叙述中视角和语调的错落有致、变化统一等。

其次,要有生活气息和真实感。传统小说重视故事及其叙述,这是应予肯定的。但是,作为其末流,确也有一些小说,为了追求故事性而露出了编造的痕迹,或失之穿凿,或伤于奇巧,一句话,不像是从生活中来的,缺少真实感。小说的可读,不仅仅在于故事性,而且这一故事及其叙述,必须经得起读者以生活为参照所进行的推敲。

小说要可读,要可信,除此而外,在道德与政治方面也要较为稳妥,或者说,要可靠。这是我给可读性标准注入的第三层内涵。

这里所谓可靠,从消极的意义上理解,是无害;从积极的意义上理解,是有益,有某种潜在的劝世效应,或者有一定的文化启示意味。

可读、可信、可靠,如果小说能在此三者的基础上,去进行意义的追寻或者技巧的探索,那么,小说之于社会主义精神文明建设,应该说是大有可为的。

瞧，这伙人
——代《八一集》序

前些日子，炜评来家，说他们八一级自入学至今已经30年了，大伙准备搞一个稍微别致点的庆祝，除通常的聚会外，39位同学人手一篇写些纪念和感怀文字，然后以《八一集》的名称结集出版。正当我为此一设想连声叫好之时，炜评提出，让我给这本预定于8月截稿付印的书写序。由于当时二人的交谈恰在兴头上，我几乎不假思索就应承了下来。但事后一想，却难免又生出些许顾虑。不错，我是给八一级做了四年的班主任，此后还好几次参加过他们的同学聚会，而且班上不少人毕业留校，成了我系内或校内抬头不见低头见的同事。因此，我为他们的书写序，于情于理，似乎都无可推托。然而，我之所以生出顾虑，是因为，我这个班主任，在很大程度上，只是应了个名，纯属摆设。作为平日里独来独往惯了的自由主义分子，我天生地不喜欢被别人管，更不喜欢去管别人。所以，除过一年级上文学概论，二年级还是三年级上诗歌美学，课外与同学之间，实在难得有多少深一层的交流。更主要的一点是，毕竟已经过去30年了，搜索这段往事，正如唐人李商隐《锦瑟》一诗尾联两句之所言："此情可待成追忆，只是当时已惘然"。面对脑海中的空空如也，我这篇序言，又该如何着笔呢？

正在我犯难之际，尼采那本放假之初翻阅过，一直忘了归架的小册子《瞧，这个人》，蓦然间从案头的报堆被挤落在地，我捡起一看，不由得轻声喊了句："有了！"于是，便急慌慌地跑到电脑前，打下如上那行标题——《瞧，这伙人》。从《瞧，这个人》到《瞧，这伙人》，仅由字面看，似乎不无剽窃之嫌；但我的用意，与尼采迥然有别,甚至可以说是正好相反的:尼采是要从超人也就是他所谓"这个人"的角度张扬个体的生命意志,而我要表达的则是对八一级"这伙人"作为一个团队留给我的整体印象。

我讲团队的整体印象,并不是说,八一级同学只有整体性,而无个性可言。事实恰恰相反,以我的所见所闻,这伙人一个个都活得无挂无碍,自由自在。三十年前的他们,正当青春年华,其说话行事,大多率性而为,绝少世俗闻见道理的酸腐气息。正因此,这伙人往往性格迥异,个性鲜明。作为班主任,我就很难把其中的一人与另一人混同起来。举例来说,在不足四十人的这个小班上,吹拉弹唱能歌善舞如浪子燕青者有之,博闻强记能言善辩如楚大夫屈原者亦有之;堪称为狂者有之,类似于狷者亦有之;人情练达,在公共关系的网络里像一尾小鱼那样随意穿梭游行者有之,如呵着旱烟锅蹲在地头的农村老汉,虽然沉默寡言但却又洞明世事者亦有之;志在治国平天下者有之,乐于清净自守者亦有之;举四年之力通览《资治通鉴》者有之,一头扎进外国小说而自得其乐者亦有之……关于这方面的个性表现,其实无须我在此赘言,大家完全可以从炜评给自己的三十八位学友所写的画像式的七绝组诗《半通斋题诗38首》,找到颇能说明问题的相关例证。

在某个团队里,涌现出一些个性突出者,本身不足为奇。八一级这伙人值得注意的地方在于——他们之中的几乎每一个人,皆有自己的个性。即便其间有一两位同学看去有点黏糊,好像没什么个性,但因为他们本来就这么个脾气,从发自本性而非故作姿态这一点上讲,他们也仍然是有个性的,一种似乎没有个性的个性。因此,聪慧、灵动、头脑活络、青春气十足、人人都活在自己的个性中,这就是八一级这伙人大学期间留给我的整体印象,或者说,是其共同的特征亦即共性所在。一个团队的成员,既有各自不同的个性,又有交集在一起的共性。孔子所谓"和而不同",据我的体会,不就是这个样子吗?

我一直在思考,为什么八一级同学会呈现出这种和而不同的整体风貌呢？想来想去，觉得其根由还是与时代有关。不同于打倒四人帮后恢复高考招进来的头几届学生，年龄错落不齐，八一级三十九位同学，齐刷刷的几乎都是一伙60后。他们出生于三年困难结束之时，在童年的襁褓期，享受过新中国成立以来难得的片刻宁静和少许温暖；之后的小学和初中阶段，又被裹挟进文化大革命的动乱中，斗批改、打砸抢，使幼小的心灵在直接或间接地受到某些伤害的同时，也弥足珍贵地收获了如何应对挫折、磨难以及暴力等等的人生历练；随着文革的戛然而止，他们在高中以及随之而来的大学这一人生观和世界观的完型阶段，又像踩着锣鼓点登场的戏曲演员，一步不落地赶上了时代的节奏，全身心都得以舒展地生活在改革开放及其所带来的思想解放的大氛围里。上面罗列的这份履历表启示我，八一级这伙60后作为时代的宠儿，他们是幸福的。我说幸福，不仅仅是因为改革开放为他们带来了灵魂的舒展，而且还因为文化大革命给他们留下了艰辛和痛苦的记忆。甜酸苦辣，百味备尝。所以，他们在吸收精神营养的全面性、丰富性以及配置的协调性和合理性上，较之早于他们或者晚于他们的几代人，都要远为优越得多。与40后、50后例如像我这样的人相比，他们的人生观和世界观，由于形成在改革开放时期，很少受主流意识形态的控制和干扰，从而使他们的个性得以在阳光雨露下尽情地表现；与70后、80后乃至90后相比，他们又多了一份文化大革命在少年记忆中积淀的心灵创伤和苦难况味，尽管只有那么一点点，但这份记忆，作为终生受用不尽的精神财富，使他们比那些未经风雨的小青年，在人格的建构以及个性的培植方面，因为有较充沛的钙质的摄入，而显得更其坚实、更其健全。

　　转眼间，八一级这伙人已近知天命之年。人生半百，来日方长。我衷心地祝福他们，坚持做自己，让生活更精彩。

　　拉杂写来，一则乱弹而已，权当是《八一集》的序。

后 记

趁着给《我的诗生活：紫洪山人诗学文选》一书写后记的方便，我想就这本书的书名及下设"坛外诗评""另眼诗观""一得诗话"和"野圃诗吟"等四辑的标目，做一个题解式的简要说明。

恰如自序中所言，我自小爱诗，与诗有一种特别的缘分。我不能算作诗人，但起码是一个始终如一地爱诗的人：从幼时的喜欢读诗，到此后一度狂热地写诗，再到高校执教以讲诗、论诗为自己的专业，可以说，我一辈子都在与诗打交道。缘于此，当我在退休十多年之后，决意把那些零零散散地发表过的评诗论诗的文字搜罗起来，准备结集出版时，曾为书名怎样与诗挂钩而颇费踌躇。去年春节，我的研究生尤磊来家拜年，谈及此事，他凭着年轻人的敏捷，一语点破，说干脆就叫《我的诗生活》吧。至于后面的副标题，因我的出生地，浙江绍兴山阴道上兰亭附近那个小村子名唤紫洪山，另一位研究生黄石明又曾为我刻过一枚"紫洪山人"的私章，于是，便顺手牵羊地拿来作了笔名，冠于诗学文选之前。

这本书的主要内容分为四部分：其一是"坛外诗评"，即我为不多几位诗作者的诗或诗集所写的评论。这些诗作者，除已故的同窗好友，因《小草在歌唱》而步入诗坛，生前曾出任中国诗歌学会会长的雷抒雁，其余绝大部分，皆非诗坛中人，里面有教授、公务员、小学生，及来自底层的无业草根。而我之所以选择他们作为评论对象，是因为我信奉班固在《汉书·艺文志》说的那句话，"诗者，性情之学也"，并且愿以此为取舍的标准：大凡能于字行间以真性情示人者，哪怕其诗作在语言及修辞上，不无可挑剔之处，我也乐于用我被激发的真性情与之相呼应，写一些"好处说好,坏处说坏"(鲁迅语)的评点文字。相反,如果面对的是一篇看不出真性情的诗作,即便其作者有多大的来头,我也会由于无所感动,挤不出半句言不由衷的捧场话来。我这样的取舍,自然不合于当今诗坛的潜规则,因而,也就只配称作"坛外诗评"。

其二是"另眼诗观",它们是我在几部诗学专著外所写的单篇诗论的一个选辑。我在《中国当代诗学论》一书后记中说过,长期以来,我国的诗学建构存在明显的空缺和失误。由于种种原因,我们只有诗的社会学、诗的政治学和伦理学,而没有严格意义上的诗的美学、诗的心理学以及诗的语言学。不仅如此,而且,诗的社会学,或者诗的政治学和伦理学,作为现当代占统治地位的主导诗学,因为排除了历史——文化研究,其理论体系和价值取向也是极为不健全的。所以,基于纠偏的考虑,我单篇诗论的写作,力求摆脱寻常的理路,用另一种眼光对诗的本体进行观察和思考。例如,关于诗的文化学研究(《文化诗学论纲》)、诗的语言学研究(《诗是一句话》)、诗的心理学研究(《诗,变形的艺术》和《诗的意象创造的理想状态》)、诗的历史学研究(《在现代文本与传统趣味的夹缝里:新诗危机简论》)、诗的接受美学研究(《诗的意象空白》)等等。我把它们总括为"另眼诗观",体现的便是上述这种意图。

其三是"一得诗话",这是我平素读诗心得的记录。在读诗方面,我的口味,杂而且刁。说杂,是因为无论是中国诗、外国诗,无论是旧体诗、新体诗,但凡是称得上一个好字的经典,如屈原、陶潜、李白、杜甫等,或是如拜伦、莱蒙托夫、惠特曼、聂鲁达等的诗,我都广泛地浏览,仔细地研读,而且从中皆有所得;说刁,是因为确有某些为文学史公认的大家或名家之作,我反而读不下去,倒是个别无甚名气的不入流之作,却因其某一点于我心有戚戚焉,则流连忘返,思之再三。古人云:愚者千虑,必有一得。我将自己的读后感,名之为"一得诗话",即此之谓也。在"一得诗话"

内,限于篇幅,赏析的几乎都是短诗、小诗,而那些我所心仪的长诗,如《离骚》《古诗十九首》《梦游天姥吟留别》《自京赴奉先咏怀五百字》《古罗马的大斗技场》《雨巷》《欧根·奥涅金》《伐木者,醒来吧》等,尽管我也曾在不同场合做过点评,但在这本书里,却不能不割爱了。

其四是"野圃诗吟"。半个世纪来,我在读诗、评诗和论诗之余,也还写过若干首给自己看、或是与朋友圈二三子互通声气的诗。在大学时代,受当时风气影响,写的大多是莫名其妙的战歌一类,经历了几十年的雨打风吹,它们已从记忆中荡涤殆尽。此后陆陆续续地写的,大体可列旧体诗和新诗两类。我写旧体诗,用鲁迅的话说,主要是出于无意识深处残存的传统文人的某种"积习",犹如朋友聚会少不了抽烟、喝酒一样。特别在逢年过节、迎来送往或婚丧嫁娶的当儿,应酬中有一点感触,便七言五言地胡云一通。积少成多,至今留存下数十首。这些诗不能说言不及义,毕竟提笔时也有感慨系之,但作为个人化的写作,微言之下无多少大义可觅。充其量,只是从古人那里学来的小格局、小气象、小技巧的表演而已。倒是十来首新诗,尽管情调略嫌压抑,可确实表达了我渐近老境时的某些不无悲剧意味的生命体验。但可惜的是,至今年过七旬,已真正步入老境,却由于整体感觉的趋于麻木,反而写不出这样的新诗来了。回首既往,不管是旧体诗还是新诗,尽管相当一部分都曾刊发于报端,然而,平心而论,它们作为我的"野圃诗吟",虽亦是有谓而作,而其间抒写的那点心灵涟漪,及通过文字表达出来的诗的游戏精神,与大时代的主流话语终究是隔膜的。我保存它们,并将其辑入本书,所具有的更多是顾影自怜的纪念意义。

除以上四辑,另有一两则短文,或与诗学无关,因敝帚自珍而收入附录之内,祁诸君见谅。

本书在打印编排之时,承王秋丽女士、赵小雷先生施以援手,帮助良多,特此致谢!

本书获西北大学社会科学出版基金资助,在此,特向社科处原处长刘丰先生、社科处副处长刘杰先生及社科处诸位工作人员,向为我转递申报材料的文学院邱晓博士,和为申报材料签署意见的赵小刚教授,表示诚挚的谢意。

蒙何锡章、刘炜评二位先生错爱,赐本书以美序,我深感受之有愧。西北大学出版社总编辑张萍女士,及责任编辑柴洁、强薇女士等,从谋划到编排,为本书付梓劳心劳力。此外,西北大学新闻传播学院院长王春泉先生也对本书的出版多所关爱。面对上述诸位的鼎力相助,我无以为报,只能在此由衷地说一句:谢谢!

张孝评(紫洪山人)
2017年10月于桃园寓所